本书出版得到以下项目（单位）的资助：

广东海洋大学中国语言文学校级重点学科经费

广东海洋大学重大科研成果培育计划（人文社科）经费

广东海洋大学一般学科建设经费

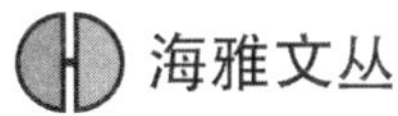

文学批评视角下的宋代选本研究

WENXUE PIPING SHIJIAO XIA DE SONGDAI XUANBEN YANJIU

邓 建 著

暨南大學出版社
JINAN UNIVERSITY PRESS

中国·广州

图书在版编目（CIP）数据

文学批评视角下的宋代选本研究/邓建著. —广州：暨南大学出版社，2021.5

（海雅文丛）

ISBN 978-7-5668-3151-4

Ⅰ.①文…　Ⅱ.①邓…　Ⅲ.①中国文学—古典文学研究—宋代　Ⅳ.①I206.44

中国版本图书馆 CIP 数据核字（2021）第 084543 号

文学批评视角下的宋代选本研究

WENXUE PIPING SHIJIAO XIA DE SONGDAI XUANBEN YANJIU

著　者：邓　建

出 版 人：张晋升
项目统筹：杜小陆　潘雅琴
责任编辑：潘江曼　亢东昌
责任校对：周海燕
责任印制：周一丹　郑玉婷

出版发行：暨南大学出版社（510630）
电　　话：总编室（8620）85221601
营销部（8620）85225284　85228291　85228292　85226712
传　　真：（8620）85221583（办公室）　85223774（营销部）
网　　址：http://www.jnupress.com
排　　版：广州良弓广告有限公司
印　　刷：佛山市浩文彩色印刷限公司
开　　本：787mm×1092mm　1/16
印　　张：14.5
字　　数：220 千
版　　次：2021 年 5 月第 1 版
印　　次：2021 年 5 月第 1 次
定　　价：59.80 元

目　录

引　言

本书所论之“选本”，实为文学选本，特指历代选家按照一定的意图和标准选录中国古代多位作家之文学作品于一编的文学文献。[①]由于中国古代小说观念的复杂与多变，加之地位卑下，小说在中国古代未被视为正宗的文学样式，在四部分类系统中多归入子部（也有归入史部的）[②]，而非集部，为了尽量“还原”中国古代选本编纂的原生态，进而上窥中国古代之文学观念与批评理念，本书所论之选本不包括小说选本。词与诗有着千丝万缕的亲缘关系，虽然中国古代一般也不将词选本与诗、文选本并列，但仍视之为文学文献，将其归入集部，故本书所论之选本包括词选本。

---

① 只选录某一位作家之作品的个人作品选，固然亦可称为选本，但选本作为一个约定俗成的概念，多数情况下是指选录多位作家之作品的文集。就选本的类属特征而言，选录多位作家之作品的选本较之只选录某一位作家之作品的个人作品选，体现得更为突出、更为典型。或者可以说，个人作品选并非普泛意义上的选本，而是一种特殊的选本。鉴于本书之研究重点不在探讨具体作家之创作与接受，故未将个人作品选纳入研究范围。

② 《汉书·艺文志》于“诸子略”之末列“小说”类，是“小说”设类之始。至《隋书·经籍志》，四部分类法正式确立，“小说”列于子部。此后历代史志书目莫不宗之。明代私家书目中小说类目的著录形式开始打破四部成规，甚至直接把小说从子部析出，转而著录于史部或其他类目。如高儒《百川书志》总体上依四部分类法，但将《虬髯客传》《古镜记》《莺莺传》等大量传奇小说归入史志二“传记”类，将《三国志通俗演义二百四卷》《忠义水浒传一百卷》等章回小说归入史志三“野史”类。又如陈第《世善堂藏书目录》，其书分经部、四书部、子部、史部、集部、各家部凡 6 部，部下分类更与传统四部大相径庭，如史部下分正史、编年、学堂监选、明朝纪载、稗史野史并杂记等，书中所收之小说作品不在子部，而全部著录于史部，如其将《穆天子传》《西京杂记》等书著录于史部之“稗史野史并杂记”，将《搜神记》《述异记》《传奇（裴铏）》等书著录于史部之“语怪各书”。再如叶盛《菉竹堂书目》，其书不依四部分类法而自分若干类目，小说著录于卷二“经济”类和卷三“子杂”类。参冯惠民、李万健选编：《明代书目题跋丛刊》，北京：书目文献出版社 1994 年版。

一

在中国古代文学批评中，选本是非常重要的批评形式。方孝岳先生曾经指出：

> 研究文学批评学的人，往往只理会那些诗话文话，而忽略了那些重要的总集[①]了。其实有许多诗话文话，都是前人随便当作闲谈而写的，至于严立各人批评的规模，往往都在选录诗文的时候，才锱铢称量出来。[②]

对于选本之于文学批评的重要意义，前人虽然已经有较为明晰的观点，但尚未进入更为具体、更为深入的研究层面，使得这一重要研究课题就此搁置；在相当长的一段时期内，现当代的研究者对此并未给予足够的重视。20 世纪 90 年代以来，有一些学者开始关注选本研究这一领域，发表了一些论文，出版了几部专著。但是，相较于中国古代文学其他研究领域的热闹与拥挤场面，有关选本的研究成果，无论数量与问世密度，都令人有"门前冷落鞍马稀"之感；相较于中国古代文学其他研究领域的精细与深入程度，对于选本的研究，在研究的广度和深度方面，都还有相当大的研究空间和拓展余地。

---

① 中国古代只有"总集"之说，并无"选本"之正式称谓，"选本"只是一种习惯说法。比如检索电子版《文渊阁四库全书》，"选本"一词共出现 295 次，但《四库全书总目》集部下设"楚辞类""别集类""总集类""诗文评类""词曲类"5 大门目，其中并无"选本"一类。所谓总集，约略言之，乃是汇总多人作品的作品集，汇总的方式有全集和选集两种。从总集的起源来看，最初的总集当为选集，而非全集。全集求全求备，卷帙浩繁，在漫长的历史岁月中很难得以保全，最早的全集已不可确考。现在传世的全集，皆清代以来所编，如清彭定求等编《全唐诗》900 卷、清董诰等编《全唐文》1 000 卷、清严可均编《全上古三代秦汉三国六朝文》746 卷、唐圭璋先生编《全宋词》、逯钦立先生辑校《先秦汉魏晋南北朝诗》135 卷，等等。

本书所论之"选本"，即指总集中之选集。本书用"选本"而不用"总集"，主要是为了凸显选本以"选"为核心的批评功能。

② 方孝岳：《中国文学批评·中国散文概论》，北京：生活·读书·新知三联书店 2007 年版，第 20 页。

具体到宋代选本的研究，代表性的成果主要有萧鹏《群体的选择——唐宋人选词与词选通论》(台北文津出版社 1992 年版)、张智华《南宋的诗文选本研究——南宋人所编诗文选本与诗文批评》(北京师范大学出版社 2002 年版)、祝尚书《宋人总集叙录》(中华书局 2004 年版)、卞东波《南宋诗选与宋代诗学考论》(中华书局 2009 年版)、薛泉《宋人词选研究》(黑龙江人民出版社 2010 年版)、陈斐《南宋唐诗选本与诗学考论》(大象出版社 2013 年版)等。

萧鹏《群体的选择——唐宋人选词与词选通论》以宋代词选为研究中心，兼论唐代词选，下及宋以后之词选，是较早对宋代词选进行专门、全面之研究者，有补苴罅漏之功，唐圭璋先生谓其“于诸选集既必探其选源，辨其选型，察其选心，观其选域，列其选阵，通其选系；亦必考厥背景，究厥群体，贯厥脉络，评厥得失，论厥景响，于是历代词选集之本来面目及其文献价值，乃尽为发蕴，昭然于人心目”①。张智华《南宋的诗文选本研究——南宋人所编诗文选本与诗文批评》在对南宋部分重要诗文选本的版本源流进行详尽考辨的基础上，采用散点透视的方法，探讨了南宋诗文选本与散文批评、诗学思想、学术风会的关系，筚路蓝缕，发微补阙，厥功甚伟。祝尚书《宋人总集叙录》对宋代文学总集文献的历史遗存状况和现有的版本目录资源做了全面系统的清理，共考证现存宋人总集 85 种，散佚宋人总集 182 种，共计 267 种。② 其用力之殷勤、搜罗之广遍、资料之翔实，使得有关宋人编刻的宋人总集的版本目录研究，“可让来者措手之处已不是很多，最多也只是拾遗补阙而已”，“让人有观止之叹”。③

---

① 萧鹏：《群体的选择——唐宋人选词与词选通论》，台北：文津出版社 1992 年版：序一。

② 卞东波《〈宋人总集叙录〉补遗》又补充了 17 种，见《图书馆杂志》2008 年第 1 期；卞东波《评祝尚书〈宋人总集叙录〉》(《书品》2005 年第 4 期)、王兆鹏《两种视角看祝尚书〈宋人总集叙录〉》(《社会科学研究》2006 年第 2 期) 亦有订补。

③ 王兆鹏：《两种视角看祝尚书〈宋人总集叙录〉》，《社会科学研究》2006 年第 2 期。

卞东波《南宋诗选与宋代诗学考论》对《宋百家诗选》等一批南宋诗选的考论信实有据，显示出扎实的文献基础与诗学根柢。薛泉《宋人词选研究》分宋人词选兴盛的社会文化原因研究、宋人词选的词学批评与审美功能研究、宋代文化背景下的宋人词选选词类型研究三个方面，对宋人词选进行了较为深入的研究，分析透彻，创意颇多。陈斐《南宋唐诗选本与诗学考论》在整体观照南宋诗学流变与唐诗编选的视野下，对存世的五种南宋唐诗选本做了细密的个案研究，扎实可信，富有新意。

综合性研究成果之外，还有不少学者致力于对单部宋代选本的研究。在此类研究中，最见功力、最引人注目的是对选本的整理、点校、笺注类成果，现择其要者列述如下：

（1）《西昆酬唱集》，王仲荦《西昆酬唱集注》，中华书局1980年版；郑再时笺注稿本《西昆酬唱集笺注》，齐鲁书社1986年版。

（2）《万首唐人绝句》，刘卓英校点本，书目文献出版社1983年版；武秀珍、阎莉等编《万首唐人绝句索引》，书目文献出版社1984年版；霍松林主编《万首唐人绝句校注集评》，山西人民出版社1991年版。

（3）《瀛奎律髓》，李庆甲集评校点《瀛奎律髓汇评》，上海古籍出版社1986年版。

（4）《古今岁时杂咏》，徐敏霞校点本，辽宁教育出版社1998年版。

（5）《分门纂类唐宋时贤千家诗选》，李更、陈新《分门纂类唐宋时贤千家诗选校证》，人民文学出版社2002年版。

（6）《宋大诏令集》，司义祖校点本，中华书局1962年版。

（7）《宋文鉴》，齐治平校点本，中华书局1992年版。

（8）《宋朝诸臣奏议》，北京大学中国中古史研究中心校点本，上海古籍出版社1999年版。

(9)《会稽掇英总集》，邹志方点校本，人民出版社2006年版。

(10)《详说古文真宝大全》，熊礼汇点校本，湖南人民出版社2007年版。

(11)《花庵词选》(《唐宋诸贤绝妙词选》《中兴以来绝妙词选》)，中华书局1958年版；王雪玲、周晓薇校点本，辽宁教育出版社1997年版。

(12)《绝妙好词》，房日晰校点《绝妙好词笺》，陕西人民出版社1992年版；秦寰明、萧鹏《绝妙好词注析》，三秦出版社1993年版；邓乔彬、彭国忠、刘荣平《绝妙好词译注》，上海古籍出版社2000年版；张丽娟校点《绝妙好词》，辽宁教育出版社2001年版。

(13)《阳春白雪》，葛渭君汇校本，上海古籍出版社1993年版。

(14)《乐府雅词》，陆三强校点本，辽宁教育出版社1997年版。

(15)《唐宋人选唐宋词》(共10种)，唐圭璋、蒋哲伦、王兆鹏等校点，上海古籍出版社2004年版（其中宋代词选7种，具体为：《梅苑》，许隽超校点；《乐府雅词》，曹元忠原校，葛渭君补校；《草堂诗余》，杨万里校点；《唐宋诸贤绝妙词选》《中兴以来绝妙词选》，邓子勉校点；《阳春白雪》，葛渭君校点；《绝妙好词》，朱孝臧原校，葛渭君补校）。

上述各整理本皆考订详明，点校准确，在整理过程中，整理者广泛吸取前人研究成果，在广泛调查、搜罗的基础上，参校众本，审订精严，完善有加，显示出整理者沉实厚重的学术功底和刻苦勤奋、孜孜矻矻的治学风范。尤其可贵的是，不少整理本颇具现代眼光和规范意识，末附索引及相关资料，取资极为便利，如齐治平校点本《宋文鉴》末附篇目索引、作者索引，北京大学中国中古史研究中心校点本《宋朝诸臣奏议》末附作者索引，李更、陈新《分门纂类唐宋时贤千家诗选校证》末附《考述》《所涉诗人传略》《诗人传略及诗篇索引》及相关资料，李庆甲集评校点《瀛奎律髓汇评》末附作者篇目汇检等。

此外，还有一些研究宋代选本的单篇论文，用力虽异，皆多创获，兹不一一论述。

总体而言，上述成果对宋代选本的研究，多侧重于文献考证或以之为主要特色。在理论研究方面，多考论结合或“以余力为之”，为后来者留下了较大的开掘空间。他们对宋代选本所作的厚重、沉实、系统的文献考证，使得对宋代选本开展全面、系统的理论诠释成为可能；他们对宋代选本所作的理论研究，为后来者提供了颇为丰厚的基础和极为有益的启示。站在他们的肩膀上，后来者在宋代选本的理论诠释，尤其是批评功能研究方面，颇多可为之处，而且其工作具有重要的拓新意义。

二

宋代选本数量繁富，批评功能强大且全面。本书主要以文学批评的视角，研究宋代选本的批评功能。

在具体论述宋代选本的批评功能之前，本书首先致力于摸清宋代选本的“家底”，对宋代选本的发展嬗递过程进行梳理与归拢，按照选本编纂行为和选本自身所透现出来的特点，而不是简单依据历史朝代的更替，将宋代选本的编纂划分为几个阶段，分别描述其概况、抉发其规律、揭示其趋势，从而展现宋代选本的基本概况与发展流变的总体路向。笔者根据历代主要书目文献所载，整理出《宋代选本简目》（以下简称《简目》）。《简目》显示，有宋一代共编纂选本约529种。进而以《简目》为依托，根据选本自身的发展变化规律，将宋代选本的嬗递流变历程大致划分为因循与探觅期（宋开国至哲宗朝）、成熟与务实期（徽宗朝至孝宗朝）、分化与争胜期（光宗朝至宋亡）三个阶段。

宋开国至哲宗朝的百余年间，广大文士“以名节文藻相乐于升平之世”，酬唱类选本因之盛行，它们在因循前代的表层样态之中，蕴含了特定的历史文化内涵；由于宋代文学自身特质尚未凝定，加之选本编纂历史惯性的影响，此期其他选本在选编内容方面亦多因循前代，但因循之中有新变，也出现了部分独具特色的选本，在选本内容、形态、功能等方面进行了卓有成效的探觅。

徽宗朝至孝宗朝，选本编纂活动进入成熟与务实期。谓之成熟，首先是因为此期选本在选编内容方面的指向性趋于稳定，多数选本以本朝作家作品为全部或主要遴选对象，以选本的形式，着重对本朝文学现象展开批评，并传播本朝作家作品；其次是因为此期出现了一批在当时及后世产生了重大影响的“重量级”选本，如《皇朝文鉴》《古文关键》等。谓之务实，是因为此期科举的导引效应开始增强，选本编纂中的务实致用之风蓬勃兴起，出现了一批专门服务科举且产生重大影响的场屋类选本。

光宗朝以降，选本编纂呈现出分化与争胜的新态势。此期选本编纂由纯文学性选本占主流转而为纯文学性选本、场屋类选本、理学选本等各类选本全面开花、争相涌现；其中，尤以宗唐、宗宋两类选本的比场争胜、共竞风流格外引人注目。上述三个阶段的选本编纂活动，既各自呈现出不同的特点，又有其延续性和连贯性。

接下来，本书全力发掘、梳理与归纳宋代选本的批评功能。首先，对选本的批评意义、批评原理、批评机制进行全面、系统阐述；然后，立足于具体实例，对宋代选本的批评功能与意义进行全方位展示。

文学批评作为选本的理论内核，乃是其本质性功能。宋代选本的批评功能主要表现为五个方面：一是对作品文本的细读与诠释，如《古文关键》对散文章法结构与写作技法的寻绎，《崇古文诀》对散文艺术美的品析，《文章轨范》对散文义理与辞章的阐说，《论学绳尺》对试论“轨度”的归纳与总结；二是对某种审美趣尚的标举与诉求，如《文章正宗》《诗准·诗翼》《濂洛风雅》对理学趣尚的标举，《梅苑》《乐府雅词》《复雅歌词》等对典雅趣尚的诉求；

三是对作家身份的认可与传扬、对文学宗派的圈定与确立，如《九僧诗集》、“三苏”系列选本对文人群体身份的认可与传扬，《濂洛风雅》对濂洛诗派的圈定与确立；四是对文学思潮的引领与呼应，如《二李唱和集》等诗歌选本与“白体”诗风的相互生发，《西昆酬唱集》对“西昆体”的引领与示范，《二妙集》《众妙集》《三体唐诗》等对宗唐思潮的契合与呼应；五是对文坛流风的疏离与反拨，如《草堂诗余》《花庵词选》对雅正词风的疏远与游离，《瀛奎律髓》对宗唐思潮的反拨与矫正。

关于宋代选本的发展流变，学界已有成果主要是对宋代选本的存佚状况和版本源流进行考证，对宋代选本的发展流变历程则尚无系统梳理与归纳；关于宋代选本的批评功能，学界虽然已有一些零星成果，但各自成章，系统性不强，本书则对此进行全面系统之考察，而且突破谈文章选本则着眼于选本编纂与文道关系之变化、谈诗歌选本则立足于选本编纂与诗学思潮之演进、谈词选本则局限于选本编纂与词学观念之流衍的惯常思维模式，超越分体论析、与时以变的一般论述框架，大胆创新，立足于选本的批评功能本身，抓住“功能”二字做文章，按照选本批评功能的不同表现形式来构建论述框架。在对具体选本的分析阐论中，紧扣主题，求其精深；对于某些学界已经有所阐论的选本个案，则力避因袭，既认真参考学界已有成果，又力求不苟成说、自出己意。

关于研究方法，本书的主要考虑是：第一，充分吸收学界已有的关于宋代选本的版本考证成果，将宏观性的理论阐释建立在文献研究的基础之上。现象描述与理论阐释相结合，争取现象描述有所发明、理论阐释有所建树。第二，系统研究与个案研究相结合。既注重系统研究，又避免泛泛而论，将系统研究建立在扎实的个案研究基础之上；个案研究彼此之间既相对独立，又互相勾连，在系统研究的整体框架之内有机展开，为系统研究提供支持与保障。第三，文学研究与文化研究相结合。宋代选本作为宋代文学的重要组成部分，不可能离开社会历史文化语境而独立存在，它是社会文化的产物，并受其制约，将宋代选本置于社会文化的视野中考察，既凸显时代特征，得出的结论亦将更加贴近历史真实，更加令人信服。

第一章　宋代选本的发展流变

宋代文化繁荣，恢宏灿烂，作者辈出，著述闳富。《宋史·艺文志》收书9 818种，其中宋代新出之书超过5 500种；清初倪灿就黄虞稷《千顷堂书目》辑为《宋史艺文志补》，又增补近800种。① 在宋代如此众多的书籍中，选本是其重要组成部分。但宋代选本的具体数量到底是多少，已经很难确考。祝尚书在《宋人总集叙录》中称："据我的不完全统计，见于宋、明目录书的宋人总集，就达三百多种；不见于著录，但有序跋流传至今的则更多；既无序跋，亦未被著录的，尚不知其数。"② 张智华《南宋的诗文选本研究——南宋人所编诗文选本与诗文批评》称北宋人所编诗文选本有80多种，南宋人所编诗文选本有300多种，合起来总数超过380种（还不包括词选本）。③ 笔者根据前代主要书目文献及今人刘琳、沈治宏《现存宋人著述总录》所载，加以排比归并，整理出《宋代选本简目》（见本书附录），《简目》显示，宋代选本有529种，但很明显，由于种种拘囿，这仅仅是一个约数。

依照选本自身的发展变化规律，我们可以将宋代选本的嬗递流变历程大致划分为三个阶段：因循与探觅期（宋开国至哲宗朝）；成熟与务实期（徽宗朝至孝宗朝）；分化与争胜期（光宗朝至宋亡）。需要指出的是，对选本流变历程的划分，不可能像历史朝代的划分那样齐整与精确，本章对宋代选本发展流变三个阶段的划分，只是

---

① 参刘琳、沈治宏编著：《现存宋人著述总录》前言，成都：巴蜀书社1995年版。

② 参祝尚书：《宋人总集叙录》前言，北京：中华书局2004年版。

③ 参张智华：《南宋的诗文选本研究——南宋人所编诗文选本与诗文批评》，北京：北京师范大学出版社2002年版，第2页。

一种大致的、粗略的划分，此种划分的目的是揭示每一阶段选本的主要特征与趋势，进而展示宋代选本发展嬗递的总体路向。三个阶段之间并非截然分开，而是多有交叉，某一阶段选本整体上呈现出某种质素与特征，并不意味着其他阶段的选本就完全没有此种质素与特征。

第一节　因循与探觅期（宋开国至哲宗朝）

宋开国至哲宗朝的百余年间，社会政治、文化环境较为宽松，文士阶层生存条件颇为优越，酬唱之风盛行，酬唱类选本因之风靡于世，它们在因循前代的表层样态之中，蕴含了特定的历史文化内涵；由于宋代文学自身特质尚未凝定，加之选本编纂历史惯性的影响，此期其他选本在选编内容方面亦多因循前代，但因循之中有新变，此期也出现了部分独具特色的选本，在选本内容、形态、功能等方面进行了卓有成效的探觅。

一、“名节文藻相乐”与酬唱类选本的风行

宋代开国之后，战事日渐平息，社会趋于安定，经济开始恢复，加之太宗、真宗、仁宗几代君主皆笃厚宽仁，好尚文艺，留意儒雅，欲以文化成天下，奉行较为宽松的统驭方略，故宋初百余年间出现了“四方无事，百姓康乐，户口蕃庶，田野日辟”[①] 的繁荣景象，文化事业亦得到长足的发展，《太平御览》《太平广记》《文苑英华》《册府元龟》四部大书的编纂，使得宋初出现了一个彬彬称盛的文化发展的高潮。此外，为了防止武将擅权，宋代实行文官政治，右文抑武，对文士厚加礼遇。首先是大兴学校，广开科举，为文士敞开求学、入仕之通道。《宋史·选举志》云：“自仁宗命郡县建学……

① （元）脱脱等：《宋史》卷一七三《食货志上》，北京：中华书局 1977 年版，第 4163 页。

学校之设遍天下，而海内文治彬彬矣。”[①] 苏轼《南安军学记》亦云：“朝廷自庆历、熙宁、绍圣以来，三致意于学矣。虽荒服郡县必有学。”[②] 科举录取名额亦大幅增加。《燕翼诒谋录》卷一载：“国初，进士尚仍唐旧制，每岁多不过二三十人。太平兴国二年（977），太宗皇帝以郡县阙官颇多，放进士几五百人，比旧二十倍。”[③]《宋史·选举志》载：“仁宗之朝十有三举，进士四千五百七十人。”[④] 对于成功入仕的官员，宋代实行厚禄养廉的政策，“于奉钱、职钱外，复增供给食料等钱”[⑤]。为了免除文士的后顾之忧，又以“不得杀士大夫”[⑥] 为开国三戒律之一。

由此，宋初逐渐出现了一个日益庞大的文士阶层，他们以读书求取功名，有较高的文学修养，又享有较高的政治地位，经济状况亦相当优裕，这使得他们有可能以一种愉悦的心境、娴雅的情致、优游的姿态来进行文学创作。故而在公事之余，闲暇之际，他们开始了诗酒酬唱，馈赠应答，往复赓和——在某种程度上，“以名节文

---

① （元）脱脱等：《宋史》卷一五五《选举志一》，北京：中华书局1977年版，第3604页。

② （宋）苏轼：《南安军学记》，孔凡礼点校：《苏轼文集》卷一一，北京：中华书局1986年版，第374页。

③ （宋）王栐撰，诚刚点校：《燕翼诒谋录》卷一，北京：中华书局1981年版，第4页。

④ （元）脱脱等：《宋史》卷一五五《选举志一》，北京：中华书局1977年版，第3616页。

⑤ （元）脱脱等：《宋史》卷一七一《职官志十一》，北京：中华书局1977年版，第4117页。

⑥ （宋）陆游《避暑漫抄》引《秘史》：“艺祖受命之三年，密镌一碑，立于太庙寝殿之夹室，谓之誓碑……碑止高七八尺，阔四尺余，誓词三行，一云：‘柴氏子孙有罪，不得加刑，纵犯谋逆，止于狱中赐尽，不得市曹刑戮，亦不得连坐支属。’一云：‘不得杀士大夫及上书言事人。’一云：‘子孙有渝此誓者，天必殛之。’”（陆楫等辑：《古今说海·说纂部》，成都：巴蜀书社1988年版，第672－673页）

藻相乐于升平之世”[①] 已经成为宋初文士的一种普遍的、日常的生活状态。

在这样一种氛围中，作为酬唱活动之物质载体与成果展示的酬唱类选本（包括与之性质相似的赐赠、应制类选本）开始出现，且迅速风行于世。在这些选本中，以《二李唱和集》和《西昆酬唱集》最为典型。[②]《二李唱和集》乃李昉所编。李昉（925—996），字明远，深州饶阳（今属河北）人，五代后汉乾祐进士，历仕后汉、后周，入宋后累官至中书侍郎平章事，曾主编《太平御览》《太平广记》《文苑英华》。《二李唱和集》收录李昉与同僚李至往来唱和、缘情遣兴之作百余首。据李昉序，唱和活动发生在宋太宗端拱戊子（988）至淳化辛卯（991）九月之间。唱和集则由李昉亲手“编而录之”，由此可推知该集之编纂当在991年底至996年李昉去世之间，亦即太宗淳化、至道年间。集中所收诗风格浅切，与白居易诗风相仿，成书后在当时流布既广，对宋初诗坛白体诗的流行有重要影响。今存影写宋本，乃光绪己丑（1889）贵阳陈榘所刊[③]；又有《宸翰楼丛书》本，收入罗振玉《罗雪堂先生全集》之《初编》。

---

① 此语出自宋田锡《答胡旦书》：“迨至有唐贞元、长庆间，儒雅大备，洋洋乎可以兼周、汉也。帝王好文，士君子以名节文藻相乐于升平之世，斯实天地会通之运也。自数百载罕遇盛事，今锡与君偶斯时焉。”（田锡撰，罗国威校点：《咸平集》卷三，成都：巴蜀书社2008年版，第41－42页）按，田锡（940—1003），字表圣，太平兴国三年进士，历任左拾遗、河北转运副使、右谏议大夫、史馆修撰等职。胡旦（生卒年不详），字周父，太平兴国三年进士，历任升州通判、左拾遗、史馆修撰、尚书户部员外郎知制诰等职。

② 宋代选本数量庞大，本章仅择其要者略作介绍。在所选诸书中，后面各章有专门介绍者，则只约略言之，以避繁辞。对选本的具体介绍，侧重于选家概况、选本体例、选本内容，对选本的版本情况一般只介绍习见易得之本。另按，本章中有部分选本的简介，参考了祝尚书《宋人总集叙录》一书，有的系直接引用或参用祝著中的说法，已注明详细出处；有的系根据祝著中提供的线索，加以寻绎、展衍而成，未能一一详加注释。特此说明并致谢忱。

③ 祝尚书《宋人总集叙录》谓陈氏刻本“今极罕见，唯上海图书馆著录一部”（北京：中华书局2004年版，第2页），而笔者于武汉大学图书馆见到此本，题名“影北宋本二李唱和集”，扉页题“光绪己丑贵阳陈氏刊于日本”，卷首有陈榘题记，谓“《二李唱和诗》一卷，赵宋文正明远侍中言几所作也。首尾均有缺页，何人所刊不可考，然为北宋刊本，载日本森立之《访古志》。中国佚此书久矣。光绪己丑春，余于东京书肆收获，诧为奇宝，重价购归……亟付良工锓木，与北宋本无毫发异。佚而不佚，读者当同为一快也”。

《西昆酬唱集》乃杨亿所编。杨亿（974—1020），字大年，浦城（今属福建）人，少有才名，淳化三年（992）赐进士及第，累官至翰林学士兼史馆修撰，为文风格雄健、才思敏捷。《西昆酬唱集》乃杨亿与同僚于真宗景德二年（1005）编纂《册府元龟》时，修书之余的更迭唱和之作，集中收录杨亿、刘筠、钱惟演等18人的唱和诗247首，诗歌体式以五、七言律诗为主，多雕章丽句之作，主要反映他们流连光景、优游岁月的生活。该集流传甚广，直接促成了宋初西昆体的流行。现有中华书局1980年版王仲荦《西昆酬唱集注》、齐鲁书社1986年影印郑再时笺注稿本等。

除《二李唱和集》《西昆酬唱集》外，宋初的酬唱类选本还有很多，如《宋史·艺文志》所载之《君臣赓载集》（杜镐编）①、《禁林宴会集》（苏易简编）②、《赐陈抟诗》（佚名编）③、《送张无梦

---

① 杜镐（938—1013），字文周，常州无锡（今属江苏）人。南唐时举明经。太宗时累官至直秘阁，常为太宗讲解异书，人称“杜万卷”。真宗时曾参与修撰《册府元龟》。该集乃宋初君臣之唱和集。赓载，即唱和之意。

② 苏易简（958—997），字太简，梓州铜山（今四川中江）人。太平兴国五年（980）进士，累官至参知政事。该集乃太宗淳化二年（991）苏易简、毕士安、梁周翰、李昉等于翰苑观赏飞白御书赋诗纪事而奉命编辑，内容与应制诗相似。今存洪遵《翰苑群书》中。（参刘乃昌：《两宋文化与诗词发展论略》，济南：山东大学出版社2005年版，第84页）

③ 陈抟（871—989），字图南，自号“扶摇子”，赐号“希夷先生”。五代宋初著名道士，后人称“陈抟老祖”。该集载太宗赐陈抟之诗及群臣和诗。

归山诗》（佚名编）[1]、《华林义门书堂诗集》（佚名编）[2]、《元日唱和诗》（曾公亮编）[3]、《礼部唱和诗集》（欧阳修编）[4]、《荆溪唱和》

---

① 张无梦，凤翔周至（今陕西周至县）人，宋真宗时著名道士，师从陈抟。真宗尝两次召见，并以长歌赠行，《嘉定赤城志》卷三五载之甚详：“张无梦，凤翔人。字灵隐，号鸿濛子。幼入华山，与种放、刘海蟾为方外友。师陈抟，得微旨，庐于琼台。行赤松导引法，间以修炼事形歌咏，题曰《还元》。真宗召问长久之策，不对。令讲《易》，即说谦卦，曰：‘方大有之时，宜守以谦。’上喜，除著作佐郎，不受。复召讲《还元篇》，答曰：‘国犹身也，心无为则气和，气和则万宝结；有为则气乱，气乱则英华散。此还元大旨也。’赐处士先生号，亦不受。上以长歌赠行，自丞相以下咸赋诗。后终于金陵。”（陈耆卿：《嘉定赤城志》卷三五《人物门四》，《宋元方志丛刊》第 7 册，北京：中华书局 1990 年版，第 7557 页）据此，《送张无梦归山诗》所载当即真宗及群臣赠行之诗。

② 祝尚书考证，华林义门当指胡仲尧构学舍于华林山别墅事。（参祝尚书：《宋人总集叙录》，北京：中华书局 2004 年版，第 516 页）《宋史・胡仲尧传》载此事原委甚详：“胡仲尧，洪州奉新人，累世聚居，至数百口，构学舍于华林山别墅，聚书万卷，大设厨廪，以延四方游学之士。南唐李煜时尝授寺丞。雍熙二年，诏旌其门闾。仲尧诣阙谢恩，赐白金器二百两。淳化中，州境旱歉，仲尧发廪减市直以振饥民，又以私财造南津桥。太宗嘉之，除本州岛助教，许每岁以香稻时果贡于内东门。五年，遣弟仲容来贺寿宁节。召见仲容，特授试校书郎，赐袍笏犀带，又以御书赐之。公卿多赋诗称美。”（《宋史》卷四五六《列传》二一五《胡仲尧传》，北京：中华书局 1977 年版，第 13390 页）据此，该集所载当即公卿“赋诗称美”之诗，其编纂年代当在太宗淳化五年（994）之后。

③ 曾公亮（999—1078），字明仲，号乐正，福建晋江人。仁宗天圣二年（1024）进士，累官至宰相。据集名推测，该集盖曾公亮元日与众人唱和之诗。

④ 欧阳修作有《礼部唱和诗序》，序云：“嘉祐二年春，予幸得从五人者于尚书礼部，考天下所贡士，凡六千五百人。盖绝不通人者五十日，乃于其间，时相与作为古律长短歌诗杂言，庶几所谓群居燕处言谈之文，亦所以宣其底滞而忘其倦怠也。故其为言易而近，择而不精。然绸缪反复，若断若续，而时发于奇怪，杂以诙嘲笑谑，及其至也，往往亦造于精微。夫君子之博取于人者，虽滑稽鄙俚犹或不遗，而况于诗乎。古者《诗》三百篇，其言无所不有，惟其肆而不放，乐而不流，以卒归乎正，此所以为贵也。于是次而录之，得一百七十三篇，以传于六家。呜呼！吾六人者，志气可谓盛矣。然壮者有时而衰，衰者有时而老，其出处离合，参差不齐。则是诗也，足以追惟平昔，握手以为笑乐。至于慨然掩卷而流涕嘘嚱者，亦将有之。虽然，岂徒如此而止也，览者其必有取焉。庐陵欧阳修序。”（李逸安点校：《欧阳修全集》卷四一，北京：中华书局 2001 年版，第 597 页）据此可知该集乃仁宗嘉祐二年（1057），欧阳修知礼部贡举时，与同僚唱和之作。

（姚辟编）[①]、《抄斋唱和集》（孙颀编）[②]、《建康酬唱诗》（王安石编）[③]，《直斋书录解题》所载之《汝阴唱和集》（佚名编）[④]，《通志·艺文略》所载之《李昉唱和诗》[⑤]、《翰林酬唱集》[⑥]、《潼川唱和集》[⑦]、《嘉祐礼闱唱和集》[⑧]、《李定西行唱和诗》[⑨]、《应制赏花集》[⑩]，等等。

酬唱类选本并非宋代才出现的新鲜事物，酬唱类选本所依托的是酬唱活动，而酬唱活动是广大文士之间人际交往互动的一种风习

---

① 荆溪，在今江苏宜兴市南。姚辟乃仁宗皇祐元年（1049）进士，曾任项城令，与苏洵同修《太常因革礼》。《宋史·苏洵传》载："会太常修纂建隆以来礼书，乃以（苏洵）为霸州文安县主簿，与陈州项城令姚辟同修礼书，为《太常因革礼》一百卷。"（《宋史》卷四四三《列传》二〇二《苏洵传》，北京：中华书局1977年版，第13097页）

② 孙颀，字景修，与苏辙友善。苏辙元丰二年（1079）曾为孙颀所撰之《古今家诫》作序，序云："……太常少卿长沙孙公景修，少孤而教于母。母贤，能就其业。既老而念母之心不忘，为《贤母录》，以致其意。既又集《古今家诫》，得四十九人以示辙，曰：'古有为是书者，而其文不完。吾病焉，是以为此合众父母之心，以遗天下之人，庶几有益乎？'辙读之而叹曰：虽有悍子，忿斗于市莫之能止也，闻父之声则敛手而退，市人之过之者亦莫不泣也。慈孝之心，人皆有之，特患无以发之耳。今是书也，要将以发之欤？虽广之天下可也。自周公以来至于今，父戒四十五，母戒四。公又将益广之，未止也。元丰二年四月三日，眉阳苏辙叙。"（苏辙：《古今家诫叙》，陈宏天、高秀芳校点：《苏辙集》之《栾城集》卷二五，北京：中华书局1990年版，第429页）据此约略推测，《抄斋唱和集》之编纂当在神宗朝。

③ 据集名推测，该集当为王安石退居建康时与人唱和之作。王安石于神宗熙宁九年（1076）退居建康，哲宗元祐元年（1086）病逝，该集当编于此间。

④ 《直斋书录解题》卷一五载："《汝阴唱和集》一卷，元祐中苏轼子瞻守颍，与签判赵令畤德麟、教授陈师道无己唱和。晁说之以道为之序，李廌方叔后序。二序皆为德麟作也。"（徐小蛮、顾美华点校本，上海：上海古籍出版社1987年版，第446－447页）据此可知该集乃苏轼哲宗元祐中知颍州时与赵令畤、陈师道等人的唱和诗集。

⑤ 郑樵《通志》卷七〇《艺文略八》载该集1卷，并注该集之编纂背景："李昉等兴国中从驾至镇阳，过旧居。"（杭州：浙江古籍出版社1988年版）

⑥ 据郑樵《通志》卷七〇《艺文略八》，该集1卷，乃王溥与李昉、汤悦、徐铉等人的唱和集。

⑦ 郑樵《通志》卷七〇《艺文略八》载该集1卷，谓张逸、杨谔撰。据二人生平，该集当编于仁宗朝前期。

⑧ 郑樵《通志》卷七〇《艺文略八》载该集3卷。据集名，当编于仁宗嘉祐年间。

⑨ 郑樵《通志》卷七〇《艺文略八》载该集3卷。据李定生平（1028—1087），此集当编于仁宗至神宗朝。

⑩ 郑樵《通志》卷七〇《艺文略八》载该集10卷。宋初宫中常有赏花钓鱼之事，此集盖辑诸家赏花应制之作。

与常态，宋代以前已经出现了不少酬唱类选本，故宋初出现的大量酬唱类选本就其表层样态而言，乃是因循前代。但是，在宋初特定的历史条件下，酬唱类选本的大量出现，反映出宋初优裕的文人政策、浓厚的文学氛围与一个新兴王朝特有的既堂皇典正、又蒸蒸日上的开国气象，具有其特定的历史文化内涵。

二、其他选本的因循与探觅

在酬唱类选本之外，宋初百余年间的其他选本在内容上亦呈现出因循前代的特点，这些选本的遴选范围与入选对象大多明确指向前代作家作品——要么专选前代作家作品，要么以选前代作家作品为主；部分选本虽兼选宋代作家作品，但所占比重与前代作家作品所占比重相去甚远。

专选前代作家作品之选本，如：李昉等《文苑英华》1 000 卷，选录南朝梁至晚唐五代作品近两万篇，其中唐代作品占十之九[①]；姚铉《唐文粹》100 卷，专选唐代诗文，共收文、赋 1 104 篇，诗 961 首；晏殊《名贤集选》100 卷，集选萧统《文选》以后迄于唐之名家诗文[②]；陶叔献《西汉文类》40 卷，专录西汉之文[③]；宋绶《岁

---

① 前人及当代学者对《文苑英华》的性质莫衷一是，有认为是总集者，也有认为是类书者，还有认为两可者——如南宋尤袤《遂初堂书目》既列其为类书，又归之于总集。凌朝栋《〈文苑英华〉研究》一书中有专节讨论《文苑英华》的性质，他认为《文苑英华》是诗文总集而非类书，原因是多方面的：类书多是抄撮群籍，以类分之，汇聚成书，而《文苑英华》则主要是整首诗作或整篇文章的选录；类书的资料来源比较广泛，经史子集均是其选录的范围，而《文苑英华》则是以选录集部诗文为主；绝大多数史志书目、私家书目、馆藏书目皆列《文苑英华》为总集，这是对其总集性质的公认；《文选》是众所公认的文学总集，《文苑英华》乃依其体例所编，虽然类目更为细琐，亦理应为总集。（上海古籍出版社 2005 年版，第 83 - 84 页）其说甚是。

② 《直斋书录解题》卷一五著录有《集选目录》2 卷，谓："丞相元献公晏殊集。《中兴馆阁书目》以为不知名者，误也。大略欲续《文选》，故亦及于庾信、何逊、阴铿诸人。而云唐人文者，亦非也。莆田李氏有此书，凡一百卷。力不暇传，姑存其目。"（上海古籍出版社 1987 年版，第 445 页）

③ 《直斋书录解题》卷一五著录此书，谓："唐柳宗元之弟宗直尝辑此书，宗元为序，亦四十卷，《唐艺文志》有之，其书不传。今书陶叔献元之所编次。未详何人。梅尧臣为之序。"（上海古籍出版社 1987 年版，第 438 页）

时杂咏》20卷，收录汉魏至唐吟咏岁月时令之作[①]；郭茂倩《乐府诗集》100卷，收录上古至五代之乐府诗，所收以汉魏至隋唐作品为主[②]。

此类选本中，后人争议较多的是王安石《唐百家诗选》。该集共20卷，选唐诗104家1 262首，卷首有王安石自序："余与宋次道同为三司判官时，次道出其家藏唐诗百余编，诿余择其精者，次道因名曰《百家诗选》，废日力于此，良可悔也。虽然，欲知唐诗者，观此足矣。"[③] 然综观全书，王维、李白、杜甫、韩愈、柳宗元、刘禹锡、元稹、白居易、李商隐等世人公认的唐诗大家、名家，皆未入选。因其编选旨趣与去取标准"殊不可解"，故而"自宋以来，疑之者不一，曲为解者亦不一"[④]。如晁公武《郡斋读书志》卷四下认为此集乃宋次道所编，王安石不过在宋次道所编之基础上稍有去取且为之序；邵博《邵氏闻见后录》卷一九、周辉《清波杂志》卷八认为此集虽名义上乃王安石所编，但因具体承担抄录工作的府吏偷懒使诈，所编之集已与王安石原意相去甚远、大相径庭；陈振孙《直斋书录解题》卷一五则认为王安石受限于宋次道家所藏唐人诗集数量不足，只能如此。

显然，晁公武、邵博、周辉等人之说难以令人信服，实乃臆测

---

① 南宋初蒲积中在宋绶所编基础上，增补宋人之作，扩为46卷。该集习见之本有《文渊阁四库全书》本、辽宁教育出版社1998年出版今人徐敏霞校点本。

② 《直斋书录解题》卷一五著录此书，谓："太原郭茂倩集。凡古今号称乐府者皆在焉，其为门十有二。首尾皆无序文，《中兴书目》亦不言其人。今按：茂倩，侍读学士劝仲褒之孙，昭陵名臣也，本郓州须城人，有子曰源中、源明。茂倩，源中之子也。但未详其官位所至。"（上海古籍出版社1987年版，第446页）其后《文献通考》《四库全书总目》皆本于这条材料，无所发明，而《四库全书总目》更误传这条材料出于《建炎以来系年要录》。马茂军据苏颂《苏魏公文集》卷五九《职方员外郎郭君（源明）墓志铭》考证出郭茂倩实非陈振孙所云"源中之子"，而是郭源明之长子；郓州须城（山东东平）人，祖籍太原；神宗熙宁九年（1076），郭源明去世，元丰七年（1084），"诸孤奉丧还郓"，时郭茂倩为河南府法曹参军（马茂军：《郭茂倩仕履考》，《复旦学报》2004年第3期）。

③ （宋）王安石：《唐百家诗选序》，黄永年、陈枫校点：《王荆公唐百家诗选》卷首，沈阳：辽宁教育出版社2000年版。

④ （清）永瑢等：《四库全书总目》卷一八六《唐百家诗选》提要，北京：中华书局1965年版，第1693页。

之辞，王安石自序已明言此集乃他亲手编选，而且是“择其精者”，又“废日力于此”。陈振孙之说亦经不起推敲，宋次道是宋代著名藏书家，其所藏唐人诗集在当时号称最备①，如果连诸大家诗集都没有，何以称备？细究起来，王安石在《唐百家诗选》中不选李商隐之诗是因为其乃西昆鼻祖，而王安石编选此集的主要目的之一就是要肃清西昆流弊；不选王维、元稹、白居易等人之诗是因为它们或以禅意胜，或声情浮艳，或务求浅近，不合王安石经世致用之文学观；不选柳宗元、刘禹锡之诗是因为王安石对他们在永贞革新中僭越名分的“不义”之举不满；不选李、杜、韩诸家，则是为了力避熟滥，且另编有《四家诗选》②；此外还与王安石刚愎自用、“众人以为不可，则执之愈坚”③ 的个性有关。

兼选宋代作家作品之选本，如罗□、唐□《唐宋类诗》20 卷，《郡斋读书志》谓其“分类编次唐及本朝祥符已前名人诗”④；又如宋敏求《宝刻丛章》30 卷，《郡斋读书志》谓其“聚天下古今诗歌石刻凡一千一百三十篇，以其相附近者相从，又次以岁月先后”⑤；此外如《宋史·艺文志》所载之郑雍《古今名贤诗》2 卷——郑雍乃仁宗嘉祐二年（1057）进士⑥，此集既名“古今名贤”，想必其中当录有宋人之作。

王安石《四家诗选》在此类选本中最引人注目。该集选编杜甫、韩愈、欧阳修、李白之诗，而将李白置于四家之末，此举出人意表，引得后人聚讼纷纭。实际上，杜、韩、欧、李之次序，正是四人在

---

① （宋）徐度《却扫篇》卷中：“诗人之盛莫如唐，故今唐人之诗集行于世者，无虑数百家。宋次道龙图所藏最备。”（《丛书集成初编》本）

② 详参童岳敏：《〈唐百家诗选〉刍议——兼论王安石早期唐诗观》，《中国典籍与文化》2006 年第 4 期。

③ 《河南程氏外书》卷一二，王孝鱼校点：《二程集》第 2 册，北京：中华书局 1981 年版，第 423 页。

④ （宋）晁公武：《昭德先生郡斋读书志》卷四下，《万有文库》本。

⑤ （宋）晁公武：《昭德先生郡斋读书志》卷四下，《万有文库》本。

⑥ 郑雍（1031—1098），字公肃，襄邑（今河南睢县）人，仁宗嘉祐二年（1057）进士，曾官开封府判官、诸王府记室参军、左谏议大夫、御史中丞、资政殿学士知陈州等职。《宋史》卷三四二有传。

王安石心目中的真实地位。王安石对杜甫、韩愈极为推重，曾多次在诗中表达对杜甫、韩愈的推重之意与追慕之思，如“尤爱杜甫氏作者”①、“永怀少陵诗”②、“终身何敢望韩公”③、“韩公既去岂能追”④ 等。而对于李白，王安石一向就颇有微词，他曾称李白为“放浪李白”⑤，认为李白“平生志业无高论”⑥。此外，曾慥《类说》卷五五引《冷斋夜话》明确载有王安石本人的解释：“王荆公以李太白、杜子美、韩退之、欧永叔诗编为四家集，以欧公居太白之上，公曰：‘太白词语迅快，然十句九句言妇人、酒耳。’”⑦

值得注意的是，所谓“因循”，也是相对而言。虽然宋初百余年间酬唱类选本之外的其他选本，多以前代作家作品为全部或主要之入选对象，但此期也出现了几种专选本朝作家作品的选本，如陈充《九僧诗集》⑧、佚名《圣宋文粹》⑨、佚名《圣宋文选全集》⑩。

此外，宋初百余年间还出现了一些独具特色的选本，虽然数量

---

① （宋）王安石：《老杜诗后集序》，《临川先生文集》卷八四，《四部丛刊》本。

② （宋）王安石：《弯碕》，《临川先生文集》卷一，《四部丛刊》本。

③ （宋）王安石：《奉酬永叔见赠》，《临川先生文集》卷二二，《四部丛刊》本。

④ （宋）王安石：《秋怀》，《临川先生文集》卷一二，《四部丛刊》本。

⑤ （宋）王安石：《谢公墩》，《临川先生文集》卷四，《四部丛刊》本。

⑥ （宋）王安石：《和王微之秋浦望齐山感李太白杜牧之》，《临川先生文集》卷一九，《四部丛刊》本。

⑦ （宋）曾慥：《类说》卷五五，《北京图书馆古籍珍本丛刊》第62册（据明天启六年岳钟秀刻本影印），北京：书目文献出版社1988年版，第936页。

⑧ 陈充（944—1013），字若虚，自号中庸子，益州成都（今四川成都）人。雍熙间进士甲科，累官至刑部郎中。《九僧诗集》传世之本乃陈充所编。该集收录宋初以诗鸣世之9位僧人的诗作百余首，所收诗工于写景，锤炼精严，是宋初晚唐体诗风的代表。南宋末年，杭州著名书商陈起编行《增广圣宋高僧诗选》，其中“前集”即《九僧诗集》。

⑨ 《郡斋读书志》卷四下著录此集，谓：“辑庆历间群公诗文，刘牧、王通之徒皆在其选。”（《万有文库》本）《宋史·艺文志》著录为30卷。

⑩ 祝尚书《宋人总集叙录》认为该集即李之仪《姑溪居士文集》卷一五《赠人》所记之《宋文选》，并据此推论该集之刊行当在北宋党禁之前，很可能在哲宗元祐间（中华书局2004年版，第44页）。今传本题《圣宋文选全集》，存32卷，皆北宋之文，名曰“全集”，实乃残帙，当为原书之《前集》。习见之本有《文渊阁四库全书》本，题名《宋文选》。又有中华再造善本，题名《圣宋文选全集》，扉页题“据南京图书馆藏宋刻本影印”（北京图书馆出版社2006年版）；据卷首丁丙识语及检核原书，该本卷二三——二六乃宋刻原本，版心下方记有字数及刊工姓名，其余各卷乃据朱彝尊传抄本抄补，版心唯记卷数、页码，无字数及刊工姓名。

不多，但对后来的选本实有开启、示范之功，表现了此期宋人对选本编纂的多方探觅。如陈材夫《仕途必用集》。《直斋书录解题》卷一五云："吴郡祝熙载序云陈君材夫所编。皆未详何人。录景德以来人表、笺、杂文，亦有熙载所撰者，题为'祝著作'，当是未改官制前人也。"① 该集专选表、笺等实用之文，对后世选本的讲求实用之风有开启之功。再如孔延之《会稽掇英总集》。孔延之（1014—1074），字长源，临江新淦（今江西新干）人，仁宗庆历二年（1042）进士，累官至尚书司封郎中。据卷首孔延之序，书成于神宗熙宁五年（1072），共选录自秦始皇三十七年（前210）至宋熙宁五年（1072）间的诗文805篇。该集是现存较早的宋代郡邑类选本，对后世此类选本的大量出现有示范意义与引领之功。

约略言之，宋初百余年间的选本主要呈现出三个特点：

一是酬唱类选本（包括与之性质相似的赐赠、应制类选本）风行于世，这导源于宋代实行右文抑武的基本国策、"与士大夫治天下"② 的文官政治，使得宋代文人的政治地位、经济地位与此前各朝代相比均有大幅提升，其创作心态趋于平和，创作动机趋于娴雅，由此促成了诗酒唱和、文藻相乐风气的形成；虽然赓和之习与酬唱之集由来已久，并非宋代才有的新鲜事物，但在宋初特定的历史条件下，此种风气的兴起，正与一个新兴王朝的升平气象相适应，故而越发蓬勃发展。

二是大量选本以前朝作家作品，尤其是唐代的作家作品为主要入选对象，对本朝作家作品则多有忽略，这里面固然有历史的惯性因素，但主要是因为宋初的文学创作正处于由蹈袭、模拟前人（主要是唐人）到图变、创新、逐渐形成自有独特风格的进程之中。宋初唐风笼罩，文坛上流行的是晚唐体、西昆体和白体；其后，随着

---

① （宋）陈振孙撰，徐小蛮、顾美华点校：《直斋书录解题》卷一五，上海：上海古籍出版社1987年版，第446页。

② 李焘《续资治通鉴长编》卷二二一载宋神宗与文彦博关于法制更张的对话："彦博又言：'祖宗法制具在，不须更张以失人心。'上曰：'更张法制，于士大夫诚多不悦，然于百姓何所不便？'彦博曰：'为与士大夫治天下，非与百姓治天下也。'"（中华书局1986年版，第5370页）

北宋诗文革新运动的不断深入，宋调特质逐渐显现并趋于定型。与此相适应，宋初的选本很多都是只选前代作品，其中又以专选唐代作品者居多；尔后才出现了一些兼选宋代作品的选本和几种专选宋代作品的选本。

三是开始出现了少量的实用类选本和郡邑类选本，这表明，在宋初百余年间，对选本编纂的多方探觅已经展开，后世多种选本因素已经开始出现。宋代作品被纳入遴选范围，以及实用类选本、郡邑类选本的出现，说明宋人对选本内容、选本样态、选本功能等各方面的探觅正在不断深入。

正是因为宋初百余年间的选本呈现出上述三个方面的特点，所以我们说此期是宋代选本的因循与探觅期。

第二节　成熟与务实期（徽宗朝至孝宗朝）

徽宗朝至孝宗朝，宋代选本编纂活动进入成熟与务实期。谓之成熟，首先是因为此期选本在选编内容方面的指向性趋于稳定，多数选本以本朝作家作品为全部或主要遴选对象，以选本的形式，着重对本朝文学现象展开批评，并传播本朝作家作品。其次是因为此期出现了一批在当时及后世产生了重大影响的“重量级”选本。这些选本既有卷帙庞大、厚重沉实者，如《皇朝文鉴》全编 150 卷，选录作品 2 500 余篇，又有篇幅简明而影响深远者，如《古文关键》选文不过 8 家 63 篇，却深入人心、声誉广布，其后所出宋代古文选本及后世同类选本，少有不受其沾溉者；既有在保存典章故实方面独具功绩之《宋大诏令集》《国朝名臣奏议》，又有在彰扬、打造宋代最具特色之文人群体——“三苏”文人群体方面厥功甚伟的“三苏”系列选本。谓之务实，是因为此期科举的导引效应开始增强，选本编纂中的务实致用之风蓬勃兴起，出现了一批专门服务科举且产生重大影响的场屋类选本。

一、宋调特质的凝定与选本编纂的成熟

宋代选本的编纂，经过宋初百余年的探觅、发展，至徽宗朝及以下，愈渐繁滋，达于成熟。此期，宋代文学的发展已经较为充分，经过欧阳修、苏舜钦、梅尧臣、王安石、苏轼、黄庭坚等文学大家及其他文人前后相继、持续不断的努力，宋代文学的发展最终完成了由量变到质变的突破。哲宗元祐时期，乃是宋代文学独特面目正式形成的时期，也是最能显示宋代文学自立气度的时期。宋代文学发展至元祐时期，方才真正完成了对唐代文学的剥离与突破。

大多数情况下，选本的编纂表现为对一定时期文学创作活动的一种返观与回顾，故而选本编纂活动具有相对滞后性。元祐时期，宋代文学的发展已达于鼎盛，而选家由于身处其中，很难做出全面、客观的评鉴与筛选。降至徽宗朝及以下，宋代文学的发展进入了鼎盛与中兴之间的相对低谷阶段与平缓时期，一些临时性的表象逐渐散去，真正的内在质素逐渐沉淀；尤其是北宋覆亡、南宋初立，客观上造成北宋作为一个相对独立的时代被从宋代历史发展的整体链条中割裂出来，这就使得选家在痛定思痛之余，开始对此前直至整个北宋的文学创作活动进行全面观照与客观评判，进而编纂出高质量的选本。文学创作活动的暂时低缓，成就了选本编纂的成熟。

由于此期宋代文学的特质已经凝定，并得到选家的确认，故而出现了大量专选宋人之作的选本。这些选本又可分为通选北宋之作的选本和专选某一特定时段、特定群体宋人之作的选本。

通选北宋之作的选本主要有以下几种（个别选本兼及南宋之初）：

《宋贤体要集》，佚名编。据《郡斋读书志》卷五下，该集13卷，集曾巩、欧阳修、王安石、王令、王安国、吴子经、周亶父、王雱、陈之方、苏轼、苏辙、孙洙、杜植、曾宰、郑獬、范镇、唐介、姚辟之文。集中所收作者皆北宋人，当编于北宋末、南宋初。

《宋大诏令集》①，宋绶子孙编。该集是北宋诏令汇编，起于宋

① 该集名称，《直斋书录解题》称《本朝大诏令》，《郡斋读书志》称《皇朝大诏令》，司义祖校点本称《宋大诏令集》。

太祖建隆元年（960），迄于宋徽宗宣和元年（1119），共3 800多篇。原书不著编者，据《直斋书录解题》卷五、《郡斋读书志》卷五上，该集由宋绶的子孙在高宗绍兴年间（1131—1162）编纂，嘉定三年（1210）李大异刻于建宁。凡240卷，今存196卷，分门别类，按年系月编次，分帝统、皇太后、妃嫔、亲王、皇女、宰相、典礼、政事等17门，门下分类，类下分目，目下又设子目。该集现有司义祖校点本（中华书局1962年版）。

《圣宋文海》，江钿编。据马茂军《〈圣宋文海〉作者江钿考略》[①]，江钿乃福建建瓯人，政和五年（1115）进士，曾知建宁府建阳县事，因捍寇捕贼受到嘉奖。《圣宋文海》一集的编选在孝宗淳熙四年（1177）之前，共120卷，分体编录，有赋、诗、表、启、书、论、说、述、议、记、序、传文、赞、颂、铭、碑、制、诏、疏、词、志、挽、祭祷文，凡38门。

《皇朝文鉴》，吕祖谦编。吕祖谦（1137—1181），字伯恭，世称东莱先生，婺州（今浙江金华）人。隆兴元年（1163）进士，官至直秘阁、著作郎兼国史院编修。该集之编纂乃因江钿《圣宋文海》起，淳熙四年十一月，江钿所编《圣宋文海》传入宫廷，宋孝宗观后，颇为欣赏，令临安府校正梓行；周必大认为该书去取无法、殊无伦理，书坊刊行则可，降旨刻行，事关大体，尚需慎重；孝宗于是令吕祖谦以该集为底本，重编《皇朝文鉴》。淳熙六年，吕祖谦编成该集，共150卷，书名仍依江钿之名，所收文仍断自中兴以前，用《文选》体例，分类编排，凡61门，周必大奏改名为《皇朝文鉴》。该集后世传本甚多，习见之本有《四部丛刊》本、《文渊阁四库全书》本等，又有今人齐治平校点本（中华书局1992年版，题名《宋文鉴》）。

《国朝名臣奏议》，吕祖谦编。《宋史·艺文志》《直斋书录解题》卷一五著录此书，皆云10卷、200篇。[②]

---

① 马茂军：《〈圣宋文海〉作者江钿考略》，《学术研究》2004年第4期。

② 《直斋书录解题》卷一五同时著录吕祖谦另编有《历代奏议》10卷。

《皇朝名臣奏议》[①]，赵汝愚编。赵汝愚（1140—1196），字子直，宋太宗长子赵德崇七世孙。乾道二年（1166）状元及第，历任宣义郎、知信州、知台州、江西转运判官、敷文阁待制、四川制署使兼成都知府、吏部尚书、知枢密院事等职。54 岁时，因扶立宁宗有功，迁右丞相，后遭权臣韩侂胄忌恨排挤，死在贬谪永州的途中。他于淳熙九年（1182）编成《皇朝名臣奏议》，全书 150 卷，录北宋诸臣奏议，共 1 630 篇，始自建隆，迄于靖康，依各篇奏议所论内容分为君道、帝系、天道、百官、儒学、礼乐、赏刑、财赋、兵制、方域、边防、总议 12 大门，每大门之下再分若干小门，共 112 门。他编纂此书之目的，在于明言路之通塞、备史乘之缺漏，供天子借鉴。此书编纂过程中曾参考、借鉴吕祖谦所编《皇朝文鉴》，但此书收录奏议的数量，是《皇朝文鉴》的十倍以上，且以内容分门，不同于《皇朝文鉴》之按作者的时代先后排列，其与《皇朝文鉴》同收之奏疏，不少地方文字亦有差异。此书传本甚多，习见之本为《文渊阁四库全书》本，题名《宋名臣奏议》[②]。1999 年，上海古籍出版社出版由北京大学中国中古史研究中心校点整理（邓广铭先生主持）的《宋朝诸臣奏议》，后附索引，取资甚便。

专选某一特定时段、特定群体宋人之作的选本，为数众多。专选某一特定时段者如《宋史·艺文志》所载《神哲徽三朝制诰》3 卷，收神宗、哲宗、徽宗三朝之制诰；《直斋书录解题》卷一五所载《艮岳集》1 卷，收徽宗政和至靖康以前时人歌咏艮岳之作；《郡斋读书志》卷四下所载《政和文选》20 卷，收录神宗元丰以后诗文千余篇；《郡斋读书志》后志卷二所载《太平盛典》23 卷，录徽宗政

---

① 此书名称，赵汝愚乞进劄子称《皇朝名臣奏议》（北京大学中国中古史研究中心校点整理本《宋朝诸臣奏议》附录该劄子），《直斋书录解题》卷一五亦称《皇朝名臣奏议》，《郡斋读书志》卷五下称《皇朝名臣经济奏议》，《宋史·赵汝愚传》（《宋史》卷三九二《列传》一五一）称《宋朝诸臣奏议》。后世传本及书目所载，或称《国朝诸臣奏议》，或称《宋诸臣奏议》《宋名臣奏议》，不一而足。参祝尚书：《宋人总集叙录》，北京：中华书局 2004 年版，第 168－174 页。

② 《四库全书总目》则题名《诸臣奏议》（中华书局 1965 年版，第 501 页）。据提要知《诸臣奏议》乃采进本原题名，《宋名臣奏议》则为馆臣所改。

和年间制诰、表章；《郡斋读书志》卷五下所载《中兴六臣进策》12卷，乃“绍兴五年前宰执吕颐浩、李纲、汪伯彦、李邴、张守、王绹、韩肖胄答诏旨所问战守方略之策也”①；《郡斋读书志》卷四下所载《圣绍尧章集》10卷，李文友编，录靖康末至绍兴十年（1140）赦书诏旨。

专选特定群体者，主要是“三苏”系列选本。由于宋孝宗偏好“三苏”之文，故“三苏”选本在孝宗朝大行于世，人人争而阅之，所谓“人传元祐之学，家有眉山之书”②。检诸史志目录之书，《宋史·艺文志》著录了3种：《三苏文集》100卷、《三苏文类》68卷、《三苏翰墨》1卷。《宋史艺文志补》著录了2种：蔡文子注《三苏文选》12卷、吕祖谦编《三苏文选》59卷。《四库全书总目·总集类存目三》著录1种：《三苏文粹》70卷。《天禄琳琅书目后编》著录了4种：《重广分门三苏先生文粹》4函，28册；《蜀本标题三苏文》2函，10册；《三苏先生文粹》2函，20册；《东莱标注三苏文集》2函，10册。傅增湘《藏园群书经眼录》卷一八中记载了4种：《重广眉山三苏先生文集》80卷、《三苏文粹》70卷、《三苏先生文粹》70卷、《吕氏家塾增注三苏文选》27卷。

在“三苏”选本的带动下，苏门诗文选本亦广为流行，如《四学士文集》，《宋史·艺文志》著录5卷，乃黄庭坚、晁补之、张耒、秦观4人之文，当刊于高宗绍兴时；《苏门六君子文粹》70卷，乃从黄庭坚、秦观、晁补之、张耒、陈师道、李廌诸家文集中录出，盖坊肆所刊，习见之本有《文渊阁四库全书》本；《坡门酬唱集》23卷，邵浩于乾道、淳熙间编成此集，依人系篇，前16卷为苏轼诗，17—20卷为苏辙诗，21—23卷为黄庭坚、秦观、晁补之、张耒、陈师道等人诗，其他别有继和者，亦皆附入，习见之本有《文渊阁四库全书》本。

除了专选宋人之作的选本外，此期也出现了一些兼选前代与宋

---

① （宋）晁公武：《昭德先生郡斋读书志》卷五下，《万有文库》本。

② 宋孝宗：《苏文忠公赠太师制》，郎晔编注：《经进东坡文集事略》卷首，《四部丛刊》本。

代的选本。此类选本的编纂动因之一，乃是在前代与宋代兼选，尤其是唐代与宋代兼选的架构中，给宋代作家作品一个合适的位置，透露出此期选家试图在文学发展的整体进程中对宋代作家作品进行合理定位的尝试。此类选本如：

《复雅歌词》，鲖阳居士编。据《直斋书录解题》卷二一，该集50卷；又据黄升《绝妙词选自序》，该集"兼采唐、宋，迄于宣和之季，凡四千三百余首"[①]；今存鲖阳居士所作《复雅歌词序略》，序末有"属靖康之变，天下不闻和乐之音者，一十有六年。绍兴壬戌，诞敷诏音，弛天下乐禁"[②]云云，可知该集编于"绍兴壬戌"，即高宗绍兴十二年（1142）。

《古今绝句》2卷，吴说编。吴说，生卒年不详，字傅朋，号练塘，《宋诗纪事》谓为王令之外孙，[③]钱塘（今浙江杭州）人，历任尚书郎、知信州等职。据瞿镛《铁琴铜剑楼藏书目录》卷二三所载吴说跋，该集编成于绍兴二十三年（1153）。名为"古今绝句"，实仅选录唐代杜甫、宋代王安石二人之诗，其中杜甫132首，王安石613首，共计745首，吴说自谓古今绝句造微入妙者，无出杜、王二家之右。瞿氏谓吴说编选该集，是有意推崇荆公，而以杜陵配之，其说甚是。

《后典丽赋》40卷，唐仲友编，选录唐末至高宗绍兴间赋。《直斋书录解题》卷一五载："金华唐仲友与政编。仲友以辞赋称于时。此集自唐末以及本朝盛时，名公所作皆在焉，止于绍兴间。先有王戊集《典丽赋》九十三卷，故此名《后典丽赋》。王氏集未见。"[④]据选文之时间下限及唐仲友生平（1136—1188），该集当编于绍兴末

① 施蛰存主编：《词籍序跋萃编》，北京：中国社会科学出版社1994年版，第661页。

② 施蛰存主编：《词籍序跋萃编》，北京：中国社会科学出版社1994年版，第658－659页。

③ （清）厉鹗辑撰：《宋诗纪事》卷四八，上海：上海古籍出版社1983年版，第1222页。

④ （宋）陈振孙撰，徐小蛮、顾美华点校：《直斋书录解题》卷一五，上海：上海古籍出版社1987年版，第457页。

或孝宗朝。

《东莱集注类编观澜文集》，林之奇编、吕祖谦集注。林之奇（1112—1176），字少颖，号拙斋，福州侯官人，绍兴二十一年（1151）及进士第，曾任长汀尉、秘书省校书郎等职，吕祖谦曾受学于他。该集选录古今诗文数百篇，凡赋、诗、歌、行、序、引、论、记、书、启、表、疏、传、赞、箴、颂、碑、铭，逐篇分类。有光绪甲申（1884）季春碧琳琅馆重刊本，系70卷全本，武汉大学图书馆、浙江义乌图书馆有藏。习见之本为《宛委别藏》所收32卷残本。

二、科举的导引与务实之风的兴起

宋代选本编纂中讲求功利的务实之风，由来已久，宋初即已出现《仕途必用集》这样具有鲜明事功色彩的选本。上文已经述及的徽宗朝至孝宗朝选本中，多有诏令、奏议之集，也表现出务实致用的倾向；而随着此期科举制度导引效应的增强，选本编纂中的务实之风更是蓬勃兴起。

宋代广开科举之门，不断改革、完善科举制度，大量增加科举录取名额，科举对于广大士子的吸引力与影响力皆大大超越前代。由于科举导引效应的增强，广大士子的习文活动与整个社会的文学风尚都发生了明显的迁移，苏轼曾说："夫科场之文，风俗所系，所收者天下莫不以为法，所弃者天下莫不以为戒……何者？利之所在，人无不化。"① 而随着士子习文活动与社会文学风尚的变化，选本的编纂活动也出现了新的趋向，主要表现为讲求实用、直接为举业服务的场屋类选本开始兴起。此类选本如：

《戛玉前集》《后集》，杨存亮编，据《郡斋读书志》卷五下，该集前集49卷，后集50卷，乃杨存亮于高宗绍兴壬戌（1142）编近世诸公举业杂文，类而次之。

---

① （宋）苏轼：《拟进士对御试策》，孔凡礼点校：《苏轼文集》卷九，北京：中华书局1986年版，第301页。

《宏辞总类》，陆时雍等编，据《直斋书录解题》卷一五，该集41卷，又有后集35卷、第三集10卷、第四集9卷，起于绍兴二十五年（1155），迄于宁宗嘉定元年（1208），皆刻于建昌军学，前集乃陆时雍刻于高宗绍兴间。

《指南赋笺》《指南赋经》，佚名编，据《直斋书录解题》卷一五，《指南赋笺》55卷，《指南赋经》8卷，皆书坊编辑时文，止于绍兴以前。

《指南论》，佚名编，据《直斋书录解题》卷一五，该集一本16卷，另一本分前、后集，共46卷，乃淳熙以前时文。

《擢犀策》《擢象策》，据《直斋书录解题》卷一五，《擢犀策》196卷，录元祐、宣和、政和以及建炎、绍兴初年之时文，《擢象策》168卷，录绍兴末年之时文。

此期出现的场屋类选本中，最值得关注的是吕祖谦所编之《古文关键》。该集是现存最早的评点类古文选本，也是有宋一代影响最大的场屋类选本，南宋中后期以至宋以后历朝历代出现的诸多同类选本，少有不受其沾溉者。原书2卷，后蔡文子为之作注，遂扩为20卷。选韩愈、柳宗元、欧阳修、苏洵、苏轼、苏辙、曾巩、张耒8家，共63篇。集中标抹注释，每篇题目下有总评，正文旁有小字批注。习见之本有《文渊阁四库全书》本、《丛书集成初编》本等。

概而论之，徽宗朝至孝宗朝，是一个较为特殊的时期：对北宋而言，此期意味着终结；对整个宋代而言，此期则处于继往开来的中间时期。一方面，由于处于北宋的终结期，故此期选本对北宋文学的巨大成就及宋代文学特质已然凝定的事实多有反映，出现了大量以宋代作家作品为全部或主要入选对象的选本。在这些选本中，宋代作家作品由宋初选本中的附庸而蔚为大观，由边缘走向中心，成为这些选本的主角与灵魂。这种现象，表现了选家对宋代文学特质的认同与确定；而且，在这些选本中，有很多在当时及后世均产生了重大影响，如《皇朝文鉴》《古文关键》等。另一方面，由于处于整个宋代的中期，科举对士子习文活动与社会文学风尚的影响开始越来越明晰地显现出来，并由此促成了选本编纂动机与行为的迁移，宋初那种悦己娱人、典重娴雅的酬唱类选本逐渐退潮，讲求实用、直接为举业服务的场屋类选本开始兴起，并有愈演愈烈、一发不可收之势。

第三节　分化与争胜期（光宗朝至宋亡）

光宗朝以降，宋代选本编纂呈现出分化与争胜的新态势。此期选本编纂由纯文学性选本占据主流转而为各类选本全面开花、争相涌现，其中，尤以宗唐、宗宋两类选本的比场争胜、共竞风流格外引人注目。

一、选本编纂全面开花、众舸争流

宋代选本的编纂，在徽宗朝至孝宗朝蓬勃发展并达于成熟，接下来开始分化、流衍，进而出现全面开花、众舸争流的新景观。一方面，此前虽然也有数量不菲的以悦己娱人为主要目的之酬唱类选本、以存文扬名为主要目的之郡邑类选本、以科举实用为主要目的之场屋类选本等各种选本类别出现，但选本的主流还是立足于文学本位之纯文学性选本；自光宗朝始（南宋中后期），在各种思想文化因素的激荡、鼓动之下，各种并非文学本位的选本开始争相涌现，出现了纯文学性选本、场屋类选本、理学选本等并驾齐驱、相互媲美的局面。另一方面，由于在文学创作领域，主要是在诗歌创作领域，最能代表宋调特征的江西诗风遭到怀疑与叛离，宗唐之风复起，由此导致唐、宋诗之争正式拉开帷幕；反映在选本编纂中，便出现了宗唐与宗宋两类选本各树一帜、比场争胜的局面。

（一）纯文学性选本

徽宗朝至孝宗朝选本的主流是纯文学性选本，这些选本通过专选宋代作家作品或将宋代作家作品置于核心位置，对在创作领域已然凝定的宋代文学特质加以确认，对宋代文学的创作成就表示认同。光宗朝以降，在纯文学性的选本中，这种确认与认同仍在继续。光宗朝以降的纯文学性选本，很多都是专选宋代作家作品。其中，通选宋人之作、以大而全著称者如《圣宋名贤五百家播芳大全文粹》，由魏齐贤、叶棻编。原书100卷，后补编为150卷，习见之《文渊阁四库全书》本为110卷，卷首有许开序，作于光宗绍熙元年(1190)。所录皆宋文，依《文选》之例，按文体分类编排，凡表、笺、制、诰、简、疏、赋、颂、记、序、铭、跋无不毕备，卷首列作者姓氏，凡520家。

专选某一特定时段作品之选本如《中兴群公吟稿》，陈起编。陈起，字宗之，又字彦才，号芸居，浙江钱塘（今杭州）人。曾于宁宗时参加乡试，中第一。开书肆于钱塘睦亲坊，编刊有《江湖集》。《吟稿》全集凡48卷，录153人之诗；今存其残帙，名为“中兴群公吟稿戊集”，共7卷。

专选某一特定群体作品之选本如《诗家鼎脔》，佚名编。该集卷首有小序，署名“倦叟”，四库馆臣推测其人即为别号“倦圃”之曹溶。《全芳备祖》中曾经引用该集之诗，表明该集编者当在《全芳备祖》编者陈景沂（理宗时人）之前。集名“诗家鼎脔”乃取“尝鼎一脔”之意，集中所选，皆宋末江湖诗人之作。

（二）场屋类选本

南宋中后期，历经变革的科举考试制度已经基本稳定下来，由此，直接为举业服务的场屋类选本大量涌现，数量远超于此前。这些选本大致可以分为两类：一是古文选本，二是时文选本。场屋类选本中之所以有不少古文选本，是因为宋人认为写作科举时文正当以古文为法。早在北宋末，唐庚（1071—1121）就曾明确指出这一点，其《上蔡司空书》中云：

> 自顷以来，此道几废，场屋之间，人自为体，立意造

> 语，无复法度。宜诏有司取士，以古文为法。所谓古文，虽不用偶俪，而散语之中，暗有声调，其步骤驰骋，亦皆有节奏，非但如今日苟然而已。①

而从南宋中后期古文选本的编纂实际来看，这些古文选本也正是为士子研习举业而编，选家无时无刻不在为士子应举作设身处地之想。其中，尤以谢枋得《文章轨范》表现得最为典型，如其卷二识语云："初学熟此，必雄于文。千万人场屋中，有司亦当刮目。"卷三识语云："场屋程文论，当用此样文法。"卷三评《秦始皇扶苏论》云："作此论妙法从老泉传来，今人作场屋程文论，当以此为法。"卷三评苏轼《范增论》："后生只熟读暗记此一篇，义理融明，音律谐和，下笔作论必惊世绝俗。"卷四识语云："此集文章占得道理强，以清明正大之心，发英华果锐之气，笔势无敌，光焰烛天，学者熟之，作经义作策必擅大名于天下。"卷四评苏轼《潮州韩文公庙碑》云："后生熟读此等文章，下笔便有气力，有光彩。"卷四评欧阳修《上范司谏书》云："少年熟读，可以发才气，可以生议论。"卷五识语云："场屋中日晷有限，巧迟者不如拙速。论、策结尾，略用此法度，主司亦必以异人待之。"② 反复申说，其意昭然。

除谢枋得《文章轨范》外，此期为举业服务的古文选本还有《迂斋先生标注崇古文诀》《新刻诸儒批点古文集成》《文髓》《古文真宝》《古文正宗》等。

《迂斋先生标注崇古文诀》，楼昉编。理宗宝庆丙戌（1226），陈振孙为之作序；宝庆丁亥（1227），姚珤为之作跋，跋中称"四明楼公假守莆邦，积其平时苦学之力，细绎古作，抽其关键，以惠后学"③。此书后世有多种传本，习见之本为《文渊阁四库全书》本，

---

① （宋）唐庚：《眉山唐先生文集》卷二三，《四部丛刊》本。另按，引文中"偶俪"原为"偶洒"，据《文渊阁四库全书》本《眉山集》卷八改。

② （宋）谢枋得：《文章轨范》，据中华再造善本（系据中国国家图书馆藏元刻本影印，题名"叠山先生批点文章轨范"），北京：北京图书馆出版社 2005 年版。

③ （宋）姚珤：《崇古文诀跋》，中华再造善本《崇古文诀》卷首（据中国国家图书馆藏元刻本影印，题名"迂斋先生标注崇古文诀"），北京：北京图书馆出版社 2005 年版。

共35卷，乃补辑本，依时代先后为序编排，分先秦文、两汉文、唐文、宋文。

《新刻诸儒批点古文集成》，王霆震编，选编春秋至南宋名家之文，共78卷。四库馆臣谓该集乃南宋书肆本，当刊于理宗朝。该集颇具文献价值，不少当日之名流而文集不传者，如马存、程大昌、陈谦、方恬、郑景望诸人，其文皆赖该集以存。集中所引各家评语，如槐城、松斋、敩斋、郎学士、《戴溪笔议》、《东塾燕谈》之类，亦赖该集以传。

《文髓》，周应龙编注。周应龙，理宗绍定间进士。该集选编韩、柳、欧、苏四家文章之精粹者，共74篇，详加标注，探其旨归，发其关键，以教初学。[①]

《古文真宝》，黄坚选编。黄坚之生平，颇有争议，熊礼汇先生考证其为宋末元初滁州来安麟峰人。该集收录战国屈原至南宋谢枋得诸家之诗文，代有所录，而唐宋诗文居其大半；分前、后两集，大体前诗后文，各10卷。书以“真宝”命名，又特意在卷首列入“劝学文”，表明其本为教学而编。该集曾一度流行，后来却日渐消遁，终至湮没无闻；但自元至今，在日本、韩国长传不衰。[②] 国内素有藏本，其中绍兴图书馆所藏元刻本为现存最早版本，惜长期以来未为人识、不为人重，近年方由姜赞洙重新发现[③]；日本流行本之底本为元刊《魁本大字诸儒笺解古文真宝》，韩国流行本之底本为明刊《详说古文真宝大全》，二本之卷数、编排体例、所收作品数量及篇目皆有差异，后者有熊礼汇先生点校本。

《古文正宗》，据《郡斋读书志》卷五下，该集分前集22卷、后集12卷，集诸儒评论先秦、两汉、三国、两晋、六朝、唐、宋诸公之文，或编于宋末。

---

① 据祝尚书《宋人总集叙录》第308页所附明宣德三年刻本《文髓》卷末周岐凤跋，北京：中华书局2004年版。

② 熊礼汇：《〈古文真宝〉的编者、版本演变及其在韩国、日本的传播》，（宋）黄坚选编，熊礼汇点校：《详说古文真宝大全》，长沙：湖南人民出版社2007年版。

③ 姜赞洙：《中国刻本〈古文真宝〉的文献学研究》之上编第一章《绍兴图书馆藏元刻残本〈古文真宝〉版本考》，复旦大学博士学位论文，2005年。

场屋类选本中的时文选本主要有《论学绳尺》。《论学绳尺》，魏天应编，林子长注。据张健《魏庆之及〈诗人玉屑〉考》[1]，魏天应号梅墅，乃《诗人玉屑》编者魏庆之之子。魏庆之《诗人玉屑》20卷成书于理宗淳祐四年（1244），魏天应当亦理宗时人。该集全名《批点分格类意句解论学绳尺》，选录南渡以来场屋得隽之文150多篇，以供士子摹习。由于科举市场需求的旺盛，南宋中后期与《论学绳尺》同类性质的书应该还有不少，不过多已亡佚，“天应此集，其偶然传者”[2]。

实际上，南宋中后期文章选本多涉场屋，很多选本虽未明言及此，但其实亦有取便场屋之意，祝尚书认为：“真正与科场程式论无关的，盖只有真德秀的《文章正宗》。”[3] 此处所列，乃是指向明确、有直接表征显示服务科举之意者。

（三）理学选本

南宋中后期，在学术文化领域最引人瞩目的无疑是理学的崛起。孝宗淳熙年间，由于朱熹等人的大力提倡，二程之学大行于世，其后遂有理学之名；至宁宗嘉定十六年（1223），魏了翁为周（敦颐）、程（颢、颐）、张（载）诸子请谥成功，标志着理学得到最高统治者的正式承认，开始成为“正学之宗”。理学与文学虽曰两途，但由于宋代特定的思想文化背景，二者实互相纠缠、密不可分。理学与文学联姻的结果，则是在文学创作领域出现了理学诗与理学家之文，而文学家之创作也不可避免地带上了理学痕迹；这一态势反映在选本编纂中，便是奉行理学标准之选本（以下简称为理学选本）的出现。南宋中后期，理学选本前后踵继，绵延不断，其要者有：

《文章正宗》《续文章正宗》，真德秀编。真德秀（1178—

---

① 张健：《魏庆之及〈诗人玉屑〉考》，《人文中国学报》第10期，上海：上海古籍出版社2004年版。

② （清）永瑢等：《四库全书总目》卷一八七《论学绳尺》提要，北京：中华书局1965年版，第1702页。

③ 祝尚书：《宋代科举与文学考论》，郑州：大象出版社2006年版，第289页。

1235)，字景元，又字希元，浦城（今属福建）人，世称“西山先生”。真德秀乃朱熹之再传弟子，他继承朱子之学，成为继朱熹之后的理学正宗传人，在确立理学正统地位的过程中发挥了重大作用。《文章正宗》24 卷（或刊作 20 卷），选录《左传》《国语》以下至于唐末之作；《续文章正宗》20 卷，皆北宋之文。作为理学家所编、承载理学文论的代表性文章选本，该集以“本乎古”“近乎经”为择录标准，以“明义理、切世用”为编纂旨归。[①] 习见之本有《文渊阁四库全书》本。

《妙绝古今文选》，汤汉编。汤汉，字伯纪，号东涧，饶州安仁（今属江西）人，理宗淳祐四年（1244）进士，著名理学家，曾任象山书院山长、国史实录院校勘，累官至权工部尚书，以端明殿学士致仕。该集以“发明理道”“羽翼圣经”为旨归，[②] 选录《左传》、《国语》、《孙子》、《列子》、《庄子》、《荀子》、《淮南子》、《国策》、《史记》、扬雄、刘歆、诸葛亮、韩愈、柳宗元、杜牧、范仲淹、欧阳修、王安石、曾巩、苏洵、苏轼之文，凡 4 卷，79 篇。习见之本有《文渊阁四库全书》本。

《十先生奥论》。该集编者、编纂时间均不详，四库馆臣据其版式推测其为南宋建阳麻沙坊本。分前集、后集、续集各 15 卷，续集脱去前 5 卷，总共 40 卷。集中所录，多理学家之文，如程子、杨时、朱子、张栻、吕祖谦等。按文章内容分类编排，有历代圣君论、时政论、六经论、性理论、考古论、治道论、进论等。该集存本，今唯《文渊阁四库全书》本。

《诗准·诗翼》，何无适、倪希程编。该集由《诗准》《诗翼》两部分组成，何无适先编成《诗准》，然后倪希程又编成《诗翼》，再由王柏合为一书，并于理宗淳祐癸卯（1243）为全书作序。该集以理学标准选诗，其编纂动因乃是影附朱熹诗分三等、别为二端之说，其编纂行为旨在完成朱熹未及完成之业，是对朱熹诗学观点的具体化。齐鲁书社《四库全书存目丛书》收有此书。

---

① （宋）真德秀：《文章正宗纲目》，《文渊阁四库全书》本《文章正宗》卷首。
② （明）王廷幹：《妙绝古今后序》，《文渊阁四库全书》本《妙绝古今》卷末。

《濂洛风雅》，金履祥编。金履祥（1232—1303），字吉父，兰溪（今属浙江）人。朱熹之四传弟子。曾任教于严陵（今浙江桐庐）钓台书院，入元不仕，居仁山之下，讲学于丽泽书院，学者称"仁山先生"。该集卷首冠以《濂洛诗派图》《濂洛风雅姓氏目次》，罗列濂洛一系理学家48人之姓氏及相关简况，集中选录周子、程子以至王柏、王偘等人之诗，共45人，454首诗。金履祥初编以师友渊源为统纪，再由唐良瑞加以分类①。《金华丛书》《四库全书存目丛书》收有此书。

二、宗唐、宗宋两类选本比场争胜

南宋中后期，江西诗派诗风遭到怀疑与叛离，众多诗人突破江西法门，转学晚唐，历经淬炼，自成一家，卓然名世。由此，南宋中后期诗坛兴起了一股宗唐思潮，并渐成席卷之势，与宋初"三体"流行、唐风笼罩的情形略有相似之处。与宗唐诗学思潮的兴盛相适应，南宋中后期诗歌选本中出现了一批专选唐诗的选本，主要有：《万首唐人绝句》，洪迈编，成书于光宗绍熙三年（1192），共选唐人七言绝句75卷，五言绝句25卷，每卷100首，共10 000首；《二妙集》，赵师秀编，专选贾岛、姚合之诗；《众妙集》，赵师秀编，专选唐人五、七言律诗；《三体唐诗》，周弼编，专选唐人七绝、七律、五律；《注解章泉涧泉二先生选唐诗》，赵蕃、韩淲编，谢枋得注，共5卷，选54人101首诗，所选皆唐人七言绝句；《唐僧弘秀集》，李龏编，所选皆唐代名僧之诗，自皎然以下凡52人500首；《分门纂类唐歌诗》，赵孟奎编，共100卷，收诗人1 353家，诗歌

---

① 据唐良瑞《濂洛风雅序》，金履祥晚年馆唐良瑞齐芳书舍时，以该集出示唐良瑞，唐良瑞代为分类并付梓。唐良瑞序曰："仁山金子吉甫翁馆我齐芳书舍，暇日相与纵言，至于诗，因见其所编萃有曰《濂洛风雅》者。开卷徐展，但以师友渊源为统纪，而未分类例……窃以为……今日风雅之编，不可不以类分也。于是断取诗、铭、箴、诫、赞、咏四言者为风雅之正体，其楚词、歌、操、乐府、韵语则风雅之变体，其五七言古风则风雅之再变，其绝句、律诗则又风雅之三变也。类聚而观之，条理明整，意味悠长。因以私淑子姓，而朋友间见者，亦皆欲得之，因锓诸梓，与同志共焉……时元贞丙申（1296）四月既望。"（《四库全书存目丛书》本《宋金仁先生选辑濂洛风雅六卷》卷首，集部二八九）

40 791 首。

为了肯定和重新确立江西诗风在诗坛的正宗地位，进而维护宋诗特质，另有一些选本对宗唐思潮进行了反拨。此类选本，以方回《瀛奎律髓》最为典型。方回此书虽然成于宋亡之后，但反映的仍是晚宋风气。方回在书中对宋末诗坛之“卑而又俗，浅而又陋，无‘江西’之骨之律”① 表现出极大不满，因此他致力于对宗唐思潮进行反拨与矫正。具体而言，该集对宗唐思潮的反拨、对宋诗骨格的力挺，主要表现在三个方面：贬斥“四灵”，排抑“江湖”；尊崇“老杜”，力挺“江西”；以宋比唐，倡扬“格高”“平淡”。由于该集鲜明的宋诗立场与坚定的宋诗主张，在后世的唐宋诗之争中，它总是处于风口浪尖，毁誉参半，但其在一片尊唐抑宋之声中，以一种力挽狂澜的姿态，第一个站出来为宋诗争名定位，为“宋调”最终成为与“唐音”并誉的两大诗学传统之一，奠定了初步的理论基础，其首创之功不容抹杀。

在宗唐还是宗宋的问题上，南宋中后期的诗歌选本大多立场鲜明，但《分门纂类唐宋时贤千家诗选》可能是一个例外。据李更、陈新《〈分门纂类唐宋时贤千家诗选〉考述》②，该集成书约在理宗宝祐至度宗咸淳之间，选录唐、宋诗人之作，分前、后两集，前集25 卷，后集 10 卷，按诗歌题材分门别类进行编排，分时令、节候、气候、昼夜、百花、竹林、天文、地理、宫室、器用、音乐、禽兽、昆虫、人品、宴赏、性适、□□、仕宦、投献、□□、庆寿、庆贺、干求、馈送、谢惠、谢馈送 26 门，每门附以子目，如时令门下分春、夏、秋、冬，节候门下分元日、立春、上元、清明、端午、立秋、七夕、中秋、重阳、冬至、除夜等。该集旧传为刘克庄编，但集中多有将他人诗作归于刘克庄名下或把刘克庄诗作嫁名他人、署作无名氏、收为唐贤者，表明该集实与刘克庄无涉，当是书商谋利

① 方回选评，李庆甲集评校点：《瀛奎律髓汇评》卷四七，吕本中《寄璧公道友》后，上海：上海古籍出版社 2005 年版，第 1753 页。

② 李更、陈新：《分门纂类唐宋时贤千家诗选校证》附录，北京：人民文学出版社 2002 年版。

而编，托刘克庄之名以借重。集中存在不少错漏之处，如署名紊乱、错误，随意删节作品，甚至误收六朝诗作等。由于是书商谋利而编，故该集并无明确的诗学倾向，谈不上宗唐还是宗宋。

总而论之，南宋中后期的选本园地可谓是百花争艳、五彩缤纷，有着此前所没有的热闹景象。此期选本在选编动因、文本形态、理论主张等各个方面皆各尽其变、各造其极，显示出选本旺盛的生命力、丰富的文本样态、强大的实用功能与理论功能。

通过上文对宋代选本编纂情况的大致梳理与归纳，我们可以看出，宋代选本的编纂具有一定的时段性。因为政治环境、文化思潮、文学风会等多种因素的影响，各个时段的选本编纂呈现出不同的特点，各个时段的选本都有其主流样态：宋开国至哲宗朝主要是酬唱类选本与因循类选本，徽宗朝至孝宗朝是以宋代作家作品为主要入选对象的纯文学性选本与讲求实用的场屋类选本引领潮流，光宗朝以降则是多种类型选本的并驾齐驱、相互媲美与宗唐宗宋两类选本的比场争胜、各竞风流。

但需要指出的是，选本编纂的时段性是相对的，各个时段的选本编纂活动，在时段性之外，又有其延续性和连贯性。除上文中已经明确述及的纯文学性选本与场屋类选本表现出的延续性和连贯性外，其他各类选本亦皆如此。比如，酬唱类选本是宋开国至哲宗朝选本的主要样态之一，但并非此后就再无此类选本，事实上，由于送往迎来、交游唱和乃是宋代文人日常生活中不可或缺的一部分，哲宗朝之后此类选本仍然流行于世，仅《宋史·艺文志》中著录的就有《汉南酬唱集》《辖轩唱和集》《游山唱和》《馆阁喜雪唱和诗》《岳阳唱和》等，只不过它们在整个选本园地中的地位已由中心退至边缘、由主流降为支脉。又如郡邑类选本，由于宋人对郡望、宗族的重视，加之扬名立万、夸示后人等动机，此类选本在宋代亦是长盛不衰，宋开国至哲宗朝已有《会稽掇英总集》等选本行世，此后数量渐增，至南宋中后期更是大量涌现，其中著名者如董棻编《严陵集》、李庚等编《天台集》系列、程遇孙等编《成都文类》、龚昱编《昆山杂咏》、林表民编《赤城集》、郑虎臣编《吴都文粹》

等，皆在当时及后世产生了重要影响。正是因为选本编纂活动既具时段性，又有延续性和连贯性，才使得宋代的选本编纂既有层峦叠嶂、千峰竞秀的壮丽，又有万山驰骛、绵延不绝的气势。

此外，宋代选本形态丰富、种类繁多，非短章零简所能囊括，除上文中所述及的各种选本外，宋代还有不少虽未占据主流地位但亦不可轻忽之选本，如诗社选本。宋代偃武右文的社会政治环境造就了一个空前庞大的文士群体，同时衍生出大量的文人会社。这些文人会社在雅集唱和、诗酒流连之余，往往也会将会众之作品编集刊行，形成选本，如西湖白莲社与《西湖莲社集》《续西湖莲社集》，颍川诗社与《颍川集》，西湖吟社与《西湖吟社诗》，等等。可惜的是，千年以降，关于宋代诗社选本的史料已经如雪泥鸿爪、吉光片羽般难以寻觅，而我们从少量有幸传世的诗社选本中，亦可上窥当日诗社之规模、主张、趣尚及当日文人之生存状态与境况。

第二章　选本的批评原理与机制

“批评（criticism）”作为一个专门的学术用语，其原义为“分析”“评判”，“从词源上讲，‘to criticize’起初的意思是‘to analyse’（分析），后来变成了‘to judge’（评判）的意思”[①]。文学批评即对文学的“批评”，对其含义的理解，向有狭义和广义之分。著名批评家韦勒克曾指出，文学批评“照狭义来理解即作为研究具体文学作品并着重对其进行评价”[②]，英国批评家艾略特即持此种看法，他曾明确指出：“我说的批评，意思当然指的是用文字所表达的对于艺术作品的评论和解释。”[③] 广义的文学批评则指对文学作品的评价和对文学现象的本质和规律的研究，包括对作家、作品、文学思潮、文学流派、文学运动等一切文学现象的探讨、判断、分析、评价、总结等。[④] 韦勒克本人所认可的文学批评即是一种广义的文学批评，他说：

> “批评”这一术语我将广泛地用来解释以下几个方面：它指的不仅是对个别作品和作者的评价，“明断的”批评，实用批评，文学趣味的征象，而且主要是指迄今为止有关文学的原理和理论，文学的本质、创作、功能、影响，文

① ［英］罗杰·福勒编，周永明、薛洲堂、李律译：《现代西方文学批评术语辞典》，沈阳：春风文艺出版社 1988 年版，第 163 页。

② ［美］雷内·韦勒克著，张今言译：《批评的概念》，杭州：中国美术学院出版社 1999 年版，第 33 页。

③ 伍蠡甫主编：《现代西方文论选》，上海：上海译文出版社 1988 年版，第 42 页。

④ 参张利群主编：《文学批评原理》，桂林：广西师范大学出版社 2004 年版，第 10－11 页。

学与人类其他活动的关系，文学的种类、手段、技巧，文学的起源和历史这些方面的思想。①

很明显，韦勒克所说的文学批评不仅包含了对作品的评价，而且和文学理论、文学史具有某种同构关系。他曾进一步指出文学批评、文学理论、文学史三者之间互相蕴含的有机联系：

“文学理论”研究文学原理、范畴、标准等方面，而关于具体文艺作品的研究不是“文学批评”就是“文学史”。当然，人们常常用“文学批评”一词来概括文学理论。我呼吁这三门学科有进行合作的必要：它们互相蕴涵的彻底程度使人不能想象有脱离文学批评或文学史的文学理论，或者有可以脱离文学理论或文学史的文学批评，或者有可能脱离文学理论和文学批评的文学史。②

韦勒克的这种广义的文学批评观已被理论界广为接受，现今学者们所说的文学批评通常都是一种广义的文学批评，有学者指出：“其实，中西方的文学批评学和文学批评史论著大都是采用广义的概念。”③《中国大百科全书》指出，文学批评是“指按照一定的标准，对作家作品和文学现象（包括文学运动、文学思潮和文学流派等）所作的研究、分析、认识和评价”④。

依照被理论界广为接受的文学批评的含义，选本显然也属于文学批评的一种重要形式，换句话说，选本具有文学批评的功能。关于此点，朱东润有精辟阐论，其《中国文学批评史大纲》对中国式

① ［美］雷纳·韦勒克著，杨岂深、杨自伍译：《近代文学批评史》第1卷，上海：上海译文出版社1987年版，前言第1页。

② ［美］雷内·韦勒克著，张今言译：《批评的概念》，杭州：中国美术学院出版社1999年版，第1页。

③ 李国华：《文学批评学》，保定：河北大学出版社1999年版，第20页。

④《中国大百科全书·中国文学卷》，北京：中国大百科全书出版社1986年版，第953页。

文学批评的表现进行了描述，并明确指出选本是文学批评的一种重要形式。他指出：

> 凡一民族之文学，经过一发扬光大之时代者，其初往往有主持风会，发踪指使之人物，其终复恒有折衷群言，论列得失之论师，中间参伍错综，辨析疑难之作家，又不绝于途。凡此诸家之作，皆所谓文学批评也。得其著而读之，一代文学之流变，了然于心目间矣。①

> 今欲观古人文学批评之所成就，要而论之，盖有六端。自成一书，条理毕具，如刘勰、钟嵘之书，一也。发为篇章，散见本集，如韩愈论文论诗诸篇，二也。甄采诸家，定为选本，后人从此去取，窥其意旨，如殷璠之《河岳英灵集》，高仲武之《中兴间气集》，三也。亦有选家，间附评注，虽繁简异趣，语或不一，而望表知里，情态毕具，如方回之《瀛奎律髓》，张惠言之《词选》，四也。他若宗旨有在，而语不尽传，照乘之光，自他有耀：其见于他人专书，如山谷之说，备见诗眼者为五；见于他人诗文，如四灵之论，见于《水心集》者，六也。此六端外，或有可举，盖不数数覯焉。②

朱东润谈到的六种主要的文学批评形式中，第三点、第四点都是选本。

为了进一步明确选本的文学批评功能，有必要对选本的批评原理、批评机制略作讨论。

---

① 朱东润：《中国文学批评史大纲》，上海：上海古籍出版社 2001 年版，第 1 页。
② 朱东润：《中国文学批评史大纲》，上海：上海古籍出版社 2001 年版，第 3 页。

第一节　选择即批评：选本的批评原理

文学批评的根本特点在于“评”，选本的根本特点在于“选”，而“评”“选”二者是不能截然分开的，“选”本质上亦是“评”——既然要有所选择，就必然要有所衡鉴、有所去取、有所评价，也就自然具备了批评的特质。虽然我们从大多数选本之文本本身看到的只是选家对作品的去取，但很明显，在选家进行选择、选本最终呈现的过程中，衡鉴与评价是一直萦绕于选家之心头脑际、与选家之选择行为如影随形的心理与实践活动——在某些带有标抹、圈点、评注的选本中，这种衡鉴与评价活动更是由潜隐状态浮现于文本表面，袒露无遗。

正是基于此点，我们可以说：选择即批评，文学批评乃是选本的本质功能。也正因为如此，方孝岳非常精辟地指出：“凡是辑录诗文的总集，都应该归在批评学之内。选录诗文的人，都各人显出一种鉴别去取的眼光，这正是具体的批评之表现。”①

如果再结合中国古代文学批评重在个人兴会感悟、少有抽象思辨的话语特点和多为只言片语、少有系统归纳的文本样态来看，结合选本在中国古代文学批评中所显现的实际效用来看，选本作为一种文学批评，在中国古代文学批评中的功用和价值其实还在闲话、偶记、随笔、丛谈等一般意义上的文学批评之上。方孝岳云：

> 从势力影响上来讲，总集的势力，又远在诗文评专书之上……像《文选》，像《瀛奎律髓》，像《唐宋八家文钞》……他们都曾经各演出一番长远的势力，都曾经拿各人自己特殊的眼光，推动一时代的诗文风气。所以“总集”在批评学史中，实占有很重要的部分，这一层我们不可不注意。

---

① 方孝岳：《中国文学批评·中国散文概论》，北京：生活·读书·新知三联书店2007年版，第19页。

> 研究文学批评学的人，往往只理会那些诗话文话，而忽略了那些重要的总集了。其实有许多诗话文话，都是前人随便当作闲谈而写的，至于严立各人批评的规模，往往都在选录诗文的时候，才錙铢称量出来。①

鲁迅亦指出："凡是对于文术，自有主张的作家，他所赖以发表和流布自己的主张的手段，倒并不在作文心，文则，诗品，诗话，而在出选本。"②

对于选本与文学批评的关系，我们还可以再深入一层，从两个方面进行讨论：一为选本是文学批评的一种必然行为；二为选本是文学批评的一种必然结果。③

面对层出不穷、浩如烟海的文学作品，感受迭现无休、风起云涌的文学现象，古人难免产生一种述说与评鉴的冲动，这正是中国古代文学批评兴起的机缘。而作为一个批评家，无论是就他所面对的批评对象之庞大复杂而言，还是就他本身的学识才智、时间精力等主观条件而言，他都不可能穷尽其批评对象。当这种批评渴望与所处境遇的矛盾无法调和之时，选择就成为一种必然行为。韦勒克晚年曾直言不讳地说：

> 我有一个观点，必须对于文本和作家有所选择。完全中立的纯粹说明性的历史这一想法我认为是一个幻象。没有方向感、没有对于未来的感受，……没有某种标准……因而没有某种后见，就不可能有任何历史。④

---

① 方孝岳：《中国文学批评·中国散文概论》，北京：生活·读书·新知三联书店2007年版，第20页。

② 鲁迅：《集外集·选本》，《鲁迅全集》第7卷，北京：人民文学出版社1973年版，第504页。

③ 此处笔者受到李扬《批评即选择——论〈花庵词选〉的词学批评意识》（《河南大学学报》1999年第2期）一文的启发。可参看该文。

④ ［美］雷纳·韦勒克著，杨岂深、杨自伍译：《近代文学批评史》"译者前言"，上海：上海译文出版社1987年版，第6页。

从这个层面来看，批评家的批评行为实际上是分三步完成的：首先，大量阅读文学作品、感受文学现象，形成某种初步的批评观念，进而产生批评的渴望与冲动；其次，受批评渴望与冲动的驱使，返观批评对象，力图通过对批评对象进行衡鉴与评价来释放自己的批评渴望与冲动，表达和实现自己的批评观念；最后，由于批评对象无法穷尽，开始按照自己业已初步形成的批评观念对批评对象进行选择与评鉴，并在选择、评鉴的过程中修正并完成自己的批评观念。

当这种选择性的文学批评进行到一定程度，批评成果的累积达到一定的量，需要实际践行、付诸纸墨，便急需一种文本来承载、显现、传达、流布批评成果，此时选本便成为必然的选择之一。毫无疑问，与其他形式的批评文本相较，选本具有更为直观、更易流布等明显优势。就其直观易览的展示方式而言，选本正如一间样品陈列室，甲乙丙丁、优劣高下，一目了然；就其更易流布的传播特色来讲，由于诗话、文论、词话等批评文本无可避免地带有不同程度的文士气与学究气，其阅读群体往往以专注文学者居多，其传播范围亦相对有限；而选本择取众作为一编，务在求精求妙，堪称精英荟萃之所，其阅读群体往往是专业与业余并举、雅士与俗人共赏，其传播范围亦大大扩展。鲁迅指出：

> 凡选本，往往能比所选各家的全集或选家自己的文集更流行，更有作用。册数不多，而包罗诸作，固然也是一种原因，但还在近则由选者的名位，远则凭古人之威灵，读者想从一个有名的选家，窥见许多有名作家的作品。①

鲁迅虽然是将选本与全集、别集相较来谈选本的流行之广，但选本与诗话、文论、词话等相较，其理同一。

---

① 鲁迅：《集外集·选本》，《鲁迅全集》第 7 卷，北京：人民文学出版社 1973 年版，第 504 页。

第二节　选本的批评机制：作者、选家和读者的三方联动机制

文学批评是选本的理论内核，这一理论内核的实现形式亦即选本的批评机制。选本的批评机制是一个关涉作者、选家和读者的三方机制，选本是这一机制的运行载体，时代则是这一机制的运行背景。

在作者、选家、读者三方中，选家处于中心地位，因为对于作者而言，作品创作完成之际，便是其使命完成之时，至于其作品能否被选家所相中，能否入选该选家所选编之选本，完全取决于选家——即便在某些情况下，选家在选本中选入自己的作品，使得选家与作者的身份出现重叠，此时这两种身份也应当是“貌合神离”，作者的身份服从于选家的身份；对于读者而言，他能否阅读到真正反映作者创作风貌的作品，能阅读到多少真正代表作者创作实绩的作品，也取决于选家，读者本人对此完全无可奈何。选本的批评机制应该是这样的：选家受所处时代历史文化语境的影响，出于某种动因，依照自己的标准，对作者之作品进行筛选、取舍并重新合为一编，借此传达某种批评信息，选本于是产生；读者阅读选本，在阅读过程中不断接收选家借选本传达的批评信息，进而以之为参照，重新观照并调适或反思自己的审美趣味、价值判断，最终与选家达成一致或与选家分道扬镳。

为了彻底厘清选本的批评机制，我们不妨从选家（选本）与时代、选家与作者（作品）、读者与选家（选本）三个方面对其进行更深一层的探讨。

一、选家（选本）与时代

选家对作者（作品）进行选择，编出选本，并不是一个单纯的筛汰过程，而是一个绾合诸种文学现象、文学思潮，形成并传达自

我审美趣尚、文学观念的过程。正因为此，透过一部选本，我们看到的不仅是选家本人的审美趣尚、文学观念，还有选家所处的历史文化语境、文学风气与倾向。朱光潜说：

> 编一部选本是一种学问，也是一种艺术……有选择就要有排弃，这就可显示选者对于文学的好恶或趣味。这好恶或趣味虽说是个人的，而最后不免溯原到时代的风气，选某一时代文学作品就无异于对那时代文学加以批评，也就无异于替它写一部历史……一部好选本应该能反映一种特殊的趣味，代表一个特殊的倾向。①

关于此点，古人亦有言及，如四库馆臣在评价历代唐诗选本时说："诗至唐，无体不备，亦无派不有。撰录总集者……或因乎风气之所趋。"②

二、选家与作者（作品）

由于选家操控着作品的选择权，所以表面上看来，选家对作者（作品）有绝对的支配权，作者（作品）之去取留弃、生死予夺，全然在于选家的一念之间。朱光潜曾经说过：

> 选某一作家的诗文，就好比替一个美人梳妆打扮，让她以最好的面目出现于世。一个诗人获得听众，有时全靠选本做媒介……选本对于不甚知名的作家的功劳尤其大。许多诗人一生只做过几首好诗，如果不借选本，就早已淹没无闻。③

---

① 朱光潜：《谈选本》，《朱光潜全集》第9卷，合肥：安徽教育出版社1993年版，第217－218页。

② （清）永瑢等：《四库全书总目》卷一九〇《御选唐诗》提要，北京：中华书局1965年版，第1727页。

③ 朱光潜：《谈选本》，《朱光潜全集》第9卷，合肥：安徽教育出版社1993年版，第219页。

但实际上，选家对作者（作品）的支配权只是一种表面现象，因为选家对作者（作品）的选择行为不但关系到作者（作品）的去取留弃，也关系到选家的声誉与选本的价值与存亡。如果选家通过选本所传达的批评信息为读者所接受、认可或者受到读者的推崇，则选家的令名美誉亦会随着选本的不断传播而流布，如明代高棅编《唐诗品汇》，因力主唐音，所选甚精，品评亦当，受到世人推崇，“终明之世，馆阁宗之”①，高棅亦随之名声大噪；反之，如果选家通过选本所传达的批评信息为读者所否定、弃绝，则选家的声誉要受到负面影响——这种负面影响到底有多大，取决于读者否定、弃绝的广度与程度，而选本的流传亦因此受到影响，甚至没世而亡。以公正之心操选政，这是世人对选家的要求，也是选家自身必备的职业道德；历代操选政者亦皆小心翼翼，绝不敢滥用选权，唯恐择录不当，贻误后学，招致骂名，误人误己。明代李东阳曾经发出由衷的感慨：“选诗诚难，必识足以兼诸家者，乃能选诸家；识足以兼一代者，乃能选一代。一代不数人，一人不数篇，而欲以一人选之，不亦难乎！”②

三、读者与选本（选家）

在某种意义上，作家所创作的文学作品实际上只是一个“半成品”，因为该文学作品此时还只是一个潜在的艺术世界，其审美价值、社会价值的实现还必须依赖读者的阅读和理解，正如汉斯·罗伯特·姚斯所言：“文学作品不是一尊纪念碑，形而上学地展示其超时代的本质。它更多地像一部管弦乐谱，在其演奏中不断获得读者新的反响。”③ 选本作为一种文学作品集，其意义和价值的实现同样依赖于读者的读解——不仅读解选本所选择的作品，而且读解选择

① （清）张廷玉等撰：《明史》卷二八六《列传》一七四《文苑》二《林鸿传》附《高棅传》，北京：中华书局1974年版，第7336页。

② （明）李东阳：《麓堂诗话》，《丛书集成初编》本。

③ ［德］汉斯·罗伯特·姚斯：《走向接受美学》，陈厚诚、王宁主编：《西方当代文学批评在中国》，天津：百花文艺出版社2000年版，第340页。

这些作品的选家。

读者阅读选本，面对的不仅是文本意义上的选本，还有选本背后的选家。在读者开始阅读选本之前，选家通过选本所承载、传达的各种信息，已经为读者预设了一种期待视野；读者在阅读选本的过程中，他本来所具有的阅读期待与选家通过选本所预设的期待视野相遇并交锋。如果读者自身的阅读期待与选家所预设的期待视野相适应，读者就会油然而生一种“于我心有戚戚焉”的欣悦感，进而对选本和选家给予正面、积极的评价；如果读者自身的阅读期待与选家所预设的期待视野不相适应，读者在期待受挫之际，会逐步调整自己的期待视野，进而可能与选家所预设的期待视野达成一致。对此，鲁迅有非常生动的描述：“读者虽读古人书，却得了选者之意，意见也就逐渐和选者接近，终于‘就范’了。”[①] 而随着读者的“就范”，选家通过选本所传达的信息为读者所接受，选本的批评功能也就得以实现。

但在读者对选本的阅读当中，还有另一种情况，就是读者始终不肯“就范”。此时，不但选本的批评功能无法实现，选家在读者心目中的形象也要大打折扣，甚而选本能否继续流传，也很成问题。古人对于因某些选家学识不足而致选本选编不精、谬种流传、贻误后学的情况是深恶痛绝的，宋代朱熹曾经对某些抄撮成编、质量不佳之选本流传于世的情况表示过忧虑：

> 近见建阳印一小册，名《精骑》，云出于贤者之手，不知是否。此书流传，恐误后生辈读书，愈不成片段也。虽是学文，亦当就全篇中考其节目关键。愚按此，可为今日乱操选政者之戒。[②]

---

① 鲁迅：《集外集·选本》，《鲁迅全集》第7卷，北京：人民文学出版社1973年版，第504页。

② （清）陆陇其：《读朱随笔》卷一“朱子大全集卷三十三”条，《文渊阁四库全书》本。

清代魏裔介曾对当时古文选本泛滥以至鱼目混珠、泥沙俱下的情况深表叹息：

> 顾选本虽多，精确者少……若近日之操选政者，类多从事于古文，然或略而不备，或驳而不纯，甚者批评点次，荒谬舛错。嗟夫，古文者后学之指归也；指归不端，渐且入于歧路矣。①

清代田雯也曾有类似感慨：

> 古人著书，皆有所为，即制义选本，亦不苟且评骘……盖选政之难如此。后之学者于圣贤指归、文家宗派概未有闻，而滥操选政……展转相承，迷误后学，政使者之所叹息而深恨者也。②

第三节　选本批评功能的多元与重心

选本是文学批评的一种重要形式，文学批评是选本的本质功能。选本的批评功能是多元化的，包括对作家、作品、文学思潮、文学流派、文学运动等一切文学现象的探讨、判断、分析、评价、总结等；具体而言，主要有对作品文本的细读与诠释、对某种审美趣尚的标举与诉求、对作家身份的认可与传扬、对文学宗派的圈定与确立、对文学思潮的引领与呼应、对文坛流风的疏离与反拨等。通过这些具体的文学批评功能，选本成为古人评论作家作品与文学现象、构建文学理论、书写文学史的一种重要而独特的方式。

---

① （清）魏裔介：《古文欣赏集序》，魏连科点校：《兼济堂文集》卷三，北京：中华书局2007年版，第76页。

② （清）田雯：《古欢堂集》卷二七《学政条约序》附第十二则，《文渊阁四库全书》本。

选本的批评功能是多元的，但对每一部具体的选本而言，必然有其批评的重心，也就必然有一种或两种最为突出的批评功能。对于某一部选本的批评重心或者最为突出的批评功能，我们可以通过我们的阅读体验与批评经验加以解析、抉发。比如《西昆酬唱集》，所收皆参与西昆酬唱的诗人诗作，铨择范围非常清楚，入选对象非常明确，能够入选该集，对入选诗人来说，本身就是一种身份的认可；所选诗作风格近似，皆雍容华美、密丽深隐，表现出对共同审美趣尚的标举与诉求；由于西昆酬唱声势浩大，蔚为一时风雅盛事，在当时影响甚巨。《西昆酬唱集》编刻之后，风靡于世，耸动天下，使得文人士子争相效仿，以至于诗坛风气为之一变，遂有“西昆体”之名，从这个意义上说，《西昆酬唱集》又有引领文学思潮之功。很明显，《西昆酬唱集》的批评功能是多元的，但其重心所在，则无疑是引领文学思潮之功。再如《濂洛风雅》，其卷首即为《濂洛诗派图》《濂洛风雅姓氏目次》，所选皆濂洛一系理学家之作品，自设门限，壁垒森严，去取分明，故而对濂洛诗派的圈定与确立成为其文学批评的重心之一；而此集编纂动因明了，择录标准明确，理学趣尚极为分明，选诗、论诗皆以义理为宗，视义理为第一要务，故而对理学趣尚的标举乃是其文学批评的另外一大重心。两大重心互为表里，相辅相成，密切相关。①

---

① 关于选本批评理论，邹云湖《中国选本批评》（上海三联书店 2002 年版）卷首“导言”、卷末“综述”有较为全面、系统之析论，笔者亦多受其启发。可参看。另按，邹著在“导言”中论及“一部中国选本史可以说就是一部中国文学批评史、理论史，甚至就是一部‘特殊的’中国文学史”（第 6 页），但综观其全书所论及所举实例（主体部分各章均为“××文学思潮与选本”），他重点强调的还是选本在与文学思潮的互动中表现出来的批评功能，对选本批评功能的其他表现方式和实现途径则有不同程度的轻忽，如他认为“像中国古代大量为举业而选的选本……从批评学的角度看就没有很大的意义”（“导言”第 9 页）。本书则认为，选本的批评功能除了表现为与文学思潮的互动外，还有对作品文本的细读与诠释、对某种审美趣尚的标举与诉求、对作家身份的认可与传扬、对文学宗派的圈定与确立等多种表现方式和实现途径。至于为科举服务的场屋类选本，本书认为其批评功能主要表现为对文本的细读与诠释，而这正是文学批评的一种基本方法，也是选本之批评功能的基本表现形式；再者，宋代的文章选本，尤其是南宋中后期文章选本多涉场屋，祝尚书认为：“真正与科场程式论无关的，盖只有真德秀的《文章正宗》。”（祝尚书：《宋代科举与文学考论》，郑州：大象出版社 2006 年版，第 289 页）

第三章　文本的细读与诠释

对文本的细读与诠释是文学批评的一种基本方法，也是选本之批评功能的基本表现形式。前文已经论及，选本的根本特点在于“选”，“选”在本质上也是一种“评”；而无论是“选”，还是“评”，都必须建立在“读”的基础上。对于选本的生产而言，对作品的阅读乃是一种必然性的先决行为，只不过很多时候，由于选本之批评功能的重心并非指向阅读本身，所以当选本的生产最终完成之后，选本的文本之中并未呈现阅读的过程，读者也就无法从选本中觅得阅读的痕迹。但对于评点类选本而言，则恰好相反。由于评点类选本之文学批评的重心在于通过对作品文本的细读与诠释，揭示作品的精妙之处，进而示读者以写作门径，故而它通过一系列标示符号与批评话语，将阅读过程生动详明地呈现于读者面前。评点类选本通过在选本内附加标示符号与批评话语，对所选作品进行随文解析，具有强烈的现场感与直观性，无疑是展示选本如何通过文本细读与诠释实现其文学批评功能的最佳案例。

宋代的评点类选本以文章选本数量最多、质量最佳、影响最大，故本章选取《古文关键》《崇古文诀》《文章轨范》《论学绳尺》几种有代表性的文章选本。从宋代文章选本的具体情况来看，这些选本对所收作品文本的细读与诠释，各有侧重：《古文关键》侧重于对散文章法结构与写作技法的寻绎，《崇古文诀》侧重于对散文艺术美的品析，《文章轨范》侧重于对散文义理与辞章的阐说，《论学绳尺》侧重于对试论“轨度”的归纳与总结。以下试分别论之。

第一节 《古文关键》对散文章法结构与写作技法的寻绎

吕祖谦所编《古文关键》① 是现存最早的评点类文章选本，集中标抹注释，每篇题目下有总评，正文旁有小字批注，这些评点批注"抉摘心髓，开示来学，与世眼迥别"②，"作者之心源骨髓，一一抉出，不啻口讲手画，以指示学者"③。而从这些评点批注的具体内容来看，吕祖谦主要是对散文的写作技法进行寻绎与归纳，其关注的重心是章法、布局等散文结构方面的问题，其他方面则少有论及。

在吕祖谦看来：欲评文，先选文；欲选文，先辨体。其开篇之《总论看文字法》便曰："学文须熟看韩、柳、欧、苏，先见文字体式，然后遍考古人用意下句处。"④ 吕祖谦最看重的"文字体式"乃是议论体式，他在《论作文法》中明确表明了自己的观点："有用文字，议论文字是也。"以此为指导思想，他在《古文关键》中所选主要是论体文。《古文关键》全编共选韩愈、柳宗元、欧阳修、苏

① 关于《古文关键》的编者，《直斋书录解题》《四库全书总目》皆谓吕祖谦编，康熙本卷末所刊朱氏旧跋则云"余家旧藏《古文关键》一册，乃前贤所集古今文字之可为人法者，东莱先生批注详明"。张云章序据此谓："审此则非东莱所选可知。"然旧跋作者朱氏究竟为何人，其说所据为何，皆不可考。吴承学《现存评点第一书——论〈古文关键〉的编选、评点及其影响》（《文学遗产》2003 年第 4 期）对《古文关键》的编选者是否为吕祖谦也表示怀疑，作者认为："关于编者问题，我仍持慎重阙疑的态度，不敢妄测。因为该书确实存在一些疑问，但也没有直接的证据足以证明吕祖谦并非《古文关键》的编选者。如果本书确为吕祖谦所选的话，也存在另一种可能性：编选、评点和写作'总论'非一时之作。不过，即使该书不是吕祖谦所选，至少也已得到吕祖谦的认可，与其标准比较一致。"又有江枰《吕祖谦编选〈古文关键〉质疑》（《贵州文史丛刊》2004 年第 4 期）认为《古文关键》很可能是先有人选录完毕，然后吕祖谦加以批论评点，再由蔡文子作注而完成的，但江文亦未能提出直接的证据，尚不足以正面证实《古文关键》非吕祖谦所编。

② （清）徐树屏：《古文关键跋》，《丛书集成初编》本《古文关键》卷末。

③ （清）张云章：《古文关键序》，《丛书集成初编》本《古文关键》卷首。

④ 所引《古文关键》文字，均据《丛书集成初编》本。

洵、苏轼、苏辙、曾巩、张耒8家文共63篇，具体篇目为：

韩愈（14篇）：《获麟解》、《师说》、《谏臣论》、《原道》、《原人》、《辩讳》、《杂说》（实为《杂说一》《杂说四》2篇）、《重答张籍书》、《与孟简尚书书》、《答陈生书》、《答陈商书》、《送王含秀才序》、《送文畅序》（《送文畅师序》）①。

柳宗元（8篇）：《晋文问守原议》、《桐叶封弟辩》、《封建论》、《种树郭橐驼传》、《梓人传》、《捕蛇者说》、《与韩愈书论史事》（《与韩愈论史官书》）、《送薛存义序》（《送薛存义之任序》）。

欧阳修（11篇）：《朋党论》、《纵囚论》、《为君难论下》、《本论上》、《本论下》、《春秋论》（《春秋说下》）、《春秋论中》、《泰誓论》、《上范司谏书》、《送徐无党南归序》、《送王陶序》。

苏洵（6篇）：《春秋论》《管仲论》《高祖论》《审势》《上富丞相书》《上田枢密书》。

苏轼（16篇）：《荀卿论》、《子思论》、《韩非论》、《孙武论》、《留侯论》、《晁错论》、《王者不治夷狄论》、《孔子堕三都》、《秦始皇扶苏》、《范增》（《范增论》）、《厉法禁》、《倡勇敢》、《钱塘勤上人诗集叙（序）》、《六一居士集叙（序）》、《潮州韩文公庙碑》、《王仲义真赞叙》（《王仲仪真赞叙》）。

苏辙（2篇）：《三国论》《君术》。

曾巩（4篇）：《唐论》《救灾议》《战国策目录序》《送赵宏序》。

张耒（2篇）：《景帝论》《用大论》。②

在这63篇文章中，绝大多数文章的篇名带有诸如“解”“说”“论”“原”“辩”“议”之类的标志性字眼，明确标示其为议论文体；此外还有少量“书”、“序”（“叙”）、“传”，而从这些“书”、

① 少数篇目，目录与正文中篇名略有差异，特加括号注明。

② 康熙本《古文关键》乃昆山徐乾学季子树屏据家藏宋刻本所刊，张云章勘定并序。《金华丛书》据康熙本重刻，《丛书集成初编》据《金华丛书》本排印。本节所引张云章序及选目据《丛书集成初编》本，共选文63篇；《文渊阁四库全书》本为61篇，少了《留侯论》与《王者不治夷狄论》2篇。

“序”（“叙”）、“传”的具体内容来看，也皆为论体文。与此相对，以记叙、抒情见长之文则概无入选。在柳宗元、欧阳修、苏轼等人的文集中，以工于写景、善于抒情而擅名者甚众，而《古文关键》均未选入。此外，从该集选不数人、人不数篇来看，吕祖谦在编选此集时，是存在一种自觉的典范意识的。

在辨明体式的基础上，吕祖谦重点展开对散文章法结构与写作技法的寻绎。其《总论看文字法》提出其评点散文的四条原则：“第一看大概主张，第二看文势规模，第三看纲目关键，第四看警策句法。”“大概主张”指散文的立意；“文势规模”指散文的宏观布局；“纲目关键”指散文结构的总体安排，即“如何是主意首尾相应，如何是一篇铺叙次第，如何是抑扬开合处”；“警策句法”指散文结构的细节处理，即“如何是一篇警策，如何是下句、下字有力处，如何是起头、换头佳处，如何是缴结有力处，如何是融化、屈折、剪截有力处，如何是实体贴题目处”。

对于“大概主张”，吕祖谦在《总论看文字法》中并未进行具体阐述，在《论作文法》中他提出了一些原则性的观点，如“意深而不晦”“题常则意新，意常则语新”“意思新转处多则不缓”等，在《论文字病》中他将“意未尽”列为19种文病之一，在对选文的具体评点中，他对此偶有提及，但都是点到辄止。这说明吕祖谦认识到了立意对于散文的重要性，但无意对此进行深入讨论，他所关注的重点乃是散文之章法结构、写作技法。

在《论作文法》中，吕祖谦提出了散文章法结构的总体要求：“文字一篇之中，须有数行齐整处，须有数行不齐整处。或缓或急，或显或晦，缓急显晦相间，使人不知其为缓急显晦。常使经纬相通，有一脉过接乎其间然后可。盖有形者纲目，无形者血脉也。”“句新而不怪，语新而不狂。常中有变，正中有奇……结前生后，曲折斡旋。转换有力，反复操纵。”他认为，散文的结构、句法应该与文势相统一，结构、句法应当变化生姿，文势应当一气贯注、流转不绝；同时，他又强调求变的原则，强调常与变、正与奇的谐和。应该说，吕祖谦的阐述是非常精深、完备的，颇有今人辩证思维之特色。

就“文势规模”，即散文的宏观布局而言，吕祖谦认为，一要有气势，二要讲节奏，三要多曲折。关于第一点，如他评《秦始皇扶苏》：“文势雄健。”（卷二）关于第二点，如他评《重答张籍书》：“此篇节奏严紧，铺叙回互分明。”（卷一）评《战国策目录序》：“此篇节奏从容和缓，且有条理，又藏锋不露，初读若太羹玄酒，须当仔细味之。”（卷二）关于第三点，如他评《纵囚论》：“文最紧，曲折辨论，惊人险语，精神聚处，词尽意未尽。此篇反复有血脉。”（卷一）评《送赵宏序》：“句虽少，意极多。文势曲折极有味。”（卷二）

就“纲目关键”，即散文结构的总体安排而言，吕祖谦认为，一要首尾呼应，二要间架严实、前后贯穿，三要抑扬开合、反复论证。关于第一点，如评《春秋论》：“此篇须看首尾相应，枝叶相生，如引绳贯珠，大抵一节未尽，又生一节。”（卷二）关于第二点，如评《封建论》：“此是铺叙间架法。”（卷一）评《梓人传》：“一节应一节，严序事实。”（卷一）关于第三点，如评《与孟简尚书书》：“一篇须看大开合。”（卷一）评《三国论》：“此篇要看开阖抑扬法。”（卷二）评《高祖论》：“此篇须看抑扬反复。”（卷二）评《上富丞相书》：“此篇须看曲折抑扬，开合反复。”（卷二）评《上范司谏书》：“须看他前后贯穿、错综抑扬处。”（卷一）

就“警策句法”，即散文结构的细节处理而言，吕祖谦认为，散文结构的每一个细节都应当注意，起句、结句、转换、剪裁等都须讲求技巧，精益求精，一篇文章，除要做到文势雄健、布局严谨外，还应力求在细节上创意出新，以创造闪光点，如“下句、下字有力处”“起头、换头佳处”“缴结有力处”“融化、屈折、剪截有力处”“实体贴题目处”。从吕祖谦对选文的具体评点来看，他最强调的细节是散文的结句，他认为，文章的结束之语至关重要，关系到文章是否含义深远、观点是否坚实牢靠，故他强调结句当含蓄不尽或坚定有力，如他评《桐叶封弟辩》：“结束委蛇曲折，有不尽意。”（卷一）评《泰誓论》：“缴结极好，移易不动，与《春秋论》结同。”（卷一）评《送王陶序》：“结最有力。”（卷一）评《春秋说下》：

“缴结极好，移易不动，与《泰誓》同。”（卷一）

当然，“文势规模”“纲目关键”“警策句法”这三者是错综杂糅、不可截然分开的。吕祖谦在对选文进行评点时，某些时候是着重于三者中的某一个，更多时候则是兼而有之。如评《纵囚论》：“文最紧，曲折辨论，惊人险语，精神聚处，词尽意未尽。此篇反复有血脉。”（卷一）既肯定了其文势曲折反复，又肯定其语句警策。评《上范司谏书》：“大率平正，有眼目筋骨。须看前后贯穿、错综抑扬处。”（卷一）“大率平正”是针对文势而言，“有眼目筋骨”是针对结构细节而言，“前后贯穿、错综抑扬”是针对总体结构安排而言。再如评《战国策目录序》：“此篇节奏从容和缓，且有条理，又藏锋不露，初读若太羹玄酒，须当仔细味之。若他炼字好，过换处不觉，其间又有深意存。”（卷二）先是从文势的角度言其“节奏从容和缓”，再从总体结构安排的角度言其“有条理”“藏锋不露”，最后从结构细节处理的角度言其“炼字好”“过换处不觉”。

总的来看，吕祖谦在《古文关键》中关注的重点是“文势规模”“纲目关键”“警策句法”，亦即散文的章法结构与写作技法；对散文的思想内容——“大概主张”，他其实不甚关心。对此，前人已有认识，四库馆臣谓其“于体格源流，且有心解”①，张云章则谓其“揆之义理，未必悉合”②。四库馆臣和张云章对《古文关键》的评语各有侧重，一重形式，一重内容；若将二者结合起来看，则正好是对《古文关键》一个全面、客观的评价。对《古文关键》的这一特点，吴承学说得更为清楚、明确，更为具体、到位：“《古文关键》书名即标明其旨趣在于‘关键’。所谓‘关键’大致只关乎章法与结构等艺术形式因素。”“其评点……不甚关心文章的内容，其关注重点是文章的技法。”“从写作实用的角度，重在分析文章的结

① （清）永瑢等：《四库全书总目》卷一五九《东莱集》提要，北京：中华书局1965年版，第1370页。

② （清）张云章：《古文关键序》，《丛书集成初编》本《古文关键》卷首。

构形式、用笔，而基本不涉及其内容。”①

《古文关键》对散文章法布局与写作技法的寻绎，对于其后的宋代文章选本产生了重要的影响。楼昉《崇古文诀》、谢枋得《文章轨范》、王霆震《古文集成》、真德秀《文章正宗》等文章选本在选文篇目、评点方式、评点内容等方面都受其沾溉，甚至直接取用。清人张云章曰：

> 有宋一代，文章之事盛矣，而集录古今之作传于今者，仅三四家，夫亦以得其当者，鲜哉。真西山《正宗》、谢叠山《轨范》，其传最显，格制法律，或详其体，或举其要，可为学者准则。而迂斋楼氏之《标注》，其源流亦轨于正，其传已在隐显之间。以余考之，是三书皆东莱先生开其宗旨。②

张云章认为《文章正宗》《文章轨范》《崇古文诀》三书皆《古文关键》“开其宗旨”，洵为确论。张云章没有提及《古文集成》，而实际上《古文集成》所选篇目中，有25篇与《古文关键》重复，约占《古文关键》选文总数的40%；有23篇引用《古文关键》之评点，是诸选本中引用《古文关键》评点最多者。③

第二节　《崇古文诀》对散文艺术美的品析

《崇古文诀》的编者楼昉是吕祖谦的学生，故《崇古文诀》对

---

① 吴承学：《现存评点第一书——论〈古文关键〉的编选、评点及其影响》，《文学遗产》2003年第4期，第79页。

② （清）张云章：《古文关键序》，《丛书集成初编》本《古文关键》卷首。

③ 吴承学：《现存评点第一书——论〈古文关键〉的编选、评点及其影响》，《文学遗产》2003年第4期。

《古文关键》多有继承，陈振孙称其“大略如吕氏《关键》”[1]，四库馆臣亦谓“昉受业于吕祖谦，故因其师说，推阐加密”[2]。

但《崇古文诀》的特色也是非常明显的。首先一望而知的是选文的范围、数量、体式较之《古文关键》有明显拓展。《古文关键》所选皆唐宋之文，凡 8 家 63 篇；《崇古文诀》则上溯至先秦两汉，对唐宋之文亦大大扩大了选择范围，共选 48 家 201 篇[3]；《古文关键》所选几乎全为论体文，《崇古文诀》则众体兼备，除论体文外，兼取记叙、抒情之文。故而，陈振孙称其“所取自《史》《汉》而下至于本朝，篇目增多，发明尤精当，学者便之”[4]。

此外，从《崇古文诀》对入选散文的具体评点来看，它比《古文关键》更注重散文艺术之美。《崇古文诀》与《古文关键》一样，都是评点式的散文选本，都是通过对散文文本的细致阅读与精妙评点，对读者有所教益，这种教益因其具体针对性和实际可感性而容易被读者所接受。但是，《古文关键》的评点相对而言系统性较强，它在全编之首冠以“总论看文字法”“论作文法”“论文字病”三大板块，对评点的总体原则和指导思想进行了说明，在对所选文章进行具体评点时，即在此框架内展开，这样处理的好处是框架分明、重点突出，缺点则是沉稳有余、灵动不足，客观有余、情感不足；《崇古文诀》继承了《古文关键》重视文章章法、布局、技法的特点，但它没有一个约束性、规范性的“总论”，更为灵活机动，带有更多“品评”的味道。

《崇古文诀》所选文章中，有 16 篇与《古文关键》同，我们不妨将二者对这 16 篇文章的评点进行列表比较，见表 1。

---

① （宋）陈振孙撰，徐小蛮、顾美华点校：《直斋书录解题》卷一五，上海：上海古籍出版社 1987 年版，第 452 页。

② （清）永瑢等：《四库全书总目》卷一八七《崇古文诀》提要，北京：中华书局 1965 年版，第 1699 页。

③ 据中华再造善本（依中国国家图书馆藏元刻本影印）统计，该本题名“迂斋先生标注崇古文诀”，北京：北京图书馆出版社 2005 年版。

④ （宋）陈振孙撰，徐小蛮、顾美华点校：《直斋书录解题》卷一五，上海：上海古籍出版社 1987 年版，第 452 页。

表1　《古文关键》与《崇古文诀》评点比较

篇目	选本	
	《古文关键》	《崇古文诀》
韩愈《原道》	（卷一）	“词严意正，攻击佛老。有开阖纵舍，文字如引绳贯珠。”（卷八）①
韩愈《谏臣论》	“意胜反题格。此篇是箴规攻击体，是反题难文字之祖。”“从前难到此已极了，末后须用放他一着，盖阳子在当时毕竟是个贤者。大抵文字须当抑扬，若作汉、唐君臣文字，先须取他长处，后说他短处。”（卷一）	“此篇是箴规攻击体，是反难文字之格，当以《范司谏书》相兼看。”（卷八）
韩愈《与孟简尚书书》	“一篇须看大开合。”（卷一）	“出脱孟子，是自出脱。推尊孟子，亦是自推尊。文字抑扬格。此一篇须看大开阖。”（卷一一）
柳宗元《封建论》	“此是铺叙间架法。”（卷一）	“以封建为不得已，以秦为公天下之制，皆非正论，所以引周之失、秦之得证佐甚详，然皆有说以破之。但文字绝好，所谓强辞夺正理。”（卷一二）
柳宗元《种树郭橐驼传》	（卷一）	“凡事有心则费力，求工则反拙。曲尽种植之妙，非特为种植作也。与《捕蛇说》同一机栝。”（卷一二）

---

① 所引文字，均据中华再造善本。为方便起见，评点文字只录文首解题和文末总评。

（续上表）

篇目	选本	
	《古文关键》	《崇古文诀》
柳宗元《梓人传》	“抑扬好。一节应一节，严序事实。”（卷一）	“东莱批抹尽之。抑扬好，一节应一节。规模从《吕氏春秋》来，但他人不曾读，故不能用，且不知子厚来处耳。”（卷一二）
柳宗元《捕蛇者说》	“感慨讥讽体。”（卷一）	“犯死捕蛇，乃以为幸；更役复赋，反以为不幸。此岂人之情也哉？必有甚不得已者耳。此文抑扬起伏，宛转斡旋，含无限悲伤凄惋之态，若转以上闻，所谓‘言之者无罪，闻之者足以戒’。”（卷一二）
柳宗元《与韩愈书论史事》（《崇古文诀》中为《与韩愈论史书》）	“亦是攻击辩诘体。颇似退之《诤臣论》。”（卷一）	“掊击辩难之体。沉着痛快，可以想见其人。”（卷一三）
欧阳修《上范司谏书》	“大率平正有眼目筋骨。须看他前后贯穿、错综抑扬处。”（卷一）	“此文出于韩退之《谏臣论》之后，亦颇祖其遗意，而文字无一语一言与之重叠，真是可与争衡。”（卷一八）
欧阳修《送徐无党南归序》	“此篇文字象一个阶级，自下说上，一级进一级。”（卷一）	“转折过换妙。”（卷一九）
苏洵《审势》	（卷二）	“看他笔势句法，回护转换，救首救尾之妙，纵横之习亦见于此。”（卷二一）

（续上表）

篇目	选本	
	《古文关键》	《崇古文诀》
苏洵《管仲论》（《崇古文诀》题为《管仲》）	“老苏大率多是权书，惟此文句句的当。前亦可学，后不可到。此篇义理的当，抑扬反复及警策处多。”（卷二）	“老泉诸论中，惟此论最纯正。开阖抑扬之妙，责得管仲最深切。意在言外。”（卷二一）
苏洵《上富丞相书》	“此篇须看曲折抑扬，开合反复，节奏好。”（卷二）	“此篇须看抑扬开阖处，秤停得斤两好。富公为相，颇欲更张庶事，群小人多不乐者，故预为之忧。”（卷二二）
苏轼《范增论》	“这一篇要看抑扬处。渐次引入难一段之曲折，若无陈涉之得民一段，便接羽杀卿子冠军一段去，则文字直了。无且义帝之立一段，又直了。惟有此二段，然后见曲折处。吾尝论一段前平平说来，忽换起放开说，见得语新意相属，又见一伏一起处。”“大凡作汉、唐君臣文字，前面若说他好，后面须说他些子不好处。此前说增不足道，后却说他好，乃是放他一线地。”（卷二）	“项羽杀宋义，便是要迫义帝；弑义帝，便是要去范增。盖宋义是义帝所爱，义帝是范增所立，三人死生存亡，去就最相关涉。推原得出，笔力老健，无一个字闲。① 此坡公海外文字，故有老气。”（卷二五）
苏轼《倡勇敢》	（卷二）	“回斡精神，变态百出，首尾相救，曲尽人情物理。看东坡文字，须学他无中生有。”（卷二五）

① 此处中华再造善本原文为“无六个字闲”，据《文渊阁四库全书》本改为“无一个字闲”。

（续上表）

篇目	选本	
	《古文关键》	《崇古文诀》
曾巩《战国策目录序》	"此篇节奏从容和缓，且有条理，又藏锋不露。初读若太羹玄酒，须当仔细味之。若他炼字好，过换处不觉，其间又有深意存。"（卷二）	"议论正，关键密质而不俚，太史公之流亚也。咀嚼愈有味。"（卷二七）

经过比较，我们发现，《崇古文诀》继承了《古文关键》注重辨明文章体式、解析文章章法布局的特点，对某些篇目的评点亦受到《古文关键》的启发。在上述16篇散文中，有3篇直接袭用了《古文关键》的评点，评《谏臣论》"是箴规攻击体，是反难文字之格"，评《与孟简尚书书》"此一篇须看大开阖"，评《梓人传》"抑扬好，一节应一节"，均直接袭用了《古文关键》的评点。另有2篇的评点与《古文关键》大略相似，评《与韩愈论史书》"掊击辩难之体"，略同于《古文关键》之"攻击辩诘体"；评《管仲》"老泉诸论中，惟此论最纯正"，略同于《古文关键》之"老苏大率多是权书，惟此文句句的当"。

这种情况说明，《崇古文诀》作为《古文关键》之后的散文选本，楼昉作为吕祖谦的学生，不可避免地处于一种"影响的焦虑"之中，正所谓："由于上一位统治者的政绩，王子的治国之责被加重了。""一个著名作家的后来者面临着同样的困难。"① 由于《古文关键》的典范意义和重大影响，"当时多传习之"②，且评价极高。在此种情形下，楼昉难免会感到一种影响的抑制和超越的艰难，故而在某些时候，他只能沿用师说，甚至不由自主地发出慨叹："东莱批抹尽之。"（卷一二评《梓人传》）

---

① ［美］哈罗德·布鲁姆著，徐文博译：《影响的焦虑》，北京：生活·读书·新知三联书店1989年版，第29页。

② （清）张云章：《古文关键序》，《丛书集成初编》本《古文关键》卷首。

但楼昉的可贵之处在于，他在继承师说的同时，能够尽力创新，超越师说，从影响的抑制和焦虑中解脱出来，使《崇古文诀》一编得以独抒己意、自具面目。就表 1 所列情况，已能初步看出《崇古文诀》的评点较之《古文关键》有多方面的拓展，比如更加详备，善于比较，更为真切等。

具体而言，表 1 所列《古文关键》对 16 篇散文的评点，大多比较简略，一般只对“关键”之处略加寻绎，意到即止，且有 4 篇散文略无评点；《崇古文诀》则篇各有评，而且更加详细，如柳宗元《封建论》，《古文关键》只云“此是铺叙间架法”，《崇古文诀》则曰“以封建为不得已，以秦为公天下之制，皆非正论，所以引周之失、秦之得证佐甚详，然皆有说以破之。但文字绝好，所谓强辞夺正理”。其次，《崇古文诀》对 16 篇散文的评点中，有不少是兼与他文比较，从而使评点更为深入，如评《谏臣论》时谓“当以《范司谏书》相兼看”，评《种树郭橐驼传》时谓“与《捕蛇说》同一机栝”等。再者，《崇古文诀》对 16 篇散文的评点较之《古文关键》，大多更为真切，最典型的是对柳宗元《捕蛇者说》的评点：《古文关键》只云“感慨讥讽体”，是对文章体式的一种客观、沉静的概括；《崇古文诀》则云：“犯死捕蛇，乃以为幸；更役复赋，反以为不幸。此岂人之情也哉？必有甚不得已者耳。此文抑扬起伏，宛转斡旋，含无限悲伤凄惋之态，若转以上闻，所谓‘言之者无罪，闻之者足以戒’。”选家以情观文，真切动人，给读者留下深刻印象。

而在《崇古文诀》所选的其余 185 篇散文中，其评点特色体现得更为鲜明、更为充分，因为一旦脱离了《古文关键》的选文范围，楼昉便真正、完全地摆脱了“影响的焦虑”，将自己的文思与情感彻底释放，从而全面呈现出“品评”之特色。概而论之，《崇古文诀》的“品评”特色除上面已经述及的几点外，主要还有以下三个方面：

1. 文采的关注与评点的灵动

就选家之主观动机而言，宋代的散文选本一般都是为了给士子提供一个摹习科场之文的范本，故而大多拘于散文之章法结构、用语下字，因为这些皆可见易学且有“四两拨千斤”之效；它们大多对散文的文采风流熟视无睹，少有言及，因为文采一端，大概只可意会难以言传，更难以在短期内立竿见影。《崇古文诀》是宋代散文选本中较早关注散文之文采者，它虽然与多数散文选本一样，对散文在“首尾布置”“造语”“下字”等技巧方面的精妙之处津津乐道，但它同时开始对散文之文采给予必要的关注。虽然受南宋散文尚理轻文总体氛围的影响，《崇古文诀》对散文文采的正面、直接评点不是太多，但楼昉经常高屋建瓴，从大处着眼，对散文之风格、笔力、气势等进行一种宏观性整体评价，而在这种宏观性整体评价之中，对散文文采的关注是不言而喻的。如评欧阳修《醉翁亭记》“笔端有画”（卷一八），评欧阳修《祭苏子美文》“卓荦俊迈”（卷一八），评苏轼《徐州上皇帝书》“决江河而注之海，未足以谕其势也”（卷二四），评苏洵《仲兄文甫字说》“此等文字，古今自有数”（卷二一），评苏轼《大悲阁记》“如生蛇活龙”（卷二五），评曾巩《拟砚台记》“状物之妙，非常人可及”（卷二七），评李清臣《议兵策上》“变态百出，可喜可愕”（卷二八），评李清臣《议兵策中》“如长江大河，一泻千里，略无间断”（卷二八），等等。

因为对散文文采的关注，《崇古文诀》的评点语言也随之变得灵动活泼、文采斐然，与《古文关键》构成鲜明对比。《古文关键》的评点在典范之余，略失于板正；《崇古文诀》则文思活泼，不拘一格，往往能自出机杼，独出意表，给人以耳目一新之感。除方才所举各例外，其他如评柳宗元《东池戴氏堂记》：“如常山之蛇，救首救尾；如累九层之台，一级高一级，而丰约不差毫厘。”（卷一二）评范仲淹《岳阳楼记》：“最妙处在临了断遣一转语，乃知此老胸襟宇量，直与岳阳洞庭同其广大。”（卷一六）评李清臣《法原》：“以警策语易陈言，以杰特句发新意，所谓化臭腐为神奇者。”（卷二八）等。从这些评点来看，楼昉在评点散文时，视野较为开阔，姿态较为洒脱，思维呈现出多维发散状态，故而语言灵动，机锋频出。

2. 自我情感的深度介入

选家自我情感的深度介入，是《崇古文诀》难能可贵的一点。在多数选家眼中，选本中所选之文不过是一个个等待解析的客观对象，选家的任务，就是如庖丁解牛一般，将文章细拆详解，让读者对文章之“技经肯綮”了然于心，习而从之。但在楼昉看来，任何一篇文章都不能被视为一个兀自独立的文本，文章除了其本身的章法、布局、遣词造句等文本形态方面的特色外，还承载了作者丰富的情感，反映出作者的个性、气质、动机等心理因素和精神因素，故而他在评点文章时，往往设身处地为作者着想，惯于换位思考，将心比心，以心悟人，如评柳宗元《乞巧文》：“当与《送穷文》相对看。然退之之固穷乃其真情，子厚抱拙终身，岂其本心欤?”（卷一五）

也正因为此，楼昉在评点的过程中常常被评点对象所写人物的精神、意绪所感染，被评点对象表现内容的幽窅、深邃所打动，甚至不能自已；故而《崇古文诀》中有很多评点真诚切当，令人为之动容感慨。如评司马迁《答任安书》：“读之令人感激悲痛，然看得豪气犹未尽除。”（卷四）评韩愈《祭兄子老成文》：“悲痛凄惋，道出肺腑中事，而熏然慈良之意见于言外。”（卷八）评韩愈《唐故河中府法曹张君墓碣》：“丁宁反复，委蛇曲折，读之使人感动。”（卷九）评欧阳修《五代史宦者传论》：“读之使人愤痛而悲伤，深于世变之言也。”（卷一九）评李格非《书洛阳名园记后》：“文字不过二百字，而其中该括无限盛衰治乱之变，意有含蓄，事存鉴戒①，读之令人感叹。”（卷三二）

3. 对文“味”的追寻与迷恋

对文“味”的追寻与迷恋，也是《崇古文诀》颇具特色的一点。自从钟嵘在《诗品》中正式提出“滋味”说以来，古人对“味”的关注与时俱增，但这种关注大多是针对诗歌作品，对于散文作品，少有言其“味”者。《崇古文诀》在这方面可谓独出手眼，其评点常常越过散文文本本身，汲汲于对散文之“味”的追寻。

就《崇古文诀》的具体评点来看，在楼昉眼中，散文之“味”主要表现在三个方面：一是行文之精妙，如评司马迁《自序》：“文

① 中华再造善本无“戒”字，据《文渊阁四库全书》本补。

字反复委折，有开阖变化之妙，尤宜玩味。”（卷四）二是情感之深邃，如评诸葛亮《出师表》：“规模正大，志念深远，详味乃见。”（卷七）三是含蕴之悠长，如评陈师道《思亭记》：“节奏相生，血脉相续，无穷之意见于言外。”（卷三一）正是因为优秀的散文作品行文精妙、情感深邃、含蕴悠长，使其辞浅而义深，言近而旨远，虽发语已殚，而余韵袅袅，让人回味无穷，有滋有味。

在《崇古文诀》中，楼昉对大量散文的评点都涉及散文之“味”，见出他对文“味”的迷恋。如评韩愈《殿中少监马君墓铭》：“叙事有法，辞极简严，而意味深长。”（卷九）评苏轼《表忠观碑》：“意在言外，文极典雅。”（卷二四）评张耒《书五代郭崇韬卷后》：“意味深长，尽可索玩。”（卷二九）评王震《南丰集序》：“尤有余味。”（卷三二）评唐庚《家藏古砚铭》：“文见于此而寄兴在彼。”（卷三二）评唐庚《议赏论》：“议论精确，文词雅健，意有含蓄，能发明他人所不能到。不可以浅近求，宜深味之。”（卷三二）评胡宏《假陆贾对》：“议论正大，规摹开阔，不可独以文字观。而抑扬起伏，假设高帝、陆贾问对之辞，尤可玩味。”（卷三五）

总体来看，《崇古文诀》虽然继承了《古文关键》关注散文章法、布局、用笔、技法的特色，但它并未拘拘孑孑、自限疆域、故步自封，而是将自我贴近文本，精细阅读，用心品评，有感而发，以饱蘸情感、灵动生姿的语言，表述其独有看法与真切感受，故能做到游刃有余，变态百出，各尽其妙。与《古文关键》相比，《崇古文诀》更具审美眼光，更关注散文的审美特质与艺术之美，带有更多审美批评的味道。①

《崇古文诀》的评点之所以呈现出上述特点，至少有两个方面的原因：一是因为《崇古文诀》选文数量是《古文关键》的三倍有

① 关于《崇古文诀》之评点近于审美批评这一点，时贤已经有所论及，张毅《宋代文学思想史》在论述“讲求实用的‘文法’理论和散文评点”时，认为楼昉“不限于句法章法的说明，进而欣赏作家在文章中表现出来的笔力和妙处。这就使他的评点不像文章讲评而近于审美批评了”（中华书局 1995 年版，第 238 页）。惜限于全书体例，张著对此未能充分展开。

余，且几乎篇篇有评点，故而楼昉在评点时，心态较为放松，有较多感性书写、自由发挥的成分，而无《古文关键》因选不数人、人不数篇而自然产来的一种典范意识；二是楼昉本人行文风格的一种自然流露，《延祐四明志》载："楼昉，字旸叔，与弟昞俱以文名……其文汪洋浩博，宜于议论，援引叙说，小能使之大……风止水静，泊然不能以窥其涘，故其从学者凡数百人。"①

第三节　《文章轨范》对散文义理与辞章的阐说

宋代古文创作兴盛，选本繁滋，除上文所述吕祖谦《古文关键》、楼昉《崇古文诀》外，代表性的选本还有谢枋得《文章轨范》。该集选文精审，评点精当，自具面目，在当时产生了重要影响，亦颇为后人所重。

《文章轨范》之编纂者谢枋得（1226—1289），字君直，号叠山，信州弋阳（今属江西）人。文天祥同榜进士，以忠义自任。宋末以江东提刑、江西招谕使知信州，力抗元军，兵败隐居，后绝食而死。《文章轨范》选录汉、晋、唐、宋之文，凡 69 篇。② 全书 7 卷，以"侯王将相有种乎"7 字分标各卷（后世亦有以"九重春色醉仙桃"7 字易之者），前 2 卷题为"放胆文"，后 5 卷题为"小心文"。对于何谓"放胆""小心"，《文章轨范》卷一识语云："凡学文，初要胆大，终要心小，由粗入细，由俗入雅，由繁入简，由豪

① （元）马泽修、（元）袁桷纂：《延祐四明志》卷五《人物考》中，《宋元方志丛刊》第 6 册，北京：中华书局 1990 年版，第 6210 页。

② 据中华再造善本统计，该本题名"叠山先生批点文章轨范"，系据中国国家图书馆藏元刻本影印，北京：北京图书馆出版社 2005 年版。《文渊阁四库全书》本题名《文章轨范》，《四库全书总目》卷一八七《文章轨范》提要谓"是集所录汉、晋、唐、宋之文，凡六十九篇。而韩愈之文居三十一，柳宗元、欧阳修之文各五，苏洵之文四，苏轼之文十二。其余诸葛亮、陶潜、杜牧、范仲淹、王安石、李觏、李格非、辛弃疾人各一篇而已。"（《四库全书总目》卷一八七，北京：中华书局 1965 年版，第 1703 页）经检核，《文章轨范》提要中所云与各家实际所收篇数略有出入，韩愈实收 32 篇，范仲淹实收 2 篇，元结、胡铨各收 1 篇；全本实收 68 篇，脱去卷末陶潜《归去来辞》1 篇。

荡入纯粹。此集皆粗枝大叶之文，本于礼义，老于世事，合于人情。初学熟之，开广其胸襟，发舒其志气，但见文之易，不见文之难，必能放言高论，笔端不窘束矣。”① 卷三识语云：“先暗记侯、王两集，下笔无滞碍，便当读此。”据此可知，“放胆”“小心”所指乃两种为文境界，前者粗枝大叶，无拘无束；后者细密严谨，简雅纯粹。初学为文，先需放胆高论，无所顾忌，以使文气流转、文势充畅；待渐入佳境、议论风发之际，则需注意文字简重、义理纯正。编者认为，士子若能循此以进，假以时日，则可臻于挥洒自如、游刃有余之行文妙境。

《文章轨范》这种独特的分类编排方式，别出手眼，独立标格，其摆落故态、创意出新之举，可谓空前绝后、分外难得，但这种分类方法亦有流于主观、失之随意之病。就该集对所选文章的归类来看，有些未必妥当，如将韩愈《师说》归入“小心文”，将韩愈《答陈商书》《送殷员外使回鹘序》归入“放胆文”，即不无可商榷之处。此外，有一些篇目，很难简单以“小心”“放胆”加以区分，因为它们本来就介乎二者之间，归入任何一类都难以切当。②

宋人之编纂古文选本，虽不一定全为科举计议，但教示初学、取便场屋乃是其中自有之意，因为促成士子研习文法的最有效驱动力唯有科举，任何讲论文法之作若要获得读者之青睐，皆需与科举挂钩。《古文关键》之编纂者吕祖谦曾感慨“学者自非欲得时文速化之术，则莫肯从师”③，“闾巷士子，舍举业则望风自绝”，故不得已“开举业一路，以致其来”④。与《古文关键》《崇古文诀》相较，《文章轨范》教示初学以备场屋的动机是最为鲜明的，集中多次明言其“为举业”之意。谢枋得不惮其烦，反复申说，足见其良苦用心。（详前第一章第三节之“场屋类选本”）

---

① 所引《文章轨范》文字，均据中华再造善本。

② 参李慧芳：《谢枋得之散文及〈文章轨范〉研究》，台湾“中央大学”硕士学位论文，2009 年。

③ （宋）吕祖谦：《少仪外传》卷上，《文渊阁四库全书》本。

④ （宋）吕祖谦：《与朱侍讲》，《吕东莱文集》卷三，《丛书集成初编》本。

《文章轨范》选文69篇，与《古文关键》之63篇相较，容量相近，而与《崇古文诀》之201篇相去甚远；而且《文章轨范》之选篇中，有29篇与《古文关键》重复。就此看来，《文章轨范》显然受到《古文关键》的影响，故清人张云章谓《文章轨范》与《崇古文诀》一样，“皆东莱先生（《古文关键》）开其宗旨”①。

就《文章轨范》对选篇的具体评点来看②，其确实继承了《古文关键》关注散文句法、章法、布局等结构因素的特点。《文章轨范》的评点，既有总评，亦有夹评。夹评除偶尔注明反切、语义外，主要是关于文章的章法、布局、技巧等，如卷一评韩愈《送石洪处士序》（括号中为夹评）：

> 河阳军节度御史大夫乌公为节度之三月，求士于从事之贤者。有荐石先生者，公曰：“先生何如？”曰：“先生居嵩、邙、瀍、穀之间，冬一裘，夏一葛（此是衣，不出衣字），食朝夕饭一盂，蔬一盘（看他说衣食二事，变化句法甚奇）。人与之钱则辞，请与出游，未尝以事免，劝之仕则不应。坐一室，左右图书，与之语道理（三字句），辨古今事当否（六字句），论人高下（四字句），事后当成败（五字句），若河决下流而东注，若驷马驾轻车、就熟路，而王良、造父（古善御者）为之先后也（一句长，以三句合为一句），若烛照数计而龟卜也（一句短〇如此设譬喻作句法，文势有顿挫，有起伏，便有波澜）。”大夫曰：“先生有以自老，无求于人，其肯为某来耶？”从事曰：“大夫

---

① （清）张云章：《古文关键序》，《丛书集成初编》本《古文关键》卷首。

② 中华再造善本所据元刻本卷首残目（缺卷二、卷三全部目录和卷四前半部分目录）中，谢枋得门人王渊济有多处识语，卷五《读李翱文》后识语云：“此篇除点抹系先生亲笔外，全篇即无一字批注。”卷六末《岳阳楼记》后识语云：“此一篇先生亲笔只有圈点而无批注，而《前出师表》则并圈点亦无之，不敢妄以己意增益，姑仍其旧。”卷七末《归去来辞》后识语云：“右此集惟《送孟东野序》《前赤壁赋》系先生亲笔批点，其他篇仅有圈点而无批注……今不敢妄自增益，姑阙之以俟来者。”王渊济识语意在表明集中所有评点皆谢枋得亲笔所为，未有他人妄自增删。从集中实际所刊评点情况来看，与王渊济所云正相吻合。

文武忠孝，求士为国，不私于家。方今寇聚于恒，师环其疆，农不耕收，财粟殚亡。吾所处地，归输之途，治法征谋，宜有所出。先生仁且勇，若以义请而强委重焉，其何说之辞?”（此段文势似缓慢，若逐句点检，无一句懈怠软弱，无一字懈怠软弱）于是撰书词，具马币，卜日以授使者，求先生之庐而请焉。（看他妆撰，大夫、从事宾主问答之言如此巧）先生不告于妻子，不谋于朋友，冠带出见客，拜受书礼于门内。宵则沐浴，戒行李，载书册，问道所由，告行于常所来往。（叙事句句有法）晨毕至，张上东门外。（张，供张也，如今筵会铺张设之类）酒三行，且起，有执爵而言者曰：“大夫真能以义取人，先生真能以道自任，决去就，为先生别。”（若只下“以道自任”作一句，人皆能之，今添“决去就”三字，句法便奇）又酌而祝曰：“凡去就出处何常，惟义之归。遂以为先生寿。”又酌而祝曰：“使大夫恒无变其初，无务富其家而饥其师，无甘受佞人而外敬正士（十字句），无味于谄言（五字句），惟先生是听，以能有成功，保天子之宠命。”（此一章句法长短不齐，文有顿挫，好章法）又祝曰：“使先生无图利于大夫而私便其身图。”（句健）先生起拜祝辞曰：“敢不蚤夜以求从祝规。”（此一句是《左传》句法）于是东都之士咸知大夫与先生果能相与以有成也。（此一句结得绝妙，有万钧笔力）

这些夹评，涉及文势、章法、句法、字法、源流等各个方面。对文势的评点如“文势有顿挫，有起伏，便有波澜”，“此段文势似缓慢，若逐句点检，无一句懈怠软弱”，对章法的评点如“文有顿挫，好章法”，对句法的评点如“变化句法甚奇”，“一句长，以三句合为一句”，“设譬喻作句法”，“叙事句句有法”，“句法便奇”，“此一章句法长短不齐”，“句法”，“此一句结得绝妙，有万钧笔力”，对字法的评点如“此是衣，不出衣字”，“无一字懈怠软弱”，“三字句”，“四字句”，“五字句”，“十字句”，对源流的评点如

“此一句是《左传》句法”。这些评点，关涉既广，又恰到好处，深得《古文关键》之精髓。

除夹评外，《文章轨范》中各篇之总评也有不少是关于文章之结构章法的，如其评柳宗元《桐叶封弟辩》：“七节转换……字字经思，句句着意，无一字懈怠。”（卷二）评柳宗元《送薛存义序》：“章法、句法、字法，皆好。转换关锁紧，谨严优柔……”（卷五）评韩愈《送孟东野序》：“此篇凡六百二十余字，‘鸣’字三十九，读者不觉其繁，何也？句法变化，凡二十九样，有顿挫，有升降，有起伏，有抑扬，如层峰叠峦，如惊涛怒浪，无一句懈怠，无一字尘埃，愈读愈可喜。”（卷七）

从上引各例不难看出，《文章轨范》与《古文关键》一样，对散文之章法、布局、句法、字法等非常关注，而且其评点细密得法，切中肯綮，对士子学习古文作法具有重要的启发意义和示范作用，后人对此亦肯定有加，四库馆臣谓“凡所标举，动中窾会，要之，古文之法亦不外此矣”①，张云章谓“格制法律，或详其体，或举其要，可为学者准则”②，胡凤丹谓“构局造意，标举靡遗，实能灼见作者之心源”③。

但《文章轨范》与《古文关键》之“纯形式的批评”④不同，它除了关注散文之结构、技法外，对散文的艺术风格亦极为关注，集中对散文艺术风格的评点比比皆是，如评韩愈《送杨少尹序》：“文有气力，有光焰，顿挫豪宕。读之快人意，可以发人才思。”（卷一）评韩愈《送高闲上人序》：“此序谈诡放荡。”（卷一）评欧阳修《纵囚论》：“文有气力，有光焰，熟读之可发人才气。善于立论。”（卷二）评苏洵《春秋论》：“此文有法度，有气力，有精神，有光焰，谨严而华藻者也。读得《孟子》熟，方有此文章。”（卷

① （清）永瑢等：《四库全书总目》卷一八七《文章轨范》提要，北京：中华书局1965年版，第1703页。

② （清）张云章：《古文关键序》，《丛书集成初编》本《古文关键》卷首。

③ （清）胡凤丹：《重刻古文关键序》，《丛书集成初编》本《古文关键》卷首。

④ 吴承学：《现存评点第一书——论〈古文关键〉的编选、评点及其影响》，《文学遗产》2003年第4期，第79页。

三）卷二识语云："辩难攻击之文，虽厉声色，虽露锋芒，而气力雄健，光焰长远，读之令人意强而神爽。"卷四识语指出为文需"以清明正大之心，发英华果锐之气"，如此方能"笔势无敌，光焰烛天"。从上引诸条不难见出，谢枋得所欣赏的散文风格是谨严华藻、气力雄健、顿挫豪宕、英华果锐。

谢枋得之欣赏趣味与其本人之性格、文风密不可分。谢枋得乃忠义雄豪之士，《宋史》本传云："谢枋得……为人豪爽……性好直言，一与人论古今治乱国家事，必掀髯抵几，跳跃自奋，以忠义自任。徐霖称其'如惊鹤摩霄，不可笼絷'。"① 《叠山先生行实》云："枋得平生无书不读，为文章，高迈奇绝，汪洋演迤，自成一家，学者师尊之。"② 所谓文如其人，选本亦如选家之为人，谢枋得乃雄豪之士，所爱自然是雄健之文。

《文章轨范》除了关注散文的章法结构和艺术风格外，对散文的思想内容也非常关注，这也是它与《古文关键》等其他散文选本的另一个不同之处。宋代散文选本多为取便场屋而编，为了快捷、有效地帮助士子写好文章，大都主要讲论字法、句法、章法、构思等更具实用性、操作性的技巧问题，亦即所谓"时文速化之术"，而对文章的思想内容不太关注；《文章轨范》虽亦为举业而设，但它对散文的思想内容关注有加。谢枋得希望士子通过阅读、摹习《文章轨范》，不但可以文辞长进，科场折桂，而且可以从中获得道义、礼法之教益，成为效命君国、知礼有节、顶天立地的忠义之士。其寄意高远，托旨遥深，后人不可不察。

具体而言，该集对散文思想内容的关注主要表现在以下三个方面：

一是认为散文应该本于礼义，有关世教，合乎义理。谢枋得在对选文的评点中，提及最多的是"礼义""世教""义理"。如卷一识语指出"放胆文"皆"本于礼义，老于世事，合于人情"之文。

---

① （元）脱脱等：《宋史》卷四二五《列传》一八四《谢枋得传》，北京：中华书局1977年版，第12687页。

② 《叠山先生行实》，《叠山集》卷一六，《四部丛刊》本。

卷六识语云："议论关世教，古之立言不朽者如是夫。"又引叶水心之语曰："文章不足关世教，虽工无益也。"评柳宗元《桐叶封弟辩》云："义理明莹，意味悠长。"（卷二）评苏轼《范增论》云："义理融明。"（卷三）评柳宗元《送薛存义序》云："谨严优柔，理长而味永。"（卷五）评范仲淹《严先生祠堂记》云："字少意多，文简理详，有关世教，非徒文也。"（卷六）评李觏《袁州学记》云："此等文章，关系世教，万世不磨灭。"（卷六）[①] 谢枋得反复言及之"礼义""世教""义理"，内涵相近，所指皆为正统儒家之道，亦即理学"内圣外王""修身齐家治国平天下"之道，对此，他曾有非常明确之言："道者，致知格物，诚意正心，齐家治国平天下之道。"（卷五，评韩愈《师说》）

在谢枋得看来，文章之章法布局、句法字法、辞章文采固然重要，但更为重要、最为关键的乃是文章之义理。如他在评李格非《书洛阳名园记后》时指出，《洛阳名园记》之所以能够扬名天下，不在于其对洛阳园囿描写之工，因为即便是"名园"，也不过是"游观之末"；关键的因素是该文在对园林风物的叙写之中，融入了盛衰兴亡之理，以"至小之物"表现了"关系至大"之"理"，所谓"园囿之兴废，乃洛阳盛衰之候；洛阳之盛衰，乃天下治乱之候"（卷六）。又如，他在评李觏《袁州学记》时指出，李觏此文之所以"三百年来人独喜诵"，"读者乐而忘倦"，并非仅仅因为它"笔端有气力、有光焰"，更主要的是因为它"立论高远宏大，不离乎人心天理"（卷六）。

二是强调散文应该内容充实，以理服人。谢枋得认为，写作为文，"文章之工"只是手段，最终之目的乃在"要人心服"，故而必须做到内容充实，以理服人；理直方可气壮，理正方可词严，气壮词严，方能折服人心。如他评韩愈《讳辨》云："一篇辨明，理强气直，意高辞严，最不可及者。有道理，可以折服人矣。"（卷二）评柳宗元《与韩愈论史书》云："辩难攻击之文，要人心服。子厚

---

① 中华再造善本所据元刻本内有钱谦益朱笔评点，与谢枋得原有评点相得益彰。"万世"原本为"禁世"，钱谦益改为"万世"。

此书，文公不复辩，亦理胜也。”（卷二）评苏轼《范增论》云：“凡作史评，断古人是非得失、存亡成败，如明官判断大公案，须要说得人心服。若只能责人，亦非高手。”（卷三）评苏轼《晁错论》云：“有忧深思远之智，有排难解纷之勇，不特文章之工也。”（卷三）

三是鼓倡圣君贤臣的正统思想与肝胆节义的浩然之气。《文章轨范》不但选文注重思想性，而且通过评点鼓倡圣君贤臣的正统思想与肝胆节义的浩然之气。如评韩愈《杂说上》：“此篇主意，谓圣君不可无贤臣，贤臣不可无圣君，圣贤相逢，精聚神会，斯可成天下之大功。”“贤臣因圣君能用之，而后见其为贤臣。”“圣君不得贤臣，亦无以成治功。”（卷五）又如评胡铨《上高宗封事》：“肝胆忠义，心术明白，思虑深长。读其文，想见其人，真三代以上人物。朱文公谓可与日月争光。中兴奏议此为第一。”（卷四）通过此类评点，不难见出谢枋得所大力鼓倡者乃肝胆忠义、浩然正气。虽然谢枋得在评点中表现出来的圣君贤臣思想在今天看来局限明显、不足为道，他所认为的“英雄豪杰，必遇知己者，尊之以高爵，食之以厚禄，任之以重权，其才斯可以展布”，“禄位不足以展布，反不如常材”（卷五，评韩愈《杂说下》），尤有失之片面、可与诟病者；但联系他所生活的南宋末期君臣离心、世风日下、国势衰微的时代背景以及封建时代士人以效命家国、为君解忧为立身行事之大节的文化环境来看，其进步意义亦是堪当嘉许的。

此外，《文章轨范》还善于设置“意义空白”，通过“零评点”来传达其忠义思想。谢枋得门人王渊济云：“若夫《归去来辞》，则与‘种’字集《出师表》一同，并圈点亦无之。盖汉丞相、晋处士之大义清节，乃先生之所深致意者也。”[①] 谢枋得平生对诸葛亮和陶渊明极为推重，对诸葛亮鞠躬尽瘁、护主兴汉之“忠”与陶渊明不仕二朝、安贫守操之“义”表现出无限的钦佩与仰慕，其《江仲龙字说》云：“大丈夫生于乱世，消息盈亏，惟天所命。穷则晋处士，

① 中华再造善本《叠山先生批点文章轨范》卷首，卷七目录之末，王渊济识语。

达则汉丞相，吾俯仰无愧怍矣。”[①] 在谢枋得心目中，诸葛亮与陶渊明乃是完美无瑕、无可挑剔之理想人格的化身，他们的文章自然是无可评议、无须评点。[②]

有斯人，方有斯选。《文章轨范》对散文的思想内容如此重视，与谢枋得其人其行密切相关。谢枋得生当南宋末年，其时程朱理学因被尊为正统而大行于世，谢枋得受其影响极深，故而笃信义理，立志振纲常、扶世教。此外，谢枋得又是一个以忠义自任的爱国主义者，《宋史》本传称其“嵚崎以全臣节”，“宋末之卓然者也”[③]。因之，谢枋得无论作文操选，皆以纲常义理、忠孝爱国之思想灌注其中。明代刘俊《叠山先生文集序》云：

> 叠山先生文节谢公之为文，无一不本于德，凿凿乎如谷粟布帛，世不可无也……一字一语悉忠孝之所发，即是足以见公之德，而能感人于千载之下……是所谓扶世道，植纲常，以成人之德者……欲屹砥柱于中流，回狂澜以东注，千挫万磨，愈刚愈劲，则公之忠诚可以贯天地，薄日月，其文章留于宇宙者，上而为祥麟威凤，下而为芝草琅玕，有不待是而后传。[④]

《四库全书总目》云：

> 枋得忠孝大节，炳著史册。《却聘》一书，流传不朽。虽乡塾童孺，皆能诵而习之。而其他文章，亦博大昌明，具有法度，不愧有本之言。观所辑《文章轨范》，多所阐

---

① （宋）谢枋得：《江仲龙字说》，《叠山集》卷九，《四部丛刊》本。

② 参沈杰：《谢枋得〈文章轨范〉简论》，《四川师范学院学报》1998 年第 6 期，第 119 页。

③ （元）脱脱等：《宋史》卷四二五《列传》一八四《谢枋得传》，北京：中华书局 1977 年版，第 12690 页。

④ （明）刘俊：《叠山先生文集序》，《四部丛刊》本《叠山集》卷首。

发，可以知其非苟作矣。[①]

总的来看，《文章轨范》对散文文本的诠释与阐说已经较为完备，涉及散文的章法布局、句法字法、为文技巧、艺术风格、思想内容等各个方面，已经兼具后人所说之“辞章”“义理”两端，而且个性鲜明、自具面目。从某种意义上说，从《古文关键》到《文章轨范》，展现出宋代散文选本之散文评点由相对单一到比较完备、由相对粗浅到比较深入、由平实板正到特色鲜明的发展轨迹。

第四节　《论学绳尺》对试论“轨度”的归纳与总结

南宋以来涌现的各种文章选本，大多与科举有关，前文已经述及之《古文关键》《崇古文诀》《文章轨范》，概莫能外。值得注意的是，《古文关键》等文章选本虽然最初之编纂动因在于教示初学、取便场屋，但在实际编纂过程中，已经大大突破了“独为举业而设”这一局囿，故而具有多方面的解读意义，如《古文关键》作为现存最早的古文评点选本，是对古文评点形式与阅读理论的完善，对后来者有开启、示范之功，而且其眼光独到，选文精审，择取唐宋两代古文大家的优秀之作萃为一编，建立起一个唐宋古文的统系，对后来“唐宋八大家”的提出与确立有重大影响；《崇古文诀》对古文的评点更为详备，而且文思活泼，语言灵动，善于随文赋性，有感而发，在讲论文法之余，开始关注古文的审美特质与艺术之美，已经开始具有审美批评的性质；《文章轨范》则不但重视章法布局、句法字法、为文技巧、艺术风格等，而且重视文章的思想内容，讲求义理，鼓倡忠义，已经兼具后人所说之“辞章”“义理”两端。

而其他一些文章选本，则专注于科场行文之体制、结构，致力

① （清）永瑢等：《四库全书总目》卷一六四《叠山集》提要，北京：中华书局1965年版，第1408页。

于对科场行文之程式、“定格”及“轨度”的探寻与归纳，无暇顾及其余，指向性、目的性非常明确，其全部价值与意义在于总结科场写作规律，指导士子科场写作，是真正完全意义上的科举教科书。此类文章选本，以《论学绳尺》最具代表性。本节以宋代科举文体的变化与策论地位的凸显为背景，介绍《论学绳尺》对试论“轨度”的归纳与总结。

一、宋代科举文体的变化与策论地位的凸显

宋初的科举考试类目繁多，“宋之科目，有进士，有诸科，有武举。常选之外，又有制科，有童子举”。“初，礼部贡举，设进士、九经、五经、开元礼、三史、三礼、三传、学究、明经、明法等科”。[①] 在这众多科目中，以进士科与制科最为重要，所谓“贡举虽广，而莫重于进士、制科”[②]。制科是特科，是天子为选拔特殊人才而临时设置的考试科目，“制举无常科，所以待天下之才杰，天子每亲策之……或起之山林，或取之朝著，召之州县，多至大用焉。太祖始置贤良方正能直言极谏、经学优深可为师法、详闲吏理达于教化凡三科，不限前资，见任职官，黄衣草泽，悉许应诏，对策三千言，词理俱优则中选”[③]。由于制科所特有的荣耀性，此科在宋代影响甚大。但由于此科对应试者要求较高且有诸多限制，加之废置无常，故应试人数并不甚众。据朱迎平考证，有宋一代，制科御试共举行了 22 次，而最终入等者仅 41 人，其中三等（即上等）仅 4 人。[④] 因此，此处讨论宋代科举文体的变化，主要就进士科展开论述。

宋初，进士科考试兼考诗赋、策论、帖经、墨义，“凡进士，试

---

① （元）脱脱等：《宋史》卷一五五《选举志一》，北京：中华书局 1977 年版，第 3604 页。

② （元）脱脱等：《宋史》卷一五五《选举志一》，北京：中华书局 1977 年版，第 3603 页。

③ （元）脱脱等：《宋史》卷一五六《选举志二》，北京：中华书局 1977 年版，第 3645－3646 页。

④ 参朱迎平：《宋文论稿》，上海：上海财经大学出版社 2003 年版，第 27 页。

诗、赋、论各一首，策五道，帖《论语》十帖，对《春秋》或《礼记》墨义十条”[①]。但并非每科地位均等，帖经由于被认为不过是“观其记诵而已”，屡受轻视，其中太宗太平兴国八年（983），进士科曾一度罢考帖经，旋即恢复。而与此同时，策论由于被认为能够考查士子的德行与才情见识，渐受重视，如仁宗天圣八年（1030）八月，资政殿学士晏殊曾建议除进士科考策问外，诸科也要考策问，其上书云：“唐明经并试策问，参其所习，以较才识短长。今诸科专取记诵，非取士之意也，请终场试策一篇。”[②] 此请虽因近臣反对而寝议，但自此对策问、试论愈发看重则是不争的事实。

仁宗宝元年间，李淑侍经筵，仁宗访以进士诗、赋、策、论先后，李淑对曰：“今陛下欲求理道而不以雕琢为贵，得取士之实矣。然考官以所试分考，不能通加评校，而每场辄退落，士之中否，殆系于幸不幸。愿约旧制，先策，次论，次赋及诗，次帖经、墨义，而敕有司并试四场，通较工拙，毋以一场得失为去留。”仁宗深以为然，“诏有司议，稍施行焉”[③]。至此，进士科考试虽然科目未变，但考试流程与录取方法却发生了重大变化。考试流程方面，由先诗、赋，次论、策，次帖经、墨义变更为先策、论，次诗、赋，次帖经、墨义；录取方法方面，由逐场黜落变更为并试四场、通较工拙、不以一场得失为去留。由此可以明显看出，此期科举考试文体中策论地位的上升与诗赋地位的下降。

仁宗庆历年间，范仲淹任参知政事，意欲复古劝学，宋祁、王拱辰、张方平、欧阳修等八人合奏称“取士当求其实，用人当尽其才……有司束以声病，学者专于记诵，则不足尽人材……夫上之所好，下之所趋也。今先策论，则文词者留心于治乱矣；简程式，则

---

① （元）脱脱等：《宋史》卷一五五《选举志一》，北京：中华书局1977年版，第3604页。

② （宋）李焘撰，上海师院古籍整理研究室、华东师大古籍整理研究室点校：《续资治通鉴长编》卷一〇九，北京：中华书局1985年版，第2542页。

③ （元）脱脱等：《宋史》卷一五五《选举志一》，北京：中华书局1977年版，第3612－3613页。

闳博者得以驰骋也；问大义，则执经者不专于记诵矣"[1]，于是诏令进士科考试罢帖经、墨义，只考三场：先策，次论，次诗赋。录取方法仍以"通考为去取"。但不久范仲淹落职，新政悉罢，科举之制乃恢复如故。

神宗继位，笃意经学，意欲变法。王安石上书云："今以少壮时，正当讲求天下正理，乃闭门学作诗赋，及其入官，世事皆所不习，此科法败坏人材，致不如古。"[2] 既而中书门下建言"除去声病偶对之文，使学者得专意经术"[3]。王安石及中书门下的建议得到了神宗的认可，"于是改法，罢诗赋、帖经、墨义，士各占治《易》《诗》《书》《周礼》《礼记》一经，兼《论语》《孟子》。每试四场，初大经，次兼经，大义凡十道，后改《论语》《孟子》义各三道。次论一首，次策三道，礼部试即增二道。中书撰大义式颁行。试义者须通经、有文采乃为中格，不但如明经墨义粗解章句而已"[4]。此次变法，最关键的举措乃在罢诗赋、帖经、墨义，专以经义、策论定优劣。而在经义、策论中，策论尤为重要。熙宁三年（1070），神宗亲试进士，专考策论，"旧特奏名人试论一道，至是亦制策焉"[5]。

但新法施行时间不长即遭罢废。哲宗元祐初，尚书省请复诗赋，与经义兼行。诏近臣集议，司马光等认为取士之道，当以德行为先，以文学为后；就文学而言，又当以经术先于词采。于是，元祐四年（1089），乃立经义、诗赋两科，分科取士。诗赋科，"初试本经义二道，《语》《孟》义各一道，次试赋及律诗各一首，次论一首，末试子、史、时务策二道"。经义科，"初试本经义三道，《论语》义一

---

① （宋）李焘撰，上海师院古籍整理研究室、华东师大古籍整理研究室点校：《续资治通鉴长编》卷一四七，北京：中华书局1985年版，第3563页。

② （元）脱脱等：《宋史》卷一五五《选举志一》，北京：中华书局1977年版，第3617页。

③ （元）脱脱等：《宋史》卷一五五《选举志一》，北京：中华书局1977年版，第3618页。

④ （元）脱脱等：《宋史》卷一五五《选举志一》，北京：中华书局1977年版，第3618页。

⑤ （元）脱脱等：《宋史》卷一五五《选举志一》，北京：中华书局1977年版，第3619页。

道，次试本经义三道，《孟子》义一道，次论策，如诗赋科”。录取方法仍依前朝，以四场通定高下，“专经者用经义定取舍，兼诗赋者以诗赋为去留，其名次高下，则于策论参之”①。但此法施行不过数年，哲宗绍圣初，“乃诏进士罢诗赋，专习经义，廷对仍试策”②。

高宗建炎初，驻跸扬州，科举承元祐之制而略有变更，“（建炎）二年，定诗赋、经义取士，第一场诗赋各一首，习经义者本经义三道，《语》《孟》义各一道；第二场并论一道；第三场并策三道。殿试策如之。自绍圣后，举人不习诗赋，至是始复”③。

此后，又有合科之举。绍兴十三年（1143），国子司业高闶言：“取士当先经术。请参合三场，以本经、《语》、《孟》义各一道为首，诗赋各一首次之，子史论一道、时务策一道又次之，庶几如古试法。又《春秋》义当于正经出题。”④ 诏从之。至绍兴三十一年（1161），礼部侍郎金安节言：“熙宁、元丰以来，经义诗赋，废兴离合，随时更革，初无定制。近合科以来，通经者苦赋体雕刻，习赋者病经旨渊微，心有弗精，智难兼济。又其甚者，论既并场，策问太寡，议论器识，无以尽人。士守传注，史学尽废，此后进往往得志，而老生宿儒多困也。请复立两科，永为成宪。”⑤ 诏令从之。自此，建炎两科取士之制得以恢复，“于是士始有定向，而得专所习矣”⑥。此后直至终宋一代，进士科的考试科目与文体再未发生变化。

通过以上对宋代科举进士科考试科目、文体、流程及录取方法的大致梳理，我们不难看出，宋代科举制度变迁中一个很重要的现

---

① （元）脱脱等：《宋史》卷一五五《选举志一》，北京：中华书局 1977 年版，第 3620、3621 页。

② （元）脱脱等：《宋史》卷一五五《选举志一》，北京：中华书局 1977 年版，第 3622 页。

③ （元）脱脱等：《宋史》卷一五六《选举志二》，北京：中华书局 1977 年版，第 3625 页。

④ （元）脱脱等：《宋史》卷一五六《选举志二》，北京：中华书局 1977 年版，第 3629 页。

⑤ （元）脱脱等：《宋史》卷一五六《选举志二》，北京：中华书局 1977 年版，第 3631 页。

⑥ （元）脱脱等：《宋史》卷一五六《选举志二》，北京：中华书局 1977 年版，第 3631 页。

象就是策论地位的上升与稳固。宋初进士科考试虽然兼试诗赋与策论，但由于实行逐场去留之制，作为考试第一场的诗赋考试就成为最关键的一场，策论的地位明显劣于诗赋。至仁宗宝元年间，变逐场去留为并试四场、通校工拙，策论的地位变得与诗赋旗鼓相当。仁宗庆历年间，还实行过先考策论、再考诗赋的制度，这更明显说明了策论地位的上升。神宗熙宁变法，罢试诗赋，专以经义、策论定优劣，而尤以策论为重，至此策论的地位上升到顶点，诗赋则几近于息。哲宗元祐年间，进士科分立诗赋与经义两科，两科之中，策论皆为必考科目，诗赋、策论的地位趋于平衡。高宗至宋末，虽曾有过合科之举，但最终仍定于以诗赋、经义两科取士。

在上述背景下，为举业服务的场屋类文章选本开始大量涌现，其间更出现了《论学绳尺》这样完全意义上的科举教科书。不过，需要指出的一点是，《论学绳尺》所选皆论体文，而无策问之文，究其原因，主要是因为场屋类选本主要探讨的是文章的程式与定格，以便于举子摹习。论体文在内容、体式、技巧上均有较为明确的要求，故有探寻程式与定格的需要和可能；而策问一般采用问答体、段落式，须针对策问的问题逐一作答，御试策还须逐段引述策问原文，然后作答，故难以程式化[①]，自然就不为《论学绳尺》所青睐。

二、《论学绳尺》对试论“轨度”的总结及其局限性

《论学绳尺》10 卷，魏天应编，林子长注。[②] 此书之概况，《四库全书总目》述之甚详：

---

① 参祝尚书：《宋代科举与文学考论》，郑州：大象出版社 2006 年版，第 212 页；朱迎平：《宋文论稿》，上海：上海财经大学出版社 2003 年版，第 57 页。

② 此据《文渊阁四库全书》本。《文渊阁四库全书》本乃据明成化刊本录入，明成化刊本是《论学绳尺》现存最早的版本，该本名为《批点分格类意句解论学绳尺》，署名为“京学学谕笔峰林子长笺解，乡贡进士梅墅魏天应编选，福建按察司佥事游明大升重辑校正”，《文渊阁四库全书》本变更为“魏天应编选，林子长笺解”（参祝尚书《宋人总集叙录》卷八；张海鸥、孙耀斌：《〈论学绳尺〉与南宋论体文及南宋论学》，《文学遗产》2006 年第 1 期）。

> 是编辑当时场屋应试之论，冠以《论诀》一卷。所录之文，分为十卷。凡甲集十二首，乙集至癸集俱十六首，每两首立为一格，共七十八格，每题先标出处，次举立说大意，而缀以评语……考宋礼部贡举条式，元祐法以三场试士，第二场用论一首。绍兴九年定以四场试士，第三场用论一首，限五百字以上成。经义、诗赋二科并同。又载绍兴九年国子司业高闶劄子，称太学旧法，每旬有课，月一周之，每月有试，季一周之，皆以经义为主，而兼习论策云云。是当时每试必有一论，较诸他文应用之处为多，故有专辑一编以备揣摩之具者。天应此集，其偶传者也。其始尚不拘成格，如苏轼《刑赏忠厚之至论》自出机杼，未尝屑屑于头项心腹腰尾之式。南渡以后，讲求渐密，程式渐严。试官执定格以待人，人亦循其定格以求合，于是双关三扇之说兴，而场屋之作遂别有轨度。虽有纵横奇伟之才，亦不得而越。此编以绳尺为名，其以是欤？绍兴《重修贡举式》中，试卷犯点抹条下，有论策经义连用本朝人文集十句之禁。知拘守之余，变为剽窃，故以是防其弊矣。然当日省试中选之文，多见于此，存之可以考一朝之制度。且其破题、接题、小讲、大讲、入题、原题诸式，实后来八比之滥觞，亦足以见制举之文源流所自出焉。①

明何乔新《论学绳尺序》亦谓：“宋乡贡进士魏天应编选南渡以降场屋得隽之文，而笔峰林子长为之笺释，以遗后学者也……是书一出，予知四方之士疾读而力追之，上下驰骋，不自逾于法度，如工之有绳尺焉。”②

此书开篇为《论诀》，收“诸先辈论行文法”、《止斋陈傅良云》（节要语）、福唐李先生《论家指要》、欧阳起鸣《论评》和林图南

---

① （清）永瑢等：《四库全书总目》卷一八七《论学绳尺》提要，北京：中华书局1965年版，第1702页。

② （明）何乔新：《椒邱文集》卷九，《文渊阁四库全书》本。

《论行文法》。

“诸先辈论行文法”收录吕祖谦、戴溪、陈亮、林执善、吴琮、冯椅、危稹、吴镒8人关于试论行文的论述，如第一条：

> 东莱吕公祖谦云：“论各有体，或清快，或壮健，不可律看。看做论有三等：上焉藏锋不露，读之自有滋味；中焉步骤驰骋，飞沙走石；下焉用意庸庸，专事造语。看论须先看主意，然后看过接处。论题若玩熟，当别立新意说。作论要首尾相应，及过处有血脉。论不要似义方，要活法圆转。论之段片或多，必须一开一合，方有收拾。论之缴结处须要着些精神，要斩截。论之转换处须是有力，不假助语而自接连者为上。若他人所详者我略，他人所略者我详。题常则意新，意常则语新。意深而不晦，句新而不怪，笔健而不粗，语新而不常。”①

《止斋陈傅良云》（节要语）为陈傅良所著《止斋论祖》中《论诀》之节略，节录陈氏关于试论“认题”“立意”“造语”“破题”“原题”“讲题”“使证”“结尾”的论述，涉及审题命意、总体构思、语言规范、结构程式等方面，如“破题”：“破题为论之首，一篇之意皆涵蓄于此，尤当立意详明，句法严整，有浑厚气象。论之去取，实系于破题。破题不佳，后虽有过人之文，有司亦不复看。”

福唐李先生《论家指要》共“论主意”“论间架”“论家务持体”“论题目有病处”“论用字法”“论制度题”“论人物题”“全篇总论”八部分，如“论间架”：“间架布置，前后证据须要明整洁净，却不要似策。策文方，论文圆；策文直，论文峻；策文易，论文险。相对句多，非格也。”

欧阳起鸣《论评》包括“论头”“论项”“论心”“论腹”“论腰”“论尾”六部分，如“论腹”：“铺叙要丰赡，最怕文字直致无

---

① 《论学绳尺论诀》，《文渊阁四库全书》本《论学绳尺》卷首。

委曲。欲抑则先扬，欲扬则先抑，中间反复，惟意所之。大概初入须是要宽缓，结杀处要得紧而又紧。”

林图南《论行文法》首先提出行文之法“有抑扬，有缓急，有死生，有施报，有去来，有冷艳，有起伏，有轻清，有厚重”，然后列出“扬文”“抑文”“急文”“缓文”“死文”“生文”“报施文”“折腰体”“蜂腰体”“掉头体”“单头体”“双关体”“三扇体”“征雁不成行体”“鹤膝体”等行文类型，于每类名目下予以简要解说，并分别举例详解。

《论诀》的五部分内容，较为系统、全面地总结了试论的写作方法与要领，力求归纳出试论写作的体制规范与行文程式，以便于士子摹习，可谓试论写作文法大全。其中，最引人注目的是关于试论程式的总结。在《论学绳尺》以前，谢枋得《文章轨范》中曾有两处论及论体文之行文程式，其卷三评苏轼《晁错论》云：“此论先立冒头，然后入事，又是一格。”同卷评苏轼《王者不治夷狄论》云：“此是东坡应制科程文六论中之一，有冒头，有原题，有讲题，有结尾，当熟读，当暗记，始知其巧。”但很明显，这只是一种非常粗略的归纳，还很不完善。《论学绳尺》之《论诀》对试论行文程式的总结则较为精细、系统，如戴溪分为破题、接题、原题、讲题、结题；冯椅以鼠头、豕项、牛腹、蜂尾为喻，分为破题、承题、小讲、冒头、讲题；陈傅良分为破题、原题、讲题、使证、结尾；欧阳起鸣分为论头、论项、论心、论腹、论腰、论尾。以上诸家之说，大同而小异，《论学绳尺》在选篇之夹注中糅合众说，对试论的程式多有阐说，其经常使用的概念有破题、接题、小讲、冒头、入题、原题、大讲、使证、结尾等，具体情况则因所注篇目不同而略有区别。就此点而论，《论学绳尺》对明清八股文的形成有重要影响。

《论学绳尺》全书正文共 10 卷，收文 156 篇，作者大部分是科场折桂者，基本上是南宋一百余年的科场优秀试卷汇编，其指导科考的可靠性、逼真性可谓独一无二。①

---

① 参张海鸥、孙耀斌：《〈论学绳尺〉与南宋论体文及南宋论学》，《文学遗产》2006 年第 1 期，第 95 页。

集中每两篇立为一格，依格编排，共 88 格。其格名繁复，依次为：立说贯题格、贯二为一格、推原本文格、立说尊题格、指切要字格、指题要字格、就题摘字格、就题生意格、援古证今格、以天立说格、立说出奇格、就题发明格、顺题发明格、驳难本题格、双关议论格、摘字贯题格、体用贯题格、推明性理格、立说贯题格、题外生意格、驳难题意格、推原立意格、以心会道格、反题辨难格、就题发明格、摘字贯题格、摘字总题格、顺题发明格、得人立说格、就问立意格、伤今思古格、推原立意格、评品难易格、评品优劣格、题外生意格、就题立论格、就题发明格、品藻优劣格、发明性理格、回护题意格、反题辨论格、回护题意格、贬题立说格、评品优劣格、就题褒贬格、回护题意格、发明题意格、顺题发明格、考究题意格、因事度情格、评品优劣格、言外发意格、立说出奇格、因显知微格、因后知前格、就题去取格、推原心学格、推原题意格、回护题意格、因古思今格、因今思古格、发明题意格、无所考证格、有所考证格、顺题发明格、推原题意格、思古伤今格、贬题立说格、形容题意格、贬题立说格、形容题意格、合异为同格、立说正大格、由微知显格、顺题发明格、推原题意格、原题立意格、字面包题格、题外生意格、顺题发意格、因数明理格、顺题发明格、就题轻重格、形容题意格、合二为一格、就题发明格、伤今思古格、推究源流格。

以上诸格，多有重复累赘者，如回护题意格与发明题意格、驳难本题格与驳难题意格、推原立意格与推究源流格、发明性理格与以心会道格等，而顺题发明格等则是反复出现；又有不少名称相仿者，如伤今思古格与因今思古格、思今伤古格、思古伤今格、因古思今格等，指切要字格与指题要字格、就题摘字格等，品藻优劣格与评品优劣格等；还有一些名称有巧立名目、牵强附会之嫌。但从这些令人眼花缭乱的繁复名目，不难看出宋人对试论写作程式与文法研究的细致深入。此前的文章选本，亦有论及文章之“格”者，但都是偶尔为之，不成系统，如《古文关键》评《谏臣论》为“意胜反题格”（卷一），评《答陈商书》为“设譬格”（卷一），评《春秋说下》为“反题格”（卷一）；《崇古文诀》评韩愈《谏臣论》为

“反难文字之格”（卷八），评韩愈《与孟简尚书书》为“文字抑扬格”（卷一一）。《论学绳尺》在前贤之说的基础上，发明己说，推阐加密，蔚为大观，可谓殚精竭虑，用心良苦。惜其分类不精，略有支离破碎之弊。

在每篇范文标题之下，分列“出处”“立说”“批云”。“出处”注明论题之渊源，“立说”注明立论要领，“批云”辑录名家或考官批语。正文中多有夹注，对文章典实名物、行文用语、结构布局等进行评点。每一格末附总评，对本格所选两篇范文进行比较。如第一格“立说贯题格”，所选第一篇文章为王胄《汤武仁义礼乐如何》，题下依次分列：

> 出处　《前汉·贾谊传》上疏：“汤武置天下于仁义礼乐而德泽洽，禽兽草木广裕，德被蛮貊四夷，累子孙数十世。”
>
> 立说　谓仁义之中自有礼乐，成汤武王躬行仁义之久，使一世民物安行乎仁义之中，而与圣人相忘于道化之内。故极顺所积而礼生焉，极和所格而乐成焉。是则人心之礼乐皆自仁义中来，岂于仁义之外而他有所谓礼乐哉。
>
> 批云　立说有本祖，行文有法度，明白而通畅，纯熟而圆转，真可为后学作文之法。

在此格末尾，将此格所选王胄《汤武仁义礼乐如何》与常挺《三王法度礼乐如何》进行比较：

> 前篇谓人心有仁义则有礼乐，此篇谓人心知礼乐则知法度。是用其主意，仿其步骤，不可不参看。

这些评注批点都中肯实用，有指示门径、济以津筏之意，对考生颇具参考价值和指导意义。从此不难看出，《论学绳尺》一书编选的指向性是非常明确的，乃是直接为科举试论服务，力求让士子在科举试论写作中有法可依、有例可循。

总的来看，《论学绳尺》对科场行文的“轨度”（包括体制、结构、程式、文法、定格等各个方面）进行了归纳总结，力图让士子在举场之中有例可依、有规可循，在揭示行文规律、辅导写作方面具有一定的实践意义和理论意义，其贡献不容抹杀。但其过于追求程式的固定化、模式化，对写作规律的探讨过于精细、琐碎，“屑屑于头项心腹腰尾之式”①，以致将一些本来文辞优美、情致丰赡的作品解析得支离破碎、味同嚼蜡，忽视了文体本身的活跃因素，扼杀了广大士子的文学创造力，失之于过犹不及。对此，后人多有讥议，如顾炎武《日知录》卷一六云：“文章无定格，立一格而后为文，其文不足言矣。唐之取士以赋，而赋之末流，最为冗滥。宋之取士以论策，而论策之弊亦复如之……皆以程文格式为之，故日趋日下。”②

南宋之时，由于科举市场需求的旺盛，与《论学绳尺》同类性质的书还有不少，“天应此集，其偶然传者”③；但由于其指向性过于明确，造成其评点内容相对狭隘，故而后人对其不甚看重，《四库全书总目》卷一八七《崇古文诀》提要云：“宋人多讲古文，而当时选本存于今者不过三四家……世所传诵，惟吕祖谦《古文关键》、谢枋得《文章轨范》及昉此书而已。”④张云章《古文关键序》云：“有宋一代，文章之事盛矣，而集录古今之作传于今者，仅三四家……真西山《正宗》、谢叠山《轨范》，其传最显。”⑤其间都没有提到《论学绳尺》。这种寂没不闻的情况，不能不说与其局限性有关。

---

① （清）永瑢等：《四库全书总目》卷一八七《论学绳尺》提要，北京：中华书局1965年版，第1702页。

② （清）顾炎武：《日知录》卷一六“程文”条，台北：台湾商务印书馆1978年版，第52－53页。

③ （清）永瑢等：《四库全书总目》卷一八七《论学绳尺》提要，北京：中华书局1965年版，第1702页。

④ （清）永瑢等：《四库全书总目》卷一八七，北京：中华书局1965年版，第1699页。

⑤ （清）张云章：《古文关键序》，《丛书集成初编》本《古文关键》卷首。

第四章 审美趣尚的标举与诉求

选本的形成过程就是批评创造过程，这一批评创造过程实际上是选家在一定社会文化语境之中，以自我心理去体验文艺作品，进行审美赏鉴、做出审美判断和审美评价的过程。每个时代都有每个时代的审美趣尚，它规约着选家个体的审美趣味，引领着具体文本的选取与评鉴，使选本表露出鲜明的时代特征，映现出选本所处时代的审美趣尚；不同选家的自我心理如审美感受、情感好恶、价值取向均有较大的差异，也会导致选本体现出不同的审美趣尚。在宋代选本中，《文章正宗》《诗准·诗翼》《濂洛风雅》对理学趣尚的标举和《梅苑》《乐府雅词》《复雅歌词》等词选对典雅趣尚的诉求颇为典型。

第一节 《文章正宗》《诗准·诗翼》《濂洛风雅》对理学趣尚的标举

宋代文学之兴盛是以儒学之复兴为思想文化背景的，理学则是宋代儒学最核心的体现，由于宋代儒学发展的自身要求、理学家的孜孜以求与不懈努力以及来自官方的支持，理学成为宋代的“正学之宗”，故而宋代文学的发展嬗变与理学的兴起有着千丝万缕的联系。一方面，宋代文学之发展历程与理学之演进密切相关；另一方面，宋代文学家与理学家往往身份杂糅，很难决然分开，宋代文学家多受理学影响，诸多文学家本身就是理学家，宋代理学家也多涉足文坛，不少理学家同时也是声名显赫的文学家。基于此种缘由，宋代选本中出现了一些标举理学趣尚的选本，这些选本在选编体例、选目、评点等诸多方面均打上了理学的深刻烙印，是理学家之文学观念与主张的直观承载者；而我们通过这些选本，也正可以上窥理学文论之大端。此处以《文章正宗》为代表，分析宋代文章选本对理学趣尚的标举；以《诗准·诗翼》《濂洛风雅》为代表，分析宋代诗歌选本对理学趣尚的标举。

一、《文章正宗》[①]

《文章正宗》乃真德秀所编。真德秀乃朱熹之再传弟子，他继承朱子之学，成为继朱熹之后的理学正宗传人，在确立理学正统地位的过程中发挥了重大作用。作为理学家所编、承载理学文论的代表性文章选本，《文章正宗》最显著的特点在于其对理学趣尚的标举，真德秀的弟子郑圭云："先生心周、程、张、朱之学，观《正宗》笔削，可以概见。"[②] 四库馆臣亦谓其"持论甚严。大意主于论理而不论文"[③]。

今观真氏此编，其对理学趣尚的标举主要表现在以下三个方面：

（一）本古近经，返朴归"正"

真德秀编纂《文章正宗》的一个重要动机就是为广大士子提供一个返朴归"正"的学习样本，以弘扬儒学道统思想。《文章正宗》卷首之《纲目》云：

---

① 本节所指之《文章正宗》，含《续文章正宗》。《续文章正宗》乃真德秀晚年所编，原本已佚，今所存者乃倪澄（渊道）、郑圭（瑞卿）根据真德秀门人梁椅之手抄本加以补正而成。虽非真氏原貌，亦可大略窥见真氏主张。梁椅《续文章正宗序》云："椅曩从事江阃，真文忠公之子今度支少监为参议官，公余扣异闻，得《国朝文章正宗》，盖公晚年所纂辑也。甫笔受，少监别去，仅录篇目与公批点评论处。携归山中，友朋争传写。郡博士倪君渊道见而悦之，乃谋诸郑君瑞卿，裒全文刊之学官，字字钩校，几无毫发遗恨。"陆心源：《皕宋楼藏书志》卷一一四，北京：中华书局1990年版，第1291页。

② （宋）郑圭：《续文章正宗序》，陆心源：《皕宋楼藏书志》卷一一四，北京：中华书局1990年版，第1291页。

③ （清）永瑢等：《四库全书总目》卷一八七，北京：中华书局1965年版，第1699页。

> “正宗”云者，以后世文辞之多变，欲学者识其源流之正也。自昔集录文章者众矣，若杜预、挚虞诸家，往往堙没弗传。今行于世者，惟梁《昭明文选》、姚铉《文粹》而已。由今视之，二书所录，果皆得源流之正乎？夫士之于学，所以穷理而致用也。文虽学之一事，要亦不外乎此。故今所辑，以明义理、切世用为主。其体本乎古，其指近乎经者，然后取焉；否则辞虽工亦不录。①

真德秀认为，萧统《昭明文选》、姚铉《文粹》皆未得“源流之正”，故他重辑此编，使学者“识其源流之正”。为确保能够返朴归“正”，他将“本乎古”“近乎经”作为择取标准。其集中所选诗文，上达于先秦之《左传》《国语》，于宋代选本乃一大创举，四库馆臣谓“总集之选录《左传》《国语》自是编始，遂为后来坊刻古文之例”②。此外，他还对各类文体的渊源流变进行了细致梳理，如“辞命”类序云：

> 《周官·太祝》作六辞以通上下亲疏远近，曰辞、曰命、曰诰、曰会、曰祷、曰诔……魏晋以降，文辞猥下，无复深纯温厚之指，至偶俪之作兴而去古益远矣。学者欲知王言之体，当以《书》之诰、誓、命为祖，而参之以此编，则所谓正宗者庶乎其可识矣。

“叙事”类序云：

> 叙事起于古史官，其体有二。有纪一代之始终者，《书》之《尧典》《舜典》，与《春秋》之经是也……有纪一事之始终者，《禹贡》《武成》《金縢》《顾命》是也……

① 所引《文章正宗》文字，均据《文渊阁四库全书》本。

② （清）永瑢等：《四库全书总目》卷一八七，北京：中华书局1965年版，第1699页。

又有纪一人之始终者，则先秦盖未之有，而昉于汉司马氏……若夫有志于史笔者，自当深求春秋大义而参之以迁、固诸书，非此所能该也。

真德秀一方面追根溯源，以返朴归“正”；另一方面，为确保本古近经，而不惜厚古薄今。

但值得一提的是，真德秀强调返朴归“正”，本古近经，并不意味着非上古三皇之文不取，在这一点上，他比朱熹要开明一些。《文章正宗》卷三“辞命”类末总评曰：

文中子曰：“汉之诏册，则几乎典诰矣。”又曰：“五帝之典，三王之诰，两汉之制，粲然可见矣。”又曰：“制其尽美于恤人乎?”文中子之论如此，而朱文公乃非之曰：“三代之训诰誓命，皆根源学问，敷陈义理，粲然可为后世法。秦汉以下诏令何所发明？惟高帝之诏差愈，然已不纯，如曰‘肯从我游者，吾能尊显之’，此岂所以待天下士耶?”愚谓以二帝、三王律之，则诚如文公之说；自后世言之，则两汉诏令犹有恻怛忧民之实意，而辞气蔼然，深厚尔雅，盖有古之风烈。故去其可去者，而录其可录者，厘为四条，以为代言之法。自汉及唐，惟兴元赦令能兴起人心，以其词尚偶俪，故不入正宗，而附于此。

真德秀认为，两汉诏令虽不能及三王之诰、五帝之典，但“犹有恻怛忧民之实意，而辞气蔼然，深厚尔雅，盖有古之风烈”，故而尚可“录其可录者”；后世偶俪之作，则相去益远，绝无可录。

（二）崇理尚道，穷理致用

崇理尚道是理学思想的根本特点。真德秀作为理学正宗传人，对道本文末之论笃信不疑。他在《跋彭忠肃文集》中将文章分为

“鸣道之文”与“文人之文”，认为“鸣道之文”才是正宗；[①] 在《欧阳四门集》中，他又对“离道之文”痛加贬斥：

> 自世之学者离道而为文，于是以文自命者知黼黻其言而不知金玉其行。工骚者有登墙之丑，能赋者有涤器之污。而世之寡识者反矜诧而慕望焉，曰：“夫所谓学者，文而已矣。华藻患不缛，何以修敕为；笔力患不雄，何以细谨为。”呜呼！倘诚若是，则所谓文者，特饰奸之具尔，岂曰贯道之器哉?[②]

将离道之文斥为“饰奸之具”，鞭挞之甚，无以过之。基于此种思想，真德秀选文、评文最重要的标准就是看文章是否阐发义理，对文章本身的审美特质则多所忽略。从其选文来看，《文章正宗》卷四至卷一五为“议论”之文，共 12 卷，占了全书的一半；《续文章正宗》则以“论理”之文置于全书之首，更加凸显其特殊地位；无论“议论”之文，还是“论理”之文，所选皆阐发义理之作。从其评点来看，真德秀看重的也是文章是否于义理有所补益，对文章之结构章法、文势笔力、艺术风格等少有涉及。如《文章正宗》卷七贾山《至言》文末评点曰：

> 山此书专规帝与近臣射猎而已，何至借秦为谕？盖秦亡养老之义，亡辅弼之臣，亡进谏之士，故穷奢极欲，陷于危亡而不自知；文帝虽未至是，然不与近臣图议政事，而与之驱驰射猎，则佞幸进而侈欲滋，其蹈秦之失有不难者。此忠臣防微之论，然其末复开宴游一路，非所谓陈善闭邪也。其不得为醇儒，以是哉。

① （宋）真德秀：《跋彭忠肃文集》，《西山先生真文忠公文集》卷三六，《四部丛刊》本。

② （宋）真德秀：《欧阳四门集》，《西山先生真文忠公文集》卷三四，《四部丛刊》本。

评语从君臣之道出发，肯定贾山之上书于汉文帝乃“忠臣防微之论”，惜“其末复开宴游一路，非所谓陈善闭邪”，故其“不得为醇儒”，而未对贾山所上之书进行任何文章学或文学审美方面的分析。又如《文章正宗》卷一五对韩愈《送董邵南序》的评点，韩愈此篇历来以文短气长、转折多变而受人关注，但真德秀唯以“微言大义”评之，对其艺术上的独特之处不着一字，其评语曰：“此篇言燕赵之士，仁义出于其性，乃故反其词，以深讥其不臣而习乱之意，故其卒章又为道上威德，以警动而招徕之，其旨微矣。读者详之。”明代茅坤《唐宋八大家文钞》则评曰：“文仅百余字而感慨古今，若与燕赵豪俊之士相为叱咤呜咽，其间一涕一笑，其味不穷，昌黎序文当属第一首。”① 两评语一重义理一重艺术，相较之下，其异昭然。

除在“议论”之文中表现崇理尚道的思想外，真德秀在“辞命”“叙事”之文中亦融入此种思想。如“辞命”卷三选有《光武封卓茂诏》，其解题曰：

> 卓为密令，劳心谆谆，视人如子，举善而教，口无恶言，吏人亲爱不忍欺之。数年，教化大行，道不拾遗。平帝时天下大蝗，河南二十余县皆被其灾，独不入密县界。王莽秉政，迁京都丞，密人老少皆涕泣随送。及莽居摄，以病免归。更始立，以茂为侍中祭酒，从至长安，知更始政乱，以年老乞骸骨归。时光武初即位，先访求茂，茂诣河南谒见，乃下诏云云。

真德秀评语曰：

> 西都之士以士节不厉，故尔光武此举所以洗二百年靡敝之俗与礼……或者乃谓其褒表循吏，夫茂于出处去就之

① （明）茅坤编，高海夫等校注：《唐宋八大家文钞校注集评·昌黎文钞》卷七，西安：三秦出版社 1998 年版，第 322 页。

节，晔然光明如此，岂徒一循吏而已。是不惟不知帝，亦不知茂矣。

经过真德秀如此一点评，光武帝封赏卓茂之举就超越了“褒表循吏”的表层意义，而具有了“洗二百年靡敝之俗与礼”的道德教化意义。又如其在“辞命”中不录西汉哀帝朝及以后之作，且释其故曰：“哀、平之世，诏令亦有可观者，弄臣为辅，篡贼颛国，尚何道哉。故削之。”（卷三，绥和元年《立太子诏》后）在真德秀看来，哀、平之世，奸臣当道，礼崩乐坏，教化尽失，则其世之文辞虽有可观者，亦不足道也。

“叙事”文方面，最典型的例子莫过于卷二〇评《太史公伯夷传》：“朱文公曰：‘孔子论伯夷，谓求仁得仁，又何怨？司马子长作《伯夷传》，但见得伯夷满身是怨。’按，文公之说，可谓至当，今特以其文而取之。”从“求仁得仁”的角度来评析伯夷不食周粟之事，而对于伯夷之“怨”，因其不合道学之旨，则给予否定性的评价。

在崇理尚道之外，真德秀亦重穷理致用。他曾经在《周敬甫晋评序》中说：“学所以为斯世用也……天理不达诸事，其弊为亡用；事不根诸理，其失为亡本。吾未见其可相离也。”① 言语之外，从真德秀本人的实际行为来看，他对穷理致用这一点也是身体力行的，《宋史》本传谓其“立朝不满十年，奏疏无虑数十万言，皆切当世要务”②。由此，真德秀在《文章正宗》中大量选入“辞命”之文，且置于全编之首，以突出其地位，“辞命”类序曰：“文章之施于朝廷，布之天下者，莫此为重，故今以为编之首。”他对“辞命”之文的评点，亦以穷理致用为基点。如卷一评《郑公孙侨对晋征朝》：“言子产有辞，所以免大国之讨。”同卷引《诗·大雅》评《子产对

① （宋）真德秀：《周敬甫晋评序》，《西山先生真文忠公文集》卷二八，《四部丛刊》本。

② （元）脱脱等：《宋史》卷四三七《列传》一九六《儒林传》七《真德秀传》，北京：中华书局1977年版，第12964页。

晋让坏垣》："言辞辑睦，则民协同；辞说绎，则民安定，莫犹定也。"卷二评《高祖入关告谕》："告谕之语才百余言，而暴秦之弊为之一洗，所谓若时雨降，民大说者也。"同卷评《罢甘泉建章宫卫等诏》："于是言事者众，或进擢召见，人人自以得上意。"上引诸条，或着眼于辞命之作用，或着眼于辞命之效果，皆基于其"明义理，切世用"之功能，而非其审美特性。

需要注意的是，虽然真德秀选文、论文、评文皆崇理尚道，讲求穷理致用，但他和朱熹等理学家一样，并非要完全弃绝文学，他在《文章正宗》和《续文章正宗》中也选录了不少以文学审美特质见长而理学意味较为淡漠的作品，如《文章正宗》卷二〇、卷二一选了司马迁、韩愈、柳宗元等人的一些叙写细腻、抒情意味较强的作品，《续文章正宗》中更是大量选入欧阳修、苏轼等人的文辞优美、情感悠长之作。这种情况，一方面是由于宋代理学与文学之间存在的某种同源关系与沟通机制，另一方面也反映出真德秀文学思想的复杂性，反映出他在一定程度上对义理之学的修正与补足——这种修正与补足，也许真德秀本人并未明确意识到，但其实际行为确系如此，如其"议论"类序云："书记往来，虽不关大体，而其文卓然，为世脍炙者，亦缀其末。""叙事"类序亦表示要兼取"后世记、序、传、志之典则简严者"。

（三）基于"性情之正"的诗歌选评

《文章正宗》卷二二至卷二四选录上古至唐代诗歌，起于尧时《康衢谣》，止于杜甫《缚鸡行》。真德秀之所以会选录数量不菲的诗歌，乃是基于其"性情之正"。《文章正宗》"诗赋"类序云：

> 或曰此编以明义理为主，后世之诗，其有之乎？曰：三百五篇之诗，其正言义理者盖无几，而讽咏之间，悠然得其性情之正，即所谓义理也。后世之作，虽未可同日而语，然其间兴寄高远，读之使人忘宠辱，去系吝，翛然有自得之趣，而于君亲臣子大义，亦时有发焉。其为性情心

> 术之助，反有过于他文者。盖不必颛言性命而后为关于义理也，读者以是求之，斯得之矣。

真德秀认为，《诗经》虽然少有直接言及义理者，但其“讽咏之间，悠然得其性情之正”，也就表现了义理；后世诗歌虽然去《诗经》甚远，但其“翛然有自得之趣，而于君亲臣子大义，亦时有发焉”，故亦“得性情之正”。

从真德秀对诗歌的选评来看，他认为诗歌要“得性情之正”，必须合乎絜矩之道与中和之美①。一方面，他认为诗歌可以表达性情，但其表达的内容必须合于义理，合于君亲臣子的絜矩之道：“上下尊卑，贫富贵贱，各得其所欲。有均齐而无偏陂，有方正而无颇邪，此即谓絜矩之道。”② 如曹操之诗，情感充沛，钟嵘《诗品》谓“曹公古直，甚有悲凉之句”③，但《文章正宗》只录其《苦寒行》一首，真德秀篇末点评曰：

> 魏武之诗，见于《选》者有《短歌行》及此篇。《短歌》之辞，无敢贬之者。以愚观之，杜康始酿者也，今曰“惟有杜康”，则几于谑矣；“周公吐哺”，为王室致士也，若操之致士，特为倾汉计尔。操又有《碣石》篇云“老骥伏枥，志在千里。烈士暮年，壮心不已”，王处仲每醉歌此辞，以铁如意击唾壶为之缺，岂非二人之心事若合符契，故乡慕若是之深耶？今皆不取，独此篇犹有悯劳恤下之意，故录之。（卷二二上）

在真德秀看来，曹操之《短歌行》、《步出夏门行·龟虽寿》

① 对“絜矩之道”“中和之美”具体含义的详细阐释，参孙先英：《真德秀〈诗经〉评点的“性情之正”说》，《贵州大学学报》2007 年第 3 期。

② （宋）真德秀：《经筵讲义·大学絜矩章》，《西山先生真文忠公文集》卷一八，《四部丛刊》本。

③ （梁）钟嵘：《诗品》卷下，（清）何文焕辑：《历代诗话》上册，北京：中华书局 1981 年版，第 17 页。

（真德秀题为《碣石》）固然兴寄高远，但不合君臣大义、絜矩之道，故弃之不取。

又如他评点杜甫《渼陂行》：

> 《长安志》：渼陂在鄠县西五里，出终南山诸谷，陂鱼甚美，因名之陂。既广大，气象雄深，故公诗于初至之际。以天地变色，则有鼍鲸风浪之忧，既而开霁可游，则如与龙鬼仙灵相接，既而又忧雷雨。此盖陂之广大雄深，诗人因事起意以为诗，谓其有可异，则不得不忧；有可喜，则不能不乐；有可防，则不可不戒。而诗篇终有安不忘危、乐不忘哀之意。（卷二四）

在真德秀看来，《渼陂行》可资论说的地方主要在于其“安不忘危、乐不忘哀”，故而合于絜矩之道。

另一方面，真德秀认为诗歌表达性情的方式必须平和澹泊，具有中和之美。在这一点上，真德秀继承了朱熹的观点，朱熹《〈诗集传〉序》云：“《周南》《召南》亲被文王之化以成德，而人皆有以得其性情之正，故其发于言者，乐而不过于淫，哀而不及于伤，是以二篇独为风诗之正。”① 真德秀亦有类似话语，其《问兴立成》云：“古之诗出于性情之真，先王盛时，风教兴行，人人得其性情之正。故其间虽喜怒哀乐之发微，或有过差，终皆归于正理。”②

依照真德秀的这两条标准，先秦至唐代，最“得性情之正”的是陶渊明的诗歌，因为陶诗既表现义理，又有“眷眷王室”之意，合乎絜矩之道；既平和冲澹，又出以自然，合乎中和之美。关于前者，真德秀《跋黄瀛甫拟陶诗》云：

---

① （宋）朱熹：《〈诗集传〉序》，《晦庵先生朱文公文集》卷七六，《四部丛刊》本。

② （宋）真德秀：《问兴立成》，《西山先生真文忠公文集》卷三一，《四部丛刊》本。

> 予闻近世之评诗者曰渊明之辞甚高，而其指则出于庄老；康节之辞若卑，而其指则原于六经。以余观之，渊明之学正自经术中来，故形之于诗，有不可掩。荣木之忧，逝川之叹也；贫士之咏，箪瓢之乐也。《饮酒》末章有曰："羲农去我久，举世少复真。汲汲鲁中叟，弥缝使其淳。"渊明之智及此，是岂玄虚之士所可望邪？虽其遗宠辱，一得丧，真有旷达之风，细玩其词，时亦悲凉感慨，非无意世事者。或者徒知义熙以后不著年号，为耻事二姓之验，而不知其眷眷王室，盖有乃祖长沙公之心，独以力不得为，故肥遁以自绝。食薇饮水之言，衔木填海之喻，至深痛切，顾读者弗之察尔。①

在真德秀看来，以庄老消极遁世之意来看待陶诗是非常错误、极不公平的，陶诗源于经术，既具孔颜之风，又有世事之忧，兼备"眷眷王室"之意，正得乎性情之正。关于后者，真德秀在集中引杨时之语曰："陶渊明诗所不可及者，冲澹深粹，出于自然。若曾用力学诗，然后知渊明诗非著力之所能及。"（卷二二下）因为这两方面的原因，真德秀视陶诗为"得性情之正"的代表，在《文章正宗》中大量选入陶渊明之诗，有近五十首之多。

为了确保其选诗标准的纯粹性，对于某些可能被认为未得性情之正的诗歌，真德秀多在评点中加以说明，以免非议，如曹丕《善哉行》篇末点评："文帝诗之入《选》者，《芙蓉池》居其首，末章云'寿命非松乔，安能得神仙。遨游快心意，保己终百年'，其言何以异于秦二世？陈寿讥其不能迈志存道，克广德心，信矣哉。此篇末语亦此意，以其中有可采者，姑录之。"（卷二二上）阮籍《咏歌》篇末点评："嗣宗身仕乱朝，常恐罹谤遇祸，因兹发咏，故每有忧生之嗟。虽志在刺讥，而文多隐避，百代之下，难以情测，故粗明大意，略其幽旨也。"（卷二二上）观其言语，不难体会其良苦用

① （宋）真德秀：《跋黄瀛甫拟陶诗》，《西山先生真文忠公文集》卷三六，《四部丛刊》本。

心。但总体来看，《文章正宗》中“诗歌”一类对于理学趣尚的标举没有前三类那样纯粹，因为“诗歌”一类最初是由师事真德秀的刘克庄选编的，刘克庄《后村诗话》载：

> 《文章正宗》初萌芽，西山先生以诗歌一门属余编类，且约以世教民彝为主，如仙释、闺情、宫怨之类，皆勿取。予取汉武帝《秋风词》，西山曰：“文中子亦以此辞为悔心之萌，岂其然乎！”意不欲收，其严如此。然所谓“携佳人兮不能忘”之语，盖指公卿群臣之扈从者，似非为后宫设。凡予所取而西山去之者大半，又增入陶诗甚多，如三谢之类，多不入。①

由此看来，作为文学家的刘克庄与作为理学家的真德秀在对于诗歌去取留存的问题上，是有较大的分歧的，正如四库馆臣所言：“盖道学之儒与文章之士各明一义，固不可得而强同也。”② 虽然后来真德秀对刘克庄所选诗进行了大量的增删、评点等补救工作，但看来并不彻底，检视其目，集中仍然保留了某些情感真挚、脍炙人口却未必“得性情之正”的作品。

总而观之，由于《文章正宗》标举理学趣尚，取径狭窄，故而后人评说不一。明人对《文章正宗》评价甚高，如王立道《拟重刊〈文章正宗〉序》云：

> 其“辞命”可以明民法，其“议论”可以尽变效，其“叙事”可以核故模，其“诗赋”可以章志，四体具而天下之文无余法矣……曰“宗”者，以见其犹日月之明，河海之源；曰“正”者，以见其非旁流末光。而天下后世之

---

① （宋）刘克庄撰，王秀梅点校：《后村诗话》前集卷一，北京：中华书局 1983 年版，第 4－5 页。

② （清）永瑢等：《四库全书总目》卷一八七《文章正宗》提要，北京：中华书局 1965 年版，第 1699 页。

> 欲为文，未有不由之者，匪是，悉邪也，不可以为宗也。是以至于今而业文者宗焉。[①]

清代理学一度式微，清人对《文章正宗》多有指斥，《四库全书总目》卷一八七《崇古文诀》提要谓："真德秀《文章正宗》以理为主。如饮食惟取御饥，菽粟之外，鼎俎烹和皆在其所弃。如衣服惟取御寒，布帛之外，黼黻章采皆在其所捐。持论不为不正，而其说终不能行于天下。"[②]

二、《诗准·诗翼》

《诗准·诗翼》，何无适、倪希程编，该集由《诗准》《诗翼》两部分组成，何无适先编成《诗准》，然后倪希程又编成《诗翼》，再由王柏合为一书。[③] 何无适、倪希程皆宋末人，王柏于理宗淳祐癸卯（1243）为全书作序。该集分两部分：《诗准》4 卷，其中古谣歌词 1 卷（包括诗歌正体、谣体、讴体、诵体、谚体、逸诗、琴操），附录 1 卷（包括铭体、祝辞、繇体、韵语），汉、魏、晋、宋诗 2 卷；《诗翼》4 卷，杂取唐宋诗人杜甫、李白、陈子昂、韦应物、韩愈、柳宗元、权德舆、刘禹锡、孟郊、苏轼、黄庭坚、欧阳修、王安石、陈师道、陈与义、秦观、张耒、郭祥正、张孝祥、陆游之诗。

关于该集之编纂动因，王柏《〈诗准·诗翼〉序》明言是为了"使观者知诗之根原，知紫阳之所以教"[④]。"紫阳"即朱熹，其选诗

---

① （明）王立道：《拟重刊〈文章正宗〉序》，《具茨集》文集卷四，《文渊阁四库全书》本。

② （清）永瑢等：《四库全书总目》卷一八七，北京：中华书局 1965 年版，第 1699 页。

③ 四库馆臣曾怀疑此书乃明人伪托，谓"观其《岣嵝山碑》全用杨慎释文，而《大戴礼·几铭》并用钟惺《诗归》之误本，其作伪之迹显然也"（《四库全书总目》卷一九一，北京：中华书局 1965 年版，第 1736 页）。然早于杨慎、钟惺之叶盛《菉竹堂书目》卷四已著录此书，且此书今存宋刊本，藏中国国家图书馆，则四库馆臣"伪托"之说可不攻自破，事实应该是杨慎、钟惺转用此书，而不是相反。详参祝尚书：《宋人总集叙录》，北京：中华书局 2004 年版，第 435 页。

④ （宋）王柏：《〈诗准·诗翼〉序》，《四库全书存目丛书》本《诗准·诗翼》卷首，集部二八九，第 2 页。

之论见于《答巩仲至》：

> 尝妄欲抄取经史诸书所载韵语，下及《文选》汉魏古词，以尽乎郭景纯、陶渊明之所作，自为一编，而附于《三百篇》《楚辞》之后，以为诗之根本准则；又于其下二等之中，择其近于古者各为一编，以为之羽翼舆卫。其不合者则悉去之，不使其接于吾之耳目而入于吾之胸次，要使方寸之中无一字世俗言语意思，则其为诗不期于高远而自高远矣。然顾为学之务，有急于此者，亦复自知材力短弱，决不能追古人而与之并，遂悉弃去，不能复为，况今老病，百念休歇。①

将王柏之序、朱熹之论与《诗准·诗翼》之选目相互参阅，可知《诗准·诗翼》之编纂确因朱熹之论而起，乃是影附朱熹诗分三等、别为二端之说，其编纂行为旨在完成朱熹未及完成之业，是对朱熹之诗学观点的具体化，其理学趣尚昭然可见。

三、《濂洛风雅》

《濂洛风雅》，金履祥选编，唐良瑞分类。该集对理学趣尚的标举，除了表现为在编纂体例上亦如《诗准·诗翼》一样影附朱熹之说，将所选之诗分为正体、变体、再变、三变四个等次外，主要表现为其选诗、评诗皆以义理为宗，视义理为第一要务，正如唐良瑞《濂洛风雅序》所言："皆涵畅道德之中，歆动风雩之意。淡平者有淳厚之趣，而浩壮者有义理自然之勇。言言有教，篇篇有感。"②

从《濂洛风雅》之选目来看，卷一、卷二所选名曰"古体"，但除却卷二末尾所附少量古乐府外，其余多为铭（如《颜乐亭铭》《尊德性斋铭》《西铭》《东铭》等）、箴（如《视箴》《听箴》《言

---

①（宋）朱熹：《答巩仲至》，《晦庵先生朱文公文集》卷六四，《四部丛刊》本。

②（元）唐良瑞：《濂洛风雅序》，《四库全书存目丛书》本《宋金仁先生选辑濂洛风雅六卷》卷首，集部二八九。

箴》《动箴》等）、诫（如《女诫》等）、赞（如《六君子赞》《三君子赞》等）、祭文（如《祭晦庵先生》《祭延平先生文》），多为讲学论理之作，重在阐发义理，与诗歌正途相去甚远。如卷二所选之《西铭》，乃理学经典篇目，原名《订顽》，为《正蒙·乾称篇》之一部分，张载对制作此篇颇为自得，曾张之于学堂墙牖。该文不过区区250余字，却包含了民胞物与、大君宗子、仁孝伦理、安天乐命等极为丰富的理学内涵，后世理学家皆对此文推崇备至，如程颐有言曰："若《西铭》，则是《原道》之宗祖也。《原道》却只说到道，元未到得《西铭》意思……自《孟子》后，盖未见此书。""孟子以后，未有人及此。得此文字，省多少言语。且教他人读书，要之仁孝之理备于此，须臾而不于此，则便不仁不孝也。"① 《西铭》一篇，实为地道纯粹之理学论说，《濂洛风雅》亦将其视为诗歌纳入集中，且将朱熹长达千余言的解说全文附后，足见其理学本位。

《濂洛风雅》卷三为五言古风，卷四为七言古风，卷五为七言绝句，卷六为七言律诗，各卷选诗皆以表达理学义理、阐说心性修养之道为标准，卷内间或之评点亦皆以抉发义理为旨归。最为典型的例子，是卷三将朱熹的《斋居感兴》20首集体选入，并各附评点，凸显以理选诗、以理解诗之编纂宗旨——以第八、九两首为例，第八首云：

朱光偏炎宇，微阴眇重渊。寒威闭九野，阳德昭重原。文明昧谨独，昏迷有开先。几微谅难忽，善端本绵绵。掩身事斋戒，及此防未然。闭关息商旅，绝彼柔道牵。

第九首云：

微月堕西岭，烂然众星光。明河斜未落，斗柄低复昂。感此南北极，枢轴遥相当。太一有常居，仰瞻独煌煌。中

① 《河南程氏遗书》卷二上，见程颢、程颐著，王孝鱼校点：《二程集》第1册，北京：中华书局1981年版，第37、39页。

天照四国，三辰环侍旁。人心要如此，寂感无边方。

后附何基评语曰：

> 上章言人身与天地同运，而常欲扶阳抑阴；此章言人心与辰极同体，而常欲以静制动。两篇皆说阴阳，亦皆是为在上之君子言之。①

朱熹之原作以诗绎理，何基之解诗亦以理说诗，二者声气相求、桴鼓相应，皆为阐发理学义理，发挥心性修养之道。

翻检《濂洛风雅》全集，像这样的例子还有很多，如：

卷四邵雍《心耳吟》：“意亦心所至，言须耳所闻。谁能天地外，别有好乾坤。”后附金履祥评语曰：“言意之间，亦可以见天地，此尧夫之所独得而不容已于吟也。”②

卷五程颢《春日偶成》：“云淡风轻近午天，傍花随柳过前川。时人不识余心乐，将谓偷闲学少年。”后附谢良佐评语曰：“学者须是胸怀摆脱得开，始得有见。明道先生作鄠县主簿时，有诗云云。看他胸中极是好，与曾点底事一般。”③

卷五张载《芭蕉》：“芭蕉心尽展新枝，新卷新心暗已随。愿学新心养新德，旋随新叶起新枝。”后附金履祥评语曰：“人心生生之理，原无穷尽，只要学者温故而知新耳。”④

卷五李侗《柘轩》：“三春采采为蚕供，衣被生灵独有功。野外谩多闲草木，可惭无计谢东风。”后附王柏评语曰：“体用俱备，非

① 《宋金仁山先生选辑濂洛风雅六卷》卷三，《四库全书存目丛书》集部二八九，第 247 页。

② 《宋金仁山先生选辑濂洛风雅六卷》卷四，《四库全书存目丛书》集部二八九，第 257 页。

③ 《宋金仁山先生选辑濂洛风雅六卷》卷五，《四库全书存目丛书》集部二八九，第 260 页。“始得有见”原作“始得不见”，据《文渊阁四库全书》本《上蔡语录》卷一改。

④ 《宋金仁山先生选辑濂洛风雅六卷》卷五，《四库全书存目丛书》集部二八九，第 262 页。

先生固莫能道也。先生文字见于世绝少，近有建中士友传此，只看首句已超绝世俗，第二、第三尤有力，语壮而意远。人可自同于草木乎?”①

卷五朱熹《水口行舟》：“昨夜扁舟雨一蓑，满江风浪夜如何。今朝试揭孤篷看，依旧青山绿树多。”后附金履祥评语曰：“喻私欲之波泛溢，如平旦开朗处，自复其天理生趣，而依原青山绿树景也。”②

卷五朱熹《答启蒙》：“忽然半夜一声雷，万户千门次第开。若识无心含有象，许君亲见伏羲来。”后附金履祥评语曰：“天地无心而有象，故伏羲因一象而画出天地之心。我心若无心而含，即是伏羲来。”③

卷五朱熹《春日》：“胜日寻芳泗水滨，无边光景一时新。等闲识得东风面，万紫千红总是春。”后附金履祥评语曰：“喻学问博采极广，而一心会晤之后，共这是一个道理，所谓一以贯之也。”④

卷五朱熹《敬义堂题》：“高台巨牓意何如，住此知非小丈夫。浩气扩充无内外，肯夸心月夜同孤。”后附金履祥评语曰：“心如夜月孤明，则本体之虚灵，而圣贤之神明即此便是。”⑤

卷六程颢《秋日偶成》：“闲来无事不从容，睡觉东窗日已红。万物静观皆自得，四时佳兴与人同。道通天地有形外，思入风云变态中。富贵不淫贫贱乐，男儿到此是豪雄。”后附朱熹评语曰：“看他胸中直是好，与曾点底事一般。言穷理精深，虽风云变态之理无

---

① 《宋金仁山先生选辑濂洛风雅六卷》卷五，《四库全书存目丛书》集部二八九，第265页。

② 《宋金仁山先生选辑濂洛风雅六卷》卷五，《四库全书存目丛书》集部二八九，第267页。

③ 《宋金仁山先生选辑濂洛风雅六卷》卷五，《四库全书存目丛书》集部二八九，第268页。

④ 《宋金仁山先生选辑濂洛风雅六卷》卷五，《四库全书存目丛书》集部二八九，第268页。

⑤ 《宋金仁山先生选辑濂洛风雅六卷》卷五，《四库全书存目丛书》集部二八九，第268页。

不到。”①

卷六程颢《郊行即事》：“芳原绿野恣行时，春入遥山碧四围。兴逐乱红穿柳巷，困临流水坐苔矶。莫辞盏酒十分醉，只恐风花一片飞。况是清明好天气，不妨游衍莫忘归。”后附杨时评语曰：“凡诗必使言之无罪，闻者知戒，所以尚谲谏也。如东坡诗尽是讥诮朝廷，无至诚恻怛爱君之意，言之安得无罪，闻之岂足以戒乎？伯淳先生诗云：‘未须愁日暮，天际是轻阴。’又云：‘莫辞盏酒十分醉，只恐风花一片飞。’何其温柔敦厚也，闻之者亦且自然感动矣。”②

从上引各例来看，理学家之以义理解诗，有些可谓推原有据，理学家的大部分诗作，本身就是为了托寓理趣，解诗者亦不遗余力，尽力抉发其中可能蕴含的深微义理。但也有些则或有穿凿过甚、牵强附会之嫌，如卷五以“私欲”之说解析朱熹《水口行舟》、卷六以“尚谲谏”“温柔敦厚”解说程颢《郊行即事》，即或有“阐释过度”之嫌。

《濂洛风雅》选诗、评诗多以义理为宗，而有意无意忽略诗歌艺术之美，乃是源于理学家独有的文学观、诗学观。虽然人数众多的理学家创作了数量庞大的诗歌，且不乏独具个性、颇富成就之作，但“归根到底，他们是视诗为载道的工具，将其置于极其卑末的地位，并有意对诗的审美价值与自身特性加以阉割与抹煞的”③。

如理学诗派的创始人邵雍，平日乐于作诗，其《伊川击壤集》收诗一千五百余首，是宋代理学家中存诗数量最多者，且诗风平和畅达，颇具特色，人称“邵康节体”，一度被作为理学诗派的代称。但邵雍对诗歌的艺术特性与审美功能其实是漠视、鄙弃的。其《伊川击壤集序》云：“《击壤集》，伊川翁自乐之诗也。非唯自乐，又能乐时与万物之自得也。”④ 邵雍以诗自乐，但他所追求的“乐”，

① 《宋金仁山先生选辑濂洛风雅六卷》卷六，《四库全书存目丛书》集部二八九，第275－276页。

② 《宋金仁山先生选辑濂洛风雅六卷》卷六，《四库全书存目丛书》集部二八九，第276页。

③ 许总：《宋明理学与中国文学》，南昌：百花洲文艺出版社1999年版，第212页。

④ （宋）邵雍：《伊川击壤集序》，《伊川击壤集》卷首，《四部丛刊》本。

不是一种感性层面、形而下的个人喜乐与自得其乐，而是一种理性层面、形而上的儒家乐感，所谓观物之乐、悟道之乐、与点之乐、圣贤之乐。[①] 基于此种观念，邵雍对于作诗之事无意亦无法，从未有意为之，更不刻意雕琢，所谓“亦不多吟，亦不少吟，亦不不吟，亦不必吟”[②]，“平生无苦吟，书翰不求深”[③]。

在邵雍的心目中，君子治学之本在于心性修养，包括作诗在内的其他事务都不过是“余事”而已，其《观物外篇》云：“君子之学，以润身为本。其治人应物，皆余事也。”[④] 圣人虽亦不废吟咏，但其用心不在抒发一己私情，而在代天立言，其《观物篇》谓圣人“以一心观万心，一身观万身，一物观万物，一世观万世”，“以心代天意，口代天言，手代天功，身代天事”[⑤]。也正是在这个意义上，有学者认为邵雍的诗学观“以论理为本，修辞为末，涉理路而去情好”，“体现了理学家崇性理而卑艺文的文学思想”，“是对吟咏性情的诗歌创作的一种否定”[⑥]。

邵雍之后的二程，基于道本文末观念，认为文学创作必须“有本”“合道”，“有本而后学文”[⑦]，“人能为合道之文者，知道者也”[⑧]，“词华奔竞至道离”[⑨]，“词赋之中，非有治天下之道也”[⑩]。

---

① 参程刚：《文道合一与诗乐合一——朱熹与邵雍文学本体论之比较》，《孔子研究》2008 年第 5 期。

② （宋）邵雍：《答傅钦之》，《伊川击壤集》卷一二，《四部丛刊》本。

③ （宋）邵雍：《无苦吟》，《伊川击壤集》卷一七，《四部丛刊》本。

④ （宋）邵雍：《观物外篇下》，卫绍生校注：《皇极经世书》卷一四，郑州：中州古籍出版社 2007 年版，第 529 页。

⑤ （宋）邵雍：《观物篇五十二》，卫绍生校注：《皇极经世书》卷一一，郑州：中州古籍出版社 2007 年版，第 489 页。

⑥ 张毅：《宋代文学思想史》，北京：中华书局 1995 年版，第 249 页。

⑦ 《河南程氏外书》卷六，王孝鱼校点：《二程集》第 2 册，北京：中华书局 1981 年版，第 378 页。

⑧ （宋）程颐：《答朱长文书》，《河南程氏文集》卷九，王孝鱼校点：《二程集》第 2 册，北京：中华书局 1981 年版，第 601 页。

⑨ （宋）程颐：《闻舅氏侯无可应辟南征诗》，《河南程氏文集》卷八，王孝鱼校点：《二程集》第 2 册，北京：中华书局 1981 年版，第 590 页。

⑩ （宋）程颐：《上仁宗皇帝书》，《河南程氏文集》卷五，王孝鱼校点：《二程集》第 2 册，北京：中华书局 1981 年版，第 513 页。

对那些悦人耳目但不合乎道、于道无补的文学创作，二程极为反感，恣意嘲讽，甚至称其为“俳优”之作，其言曰：

古之学者，惟务养性情，其他则不学。今为文者，专务章句，悦人耳目。既务悦人，非俳优而何？①

具体到诗歌创作，二程完全无视诗歌的艺术特质和审美功能，对其大加贬损。如程颐自谓“素不作诗”，因为诗歌乃是“闲言语”，作诗“甚妨事”。《河南程氏遗书》卷一八载：

或问：“诗可学否？”曰：“既学时，须是用功，方合诗人格。既用功，甚妨事。古人诗云‘吟成五个字，用破一生心’；又谓‘可惜一生心，用在五字上’。此言甚当。”……某素不作诗，亦非是禁止不作，但不欲为此闲言语。且如今言能诗无如杜甫，如云“穿花蛱蝶深深见，点水蜻蜓款款飞”，如此闲言语，道出做甚？某所以不常作诗。②

再后的朱熹，不但理学造诣深厚，集宋代理学之大成，而且在诗歌创作方面成就斐然，卓然大家。尽管如此，朱熹作为一个理学家，对于诗歌的态度与其他理学家并无根本之分歧。他曾反复多次、毫不隐讳地言说其以义理为至上、以诗为卑末的明确态度：

诗出乎志者也，乐出乎诗者也。然则志者诗之本，而乐者其末也。末虽亡，不害本之存。③

---

① 《河南程氏遗书》卷一八，王孝鱼校点：《二程集》第1册，北京：中华书局1981年版，第239页。

② 《河南程氏遗书》卷一八，王孝鱼校点：《二程集》第1册，北京：中华书局1981年版，第239页。

③ （宋）朱熹：《答陈体仁》，《晦庵先生朱文公文集》卷三七，《四部丛刊》本。

作诗间以数句适怀亦不妨。但不用多作，盖便是陷溺尔。当其不应事时，平淡自摄，岂不胜如思量诗句？至其真味发溢，又却与寻常好吟者不同。[①]

近世诸公作诗费工夫，要何用？元祐时有无限事合理会，诸公却尽日唱和而已。今言诗不必作，且道恐分了为学工夫。然到极处，当自知作诗果无益。[②]

今人不去讲义理，只去学诗文，已落第二义。[③]

诗者，志之所之，在心为志，发言为诗。然则诗者岂复有工拙哉，亦视其志之所向者高下如何耳。是以古之君子，德足以求其志，必出于高明纯一之地，其于诗固不学而能之。至于格律之精粗，用韵、属对、比事、遣词之善否，今以魏晋以前诸贤之作考之，盖未有用意于其间者，而况于古诗之流乎？近世作者乃始留情于此，故诗有工拙之论，而葩藻之词胜，言志之功隐矣。[④]

在朱熹看来，作诗只能是偶尔为之，以略抒胸怀，多作则无益；非但无益，如果作诗过多，甚至沉溺其中，就是枉费功夫、不务正业，若因此耽误了讲求义理，则更是罪莫大焉；作诗当以义理为统摄，不必在格律、用韵、属对、比事、遣词等艺术层面刻意追求，心性高洁者其诗境界自高，否则再努力也是枉费心机。

总而言之，宋代理学家的诗学观是以理为体、以诗为用，所谓

---

① （宋）黎靖德编，王星贤点校：《朱子语类》卷一四〇，北京：中华书局 1986 年版，第 3333 页。

② （宋）黎靖德编，王星贤点校：《朱子语类》卷一四〇，北京：中华书局 1986 年版，第 3333 页。

③ （宋）黎靖德编，王星贤点校：《朱子语类》卷一四〇，北京：中华书局 1986 年版，第 3334 页。

④ （宋）朱熹：《答杨宋卿》，《晦庵先生朱文公文集》卷三九，《四部丛刊》本。

“以诗人比兴之体，发圣门理义之秘”①。诗歌存在的价值，不过是作为理学之附庸，作为承载、宣扬义理之工具。在这种情况下，《濂洛风雅》作为理学家诗歌之汇辑，选诗、论诗皆以义理为宗，实在意料之中。

值得注意的是，虽然《濂洛风雅》选诗、论诗皆以义理为宗，但我们翻检其集，不难发现，其中亦有少量吟咏性情、颇具情思之作。所以如斯，其实亦在情理之中。虽然理学家认为作诗当以义理为统摄，以理为体、以诗为用，但他们同样认识到，有理必有情、有体必有用，要将理与情决然分开，绝对做到言理不言情，其实是不大现实的。何况，在言理之诗中适当融入性情之辞，比纯粹的义理说教更能感发人心，正所谓“理到昧时须索讲，情于尽处更何言”②。纵观有宋一代，可真正称为“大儒”的理学家都是既讲以理抑情，又讲理不废情的，故而他们在诗歌创作方面都有不菲成就。比如朱熹，虽然反复强调义理为先、作诗为次，但同时他也讲“道”与“文”应“两得”，其《与汪尚书》云：

> 若曰惟其文之取，而不复议其理之是非，则是道自道、文自文也。道外有物，固不足以为道，且文而无理，又安足以为文乎？盖道无适而不存者也，故即文以讲道，则文与道两得而一以贯之，否则亦将两失之矣。③

虽然朱熹此段论述的着重点在于强调“道”，但客观上他也指出了“文”的必不可少。这其实也是朱熹的一贯主张，朱熹反对的是“害道”之文，并不反对“传道”之文，他认可的文道关系是“道文一贯”。

---

① （宋）真德秀：《咏古诗序》，《西山先生真文忠公文集》卷二七，《四部丛刊》本。

② （宋）邵雍：《安乐窝中吟》，《伊川击壤集》卷一〇，《四部丛刊》本。

③ （宋）朱熹：《与汪尚书》，《晦庵先生朱文公文集》卷三〇，《四部丛刊》本。

在上述理论指导下[①]，不少理学家写出了相当出色的吟咏性情之作。所谓“智者乐水，仁者乐山”，理学家大多乐山悦水，其吟咏性情常常是在对自然山水的观照与冥想中自然生发的，所以此类作品多为山水自然之咏，他们借景抒情，以景明理，理与景合，情思妙理与沉静幽眇之境融合为一，具有相当不错的艺术水准。

此类作品在《濂洛风雅》中所占比重虽然不大，但绝对数量并不少，随手翻阅即可拈出不少，后两卷尤不乏见，如：

目送长淮去不回，登临万感集层台。波间定有隋渠水，曾向大梁城下来。(卷五，鲁几《长淮有感》)[②]

林塘过雨不胜秋，万盖跳珠泻碧流。倚槛孤吟天欲暮，更穿芒屩上方舟。(卷五，张栻《城南书院》其四)[③]

山色顿清秋欲半，湖光更净日平西。凉风猎猎倾荷盖，归翼翩翩度柳堤。(卷五，张栻《城南书院》其五)[④]

轻阴薄薄笼朝曦，小雨班班湿燕泥。春草阶前随意绿，晓莺花里尽情啼。(卷五，何基《春日闲居》)[⑤]

村烟澹澹日沉西，岸柳阴阴水拍堤。江上晚风吹树急，

---

① 参许总：《宋明理学与中国文学》第五章《理学诗派》，南昌：百花洲文艺出版社1999年版。

② 《宋金仁山先生选辑濂洛风雅六卷》卷五，《四库全书存目丛书》集部二八九，第266页。

③ 《宋金仁山先生选辑濂洛风雅六卷》卷五，《四库全书存目丛书》集部二八九，第269页。

④ 《宋金仁山先生选辑濂洛风雅六卷》卷五，《四库全书存目丛书》集部二八九，第269页。

⑤ 《宋金仁山先生选辑濂洛风雅六卷》卷五，《四库全书存目丛书》集部二八九，第272页。

落红满地鹧鸪啼。（卷五，何基《春晚郊行》）①

虚庭幽草翠相环，默坐颓然草色闲。玩意诗书千古近，放怀天地一身闲。疏窗风度聊欹枕，永巷人稀独掩关。谁信红尘随处尽，不论城廓与青山。（卷六，杨时《闲居书事》）②

第二节　《梅苑》《乐府雅词》《复雅歌词》等对典雅趣尚的诉求

宋代词选，大多表现出对典雅趣尚的诉求，这与崇雅黜俗的词坛风气、渐行渐雅的词史进程密切相关。宋代词选在受到以雅为宗之审美趣尚的熏染和影响的同时，又是崇雅进程的参与者、鼓倡者、推动者。为此，有必要先对宋词的复雅之路略作述论。

一、宋词复雅之路述略

从词的起源来看，词是为配合隋唐燕乐（宴乐）的演唱之需而产生的，而燕乐（宴乐）本身即具有通俗性。沈括《梦溪笔谈》卷五《乐律一》云："自唐天宝十三载，始诏法曲与胡部合奏。自此乐奏全失古法，以先王之乐为雅乐，前世新声为清乐，合胡部者为宴乐。"③ 燕乐（宴乐）既非先秦之雅乐，亦非汉魏六朝之清乐，而是一种杂用中外音乐的新声俗乐，这就决定了词与生俱来地具有"俗"的特质，现存较早的敦煌词皆民间词，内容多贴近现实生活，所谓"边客游子之呻吟，忠臣义士之壮语，隐君子之怡情悦志；少

---

① 《宋金仁山先生选辑濂洛风雅六卷》卷五，《四库全书存目丛书》集部二八九，第 272 页。

② 《宋金仁山先生选辑濂洛风雅六卷》卷六，《四库全书存目丛书》集部二八九，第 279 页。

③ （宋）沈括：《梦溪笔谈》卷五，北京：文物出版社 1975 年版。

年学子之热望和失望，以及佛子之赞颂，医生之歌诀，莫不入调”[①]。风格多浅近直露，少含蓄蕴藉，诚如吴熊和所言：“作为民间词曲，敦煌词有其清新质朴的一面，也有其俚俗拙僿的一面。因而被目为俚曲或俗曲，与典雅的文人词，风貌自别。”[②]

词在民间的蓬勃兴起引发了文人关注、参与的热情，也就此拉开了词体雅化的序幕，从某种意义上说，“士大夫文人染指之日就是词艺术‘雅化’之肇始”[③]。词之雅化一开始就是针对民间词之“俗”的，欧阳炯《花间集叙》末尾云：“昔郢人有歌阳春者，号为绝唱，乃命之为《花间集》。庶使西园英哲，用资羽盖之欢；南国婵娟，休唱莲舟之引。”[④] 欧阳炯将《花间集》称为“阳春”，其崇雅之意已经很清楚；而他声言结集《花间集》的目的之一在于使“南国婵娟，休唱莲舟之引”，则表明其心目中的雅词是以民间之俗词为参照的。

经过唐五代以来的历史衍化，至北宋时，词已经成为较为纯粹的文人之作，其创作主体以文士居多。虽则如此，平民化的俗词依旧存在，因为宋代的文人士大夫多出身庶族，而经由科举入仕，在他们身上本来就存在文人士大夫与平民两种文化品格。在大部分人那里，绝大多数时候呈现在世人面前的都是文人士大夫的文化品格，平民文化品格则作为一种背景性因素被深藏于心灵深处的某一角落，只在某些私密性生活空间里偶尔流露，表现在词创作上，他们的词大多书写一种雅致、温婉的文人士大夫情趣，表现出对典雅趣尚的诉求；而在另一部分人那里，由于社会地位、经济状况、个人质性等多方面的原因，他们展现在世人面前的却是一种与他们的文人士大夫身份看起来不太符合的平民化的文化品格，他们注重个体生命

---

① 王重民：《敦煌曲子词集叙录》，王重民辑：《敦煌曲子词集》卷首，上海：商务印书馆1956年版，第17页。

② 吴熊和：《唐宋词通论》，北京：商务印书馆2003年版，第169页。

③ 李定广、陈学祖：《唐宋词雅化问题之重新检讨》，《湖北大学学报》1998年第3期，第44页。

④ 欧阳炯：《花间集叙》，（后蜀）赵崇祚辑，李一氓校：《花间集校》卷首，北京：人民文学出版社1958年版。

的存在价值，追逐官能的刺激与现世的享乐，表现在词创作上，他们的词大多书写一种俗白浅近、平易流畅的平民趣味，表现出对通俗趣尚的追求。北宋一代，文人士大夫文化与平民文化一直处于一种冲突、共存、融合的文化进程之中，在此进程中，文人士大夫文化作为上层文化与精英文化，一直以一种居高临下的姿态对作为下层文化与大众文化的平民文化进行审视、批评，并力图对之进行修正[①]；表现在词创作上，则以文人士大夫情趣为雅，以平民趣味为俗，并力求黜俗存雅，使词逐渐走向雅化之途。

降至南宋，随着词之雅化进程的延续与深入，加之时局突变，社稷危在旦夕，文人心态发生重大转变，“当时士大夫，相与言及国事，或裂眦嚼齿，或流涕痛哭，人人自期以杀身翊戴王室”[②]。在此情境下，为呼应时代精神，词坛开始倡议风人之旨与骚人之辞，恢复骚雅传统，以与家仇国恨相表里，诚如王兆鹏所言：“动乱的岁月，苦难的生活，悲剧的时代，铸就了新的词风和词境。”“词人的视野不再是局限于个体化的情感世界或普泛化的超时代的情感思绪，而扩大到社会化的民族心理、社会心声，加强了词的现实感和时代感，并进一步扩大了词的表现功能。”[③] 此外，南宋理学兴盛，理学家的词学观念逐渐向词坛渗透而被接受，对词的发展产生了一种规范效应，也进一步促成了词的雅化。而从词本身的发展趋势与规律来看，“其本身的演变也同时造成了向儒家文学观念自觉靠近的趋势和需要，这就进一步从内在的需要和动因的层次上为词学接受理学家的词学观敞开了大门”[④]。理学对词的规范比较突出地表现在对苏轼词的评价上，苏轼词最初曾横遭指责，被认为是不协音律，非词之本色，如陈师道《后山诗话》：“退之以文为诗，子瞻以诗为词，

① 参沈家庄：《宋词的文化定位》第二章《世俗的文化观念与新声的价值向度》，长沙：湖南人民出版社2005年版。

② （宋）陆游：《跋傅给事帖》，《渭南文集》卷三一，见《陆放翁全集》上册，北京：中国书店1986年版，第194页。

③ 王兆鹏：《唐宋词史论》，北京：人民文学出版社2000年版，第26、28页。

④ 许总：《宋明理学与中国文学》，南昌：百花洲文艺出版社1999年版，第261页。

如教坊雷大使之舞，虽极天下之工，要非本色。”[①] 胡仔《苕溪渔隐丛话》后集卷三三引李清照《论词》：“……苏子瞻，学际天人，作为小歌词，直如酌蠡水于大海，然皆句读不葺之诗尔，又往往不协音律者。”[②] 理学家胡寅是较早为苏轼词正名者，其《题酒边词》云：

> 词曲者，古乐府之末造也。古乐府者，诗之傍行也。诗出于《离骚》《楚词》，而《离骚》者，变风变雅之怨而迫、哀而伤者也。其发乎情则同，而止乎礼义则异。名之曰曲，以其曲尽人情耳。方之曲艺犹不逮焉，其去曲礼则益远矣。然文章豪放之士，鲜不寄意于此者，随亦自扫其迹，曰谑浪游戏而已也。唐人为之最工者。柳耆卿后出，掩众制而尽其妙，好之者以为不可复加。及眉山苏氏，一洗绮罗香泽之态，摆脱绸缪宛转之度，使人登高望远，举首高歌，而逸怀浩气超然乎尘垢之外。于是《花间》为皂隶，而柳氏为舆台矣。[③]

胡寅从理学家的文学观念出发，认为词曲与正统文学相较，“其发乎情则同，而止乎礼义则异”，故而理当轻贱；直到苏轼词横空出世，局面才得以改观，苏轼词纵放遒劲、壮怀激烈，以其充沛的现实内容和积极向上的精神风貌给人以激昂奋发之感，“一洗绮罗香泽之态，摆脱绸缪宛转之度，使人登高望远，举首高歌，而逸怀浩气超然乎尘垢之外”。胡寅对苏轼词的高度评价在当时产生了重大影响，“由南宋时代需要而促成的对东坡豪放词风的利用和标举，通过理学家对其内涵的阐释与规范，逐渐推演为具有普遍意义的词学价

---

① （宋）陈师道：《后山诗话》，（清）何文焕辑：《历代诗话》上册，北京：中华书局 1981 年版，第 309 页。

② （宋）胡仔纂集，廖德明校点：《苕溪渔隐丛话》后集卷三三，北京：人民文学出版社 1962 年版，第 254 页。

③ （宋）胡寅：《题酒边词》，（宋）向子諲：《酒边词》卷首，《文渊阁四库全书》本。

值观念，并由此而建构起新的词学批评标准”①。至南宋中后期，“雅正”已经成为评价词的最高标准，詹效之评价曹冠词，谓其“旨趣纯深，中含法度，使人一唱三叹，盖其得于六义之遗意，纯乎雅正者也”②。张炎《词源》更以雅正为立论基石之一，谓“古之乐章、乐府、乐歌、乐曲，皆出于雅正”，“词欲雅而正，志之所之，一为情所役，则失其雅正之音”③。

二、词选：崇雅黜俗的“急先锋”与“生力军”

宋代词选的编纂活动，是与宋词复雅之路相伴相随的。一方面，宋代词选之编纂大多受到崇雅趣尚的影响与驱动；另一方面，在宋词雅化的历史进程中，词选又发挥着巨大的作用，充当了崇雅黜俗的“急先锋”与“生力军”。

现存最早的宋代词选《梅苑》④已有重雅趋向，黄大舆《梅苑序》云：

> 己酉之冬，予抱疾山阳，三径扫迹，所居斋前更植梅一株，晦朔未逾，略已粲然。于是录唐以来词人才士之作，以为斋居之玩。目之曰《梅苑》者，诗人之义，托物取兴。屈原制骚，盛列芳草，今之所录，盖同一揆。⑤

序中表现出明显的清雅之好与雅正之趣，特别是黄大舆在序中

---

① 许总：《宋明理学与中国文学》，南昌：百花洲文艺出版社1999年版，第263页。

② （宋）詹效之：《〈燕喜词〉序》，《丛书集成初编》本《燕喜词》卷首。

③ （宋）张炎：《词源》卷下，唐圭璋编：《词话丛编》第1册，北京：中华书局2005年版，第255、266页。

④ 该集乃高宗建炎三年己酉（1129）冬黄大舆在蜀中编成（参萧鹏：《群体的选择——唐宋人选词与词选通论》，台北：文津出版社1992年版，第107－109页），绍兴间即已传布，周辉《清波杂志》卷一〇载：“绍兴庚辰（1160），在江东得蜀人黄大舆《梅苑》四百余阕。”（刘永翔：《清波杂志校注》卷一〇“梅苑”条，北京：中华书局1994年版，第455页）

⑤ （宋）黄大舆：《梅苑序》，唐圭璋、蒋哲伦、王兆鹏等校点：《唐宋人选唐宋词》上册，上海：上海古籍出版社2004年版，第195页。

将词之发生上溯至《诗》《骚》，认为其在《梅苑》中所录之词乃“诗人之义，托物取兴”，与《离骚》之“盛列芳草”“盖同一揆”，其尊体复雅之意尤显。

曾慥《乐府雅词》则是现有资料中较早明确提出雅词之说者，其集名既已明确标明“雅词”，曾慥自序又进一步对雅词的择取标准进行了说明：

> 余所藏名公长短句，裒合成篇，或后或先，非有诠次；多是一家，难分优劣，涉谐谑则去之，名曰《乐府雅词》。九重传出，以冠于篇首，诸公《转踏》次之。欧公一代儒宗，风流自命，词章幼眇，世所矜式；当时小人或作艳曲，谬为公词，今悉删除。[①]

曾慥在此将“涉谐谑”“艳曲”都排除在雅词之外，为了与这一标准吻合，曾慥将欧阳修词作中之侧艳者悉数删除，并解释为“小人”“谬为公词”，为了确保雅词的纯正，曾慥可谓用心良苦。其良苦用心应该说取得了较好的效果，后世多以《乐府雅词》一编为雅词准的，朱彝尊《乐府雅词跋》云：“作长短句必曰雅词，盖词以雅为尚。得是编，《草堂诗余》可废矣。”[②] 四库馆臣亦谓之“命曰雅词，具有风旨，非靡靡之音可比”[③]。

鲖阳居士所编《复雅歌词》与曾慥《乐府雅词》类似，皆以“雅”名集，明确彰显出对典雅趣尚的诉求。该集久已失传，《复雅歌词序略》谓“属靖康之变，天下不闻和乐之音者，一十有六年。绍兴壬戌，诞敷诏音，弛天下乐禁”[④] 云云，据之可知该集编于

① （宋）曾慥：《乐府雅词引》，唐圭璋、蒋哲伦、王兆鹏等校点：《唐宋人选唐宋词》上册，上海：上海古籍出版社2004年版，第295页。

② （清）朱彝尊：《乐府雅词跋》，《曝书亭集》卷四三，《四部丛刊》本。

③ （清）永瑢等：《四库全书总目》卷一九九，北京：中华书局1965年版，第1824页。

④ （宋）鲖阳居士：《复雅歌词序略》，施蛰存主编：《词籍序跋萃编》，北京：中国社会科学出版社1994年版，第658－659页。

“绍兴壬戌”，即高宗绍兴十二年（1142）。该集卷帙庞大，《直斋书录解题》卷二一谓其“五十卷”[①]，黄升《绝妙词选序》谓其“凡四千三百余首”[②]。该集虽佚，而鲖阳居士所作之序幸存于《古今事文类聚》中，在现存资料中，该序是“最全面、深刻阐述南宋前期雅化理论的”[③]，序曰：

孟子尝谓“今之乐犹古之乐”。论者以谓今之乐，郑、卫之音也，乌可与韶、夏、濩、武比哉！孟子之言，不得无过。此说非也。《诗》三百五篇，商、周之歌词也，其言止乎礼义，圣人删取以为经。周衰，郑、卫之音作，诗之声律废矣。汉兴，制氏犹传其铿锵。至元、成间，倡乐大盛，贵戚、五侯、定陵、高平、外戚之家，淫侈过度，至与人主争女乐，而制氏所传遂泯绝无闻矣。《文选》所载乐府诗，《晋志》所载《碣石》等篇，古乐府所载其名三百，秦汉以下之歌词也。其源出于郑、卫，盖一时文人有所感发，随世俗容态而有作也。其意趣格力，犹以近古而高健。更五胡之乱，北方分裂，元魏、高齐、宇文氏之周，咸以戎狄强种，雄踞中夏，故其讴谣，淆杂华夷，焦杀急促，鄙俚俗下，无复节奏，而古乐府之声律不传。

周武帝时，龟兹琵琶工苏只婆者，始言七均，牛洪、郑译因而演之，八十四调始见萌芽。唐张文收、祖孝孙讨论郊庙之歌，其数于是乎大备。迨于开元、天宝间，君臣相与为淫乐，而明宗尤溺于夷音，天下熏然成俗。于时才士始依乐工拍弹之声，被之以辞，句之长短，各随曲度，而愈失古之“声依咏”之理也。温、李之徒，率然抒一时

① （宋）陈振孙撰，徐小蛮、顾美华点校：《直斋书录解题》卷二一，上海：上海古籍出版社 1987 年版，第 632 页。

② （宋）黄升：《绝妙词选序》，唐圭璋、蒋哲伦、王兆鹏等校点：《唐宋人选唐宋词》下册，上海：上海古籍出版社 2004 年版，第 685 页。

③ 方智范、邓乔彬、周圣伟等：《中国古典词学理论史》，上海：华东师范大学出版社 2005 年版，第 74 页。

> 情致，流为淫艳猥亵不可闻之语。
>
> 我宋之兴，宗工臣儒文力妙天下者，犹祖其遗风，荡而不知所止，脱于芒端，而四方传唱，敏若风雨，人人歆艳咀味于朋游樽俎之间，以是为相乐也。其蕴骚雅之趣者，百一二而已。以古推今，更千数百岁，其声律亦必亡无疑。属靖康之变，天下不闻和乐之音者，一十有六年。绍兴壬戌，诞敷诏音，弛天下乐禁。黎民欢忭，始知有生之快。讴歌载道，遂为化国。由是知孟子“今乐犹古乐”之言不妄矣。①

鲖阳居士在序中追溯了古今音乐的发展流变，他以古今音乐之辩为切入点，对“郑、卫之音”、“淆杂华夷，焦杀急促，鄙俚俗下”之乐、“淫艳猥亵不可闻之语”、“人人歆艳咀味于朋游樽俎之间，以是为相乐”的世俗之风进行了猛烈抨击，认为这些非正非雅之音的盛行于世，使得雅不胜俗，“其蕴骚雅之趣者，百一二而已”，若任其流衍下去，则“更千数百岁，其声律亦必亡无疑”。同时，鲖阳居士对《诗》之“止乎礼义”、汉朝初兴时的“铿锵”之音、古乐府之“意趣格力，犹以近古而高健”表现出强烈的推重与崇尚之意。通过对两类音乐的不同态度，鲖阳居士明晰表露出其推尊词体、复雅归正之意，他希望词之发展能返本复初，归于古乐之雅正。

另外，从序文中还可以看出鲖阳居士基于“乐与政通”的“以乐干政”之意。②《礼记·乐记》云：“凡音者，生人心者也。情动于中，故形于声。声成文，谓之音。是故治世之音，安以乐，其政和。乱世之音，怨以怒，其政乖。亡国之音，哀以思，其民困。声

---

① （宋）鲖阳居士：《复雅歌词序略》，施蛰存主编：《词籍序跋萃编》，北京：中国社会科学出版社 1994 年版，第 658 – 659 页。编者按云：“鲖阳居士，姓名失考，其所著《复雅歌词》亦已失传，但知其为南宋初一部词选集。明人祝穆所编《古今事文类聚》续集卷二四载此序文，是居士书之幸存者。惟此文恐非全文，题作‘序略’，疑非原题，或祝氏节略之，故增一‘略’字。”

② 参方智范、邓乔彬、周圣伟等：《中国古典词学理论史》，上海：华东师范大学出版社 2005 年版，第 75 – 78 页。

音之道，与政通矣。”[①] 欲抗敌救亡，振衰兴国，必兴雅乐。鲖阳居士对唐明皇李隆基之“溺于夷音，天下熏然成俗”与北宋之“荡而不知所止，脱于芒端，而四方传唱，敏若风雨，人人歆艳咀味于朋游樽俎之间”表现出强烈不满，暗示这些音乐乃亡国之音，对安史之乱、靖康之变的发生负有不可推卸的责任，进而希望重振雅乐，使词之发展恢复雅正传统，黜除浮艳之习，与抗敌复国相表里，以补政事之中兴，最终达于作者所期望的“黎民欢忭，始知有生之快。讴歌载道，遂为化国”。

《复雅歌词》之后，赵闻礼《阳春白雪》、周密《绝妙好词》两部词选亦表现出鲜明的对典雅趣尚的诉求。《阳春白雪》之命名，意在表明书中所选皆高雅精妙之词，而非浅陋鄙俗之篇，故阮元谓其“去取亦复谨严，约无猥滥之习”，“字炼句琢，非专以柔媚为工者可比也”[②]，彭甘亭谓其“斥哇去郑，归于雅音”[③]。《绝妙好词》之编选者周密具有很强的崇雅意识，其《浩然斋雅谈》多以“雅”评论时人之作，如卷中评康伯可之诗“辞语亦骚雅”，卷下引张直夫语评李彭老之词“靡丽不失为国风之正，闲雅不失为骚雅之赋”[④]。其选词崇尚骚雅清空，颇为精粹，张炎《词源》卷下云：“近代词人用功者多，如《阳春白雪集》，如《绝妙词选》，亦自可观，但所取不精一。岂若周草窗所选《绝妙好词》之为精粹。”[⑤] 清人对其评价甚高，四库馆臣谓其“去取谨严，犹在曾慥《乐府雅词》、黄升《花庵词选》之上”[⑥]，余集谓其“人不求备，词不求多，而蕴藉雅

---

① 《礼记》卷三七《乐记第十九》，李学勤主编：《十三经注疏》标点本，北京：北京大学出版社 1999 年版，第 1077 页。

② （清）阮元：《四库未收书提要·阳春白雪八卷外集一卷提要》，阮元：《揅经室外集》卷三，《四库全书总目》附录，北京：中华书局 1965 年版，第 1858 页。

③ 伍崇曜《阳春白雪跋》引彭甘亭语，施蛰存主编：《词籍序跋萃编》，北京：中国社会科学出版社 1994 年版，第 681 页。

④ （宋）周密：《浩然斋雅谈》，《丛书集成初编》本。

⑤ （宋）张炎：《词源》卷下，唐圭璋编：《词话丛编》第 1 册，北京：中华书局 2005 年版，第 266 页。

⑥ （清）永瑢等：《四库全书总目》卷一九九，北京：中华书局 1965 年版，第 1824 页。

饬，远胜《草堂》《花庵》诸刻”[①]。

总而观之，现存宋代词选中的绝大多数都有崇雅之意，都表现出对典雅趣尚的诉求，故清人田同之《西圃词说》云：“宋人选词，多以雅为尚。”[②]

① （清）余集：《绝妙好词续钞序》，施蛰存主编：《词籍序跋萃编》，北京：中国社会科学出版社1994年版，第687页。

② （清）田同之：《西圃词说》，唐圭璋编：《词话丛编》第2册，北京：中华书局2005年版，第1452页。

第五章　身份的认可与宗派的树立

对作家群体身份的认可、对文学宗派的树立也是选本批评功能的重要表现。选本将一部分作家从众多作家中遴选出来，加以凸显，无疑会大大提升这些作家的知名度；而随着选本的流播，入选作家的声名亦会随之广为传扬。再进一步，如果某一选本中入选的作家同处于某一历史时段、具有某些共同的创作特点、遵循某种共同的文学观念，而该选本又广泛传播并被普遍接受，那么该选本中的入选作家就会以整体的方式被视同为某一创作群体，直至被认定为某一创作流派或文学宗派。从这个意义上说，选本具有对作家群体进行身份认可、对文学宗派进行圈定与树立的批评功能。在宋代选本中，也不乏此类现象，如《九僧诗集》、“三苏”系列选本对文人群体身份的认可与传扬，《濂洛风雅》对濂洛诗派的圈定与确立。

第一节　《九僧诗集》、“三苏”系列选本对文人群体身份的认可与传扬

一、“九僧”与《九僧诗集》

“九僧”是宋初晚唐体的代表诗人，他们推崇贾岛、姚合的清苦诗风，多写山野意趣与隐居生活。其诗之妙者，当时已结集传于世。但此集欧阳修已未得见，其《六一诗话》云：“国朝浮图以诗名于世者九人，故时有集号《九僧诗》。今不复传矣。余少时，闻人多称

之。其一曰惠崇。余八人者，忘其名字也。”① 而司马光得此集于进士闵交如舍，其《温公续诗话》载：

> 欧阳公云，《九僧诗集》已亡。元丰元年秋，余游万安山玉泉寺，于进士闵交如舍得之。所谓九诗僧者：剑南希昼、金华保暹、南越文兆、天台行肇、沃州简长、贵城惟凤、淮南惠崇、江南宇昭、峨眉怀古也。直昭文馆陈充集而序之。其美者亦止于世人所称数联耳。交如好治经，所为奇僻，自谓得圣人微旨，先儒所不能到。贫无妻儿，不应举，常寄食僧舍，僧亦不厌苦之。始居龙门山，犹苦游人往来多，徙居万安山，屏绝人世，专以治经为事，凡数十年，用心益苦，而去人情益远，众非笑之。交如不变益坚，虽非中行，其志亦可怜也。②

据“直昭文馆陈充集而序之”可知，司马光所见之《九僧诗集》乃陈充所编，是否初编本已不得而知。司马光得此集后，当刊行于世，清毛扆《九僧诗集跋》：“方虚谷谓司马公得之以传于世，则此书赖大贤而表章之，岂非千古幸事哉！”③ 尔后晁公武得之于李夷中家，其《郡斋读书志》卷四下：“《九僧诗集》一卷。右皇朝僧希昼、保暹、文兆、行肇、简长、惟凤、惠崇、宇昭、怀古也。陈充为序，凡一百十篇……此本出李夷中家，其诗可称者甚多，惜乎欧公不尽见之。”④ 到了清代，毛扆还曾经得一宋本，其《九僧诗集跋》：“欧公当日以《九僧诗》不传为叹。扆后公六百余年，得宋本

① （宋）欧阳修撰，郑文校点：《六一诗话》，北京：人民文学出版社 1962 年版，第 8 页。

② （宋）司马光：《温公续诗话》，（清）何文焕辑：《历代诗话》上册，北京：中华书局 1981 年版，第 280 页。

③ （清）毛扆：《九僧诗集跋》，（清）瞿良士：《铁琴铜剑楼藏书题跋集录》卷四引录，上海：上海古籍出版社 1985 年版，第 333 页。

④ （宋）晁公武：《昭德先生郡斋读书志》卷四下，《万有文库》本。

弆而读之，一幸也。”①

《九僧诗集》的刊行，使得原本高卧林泉、不涉世务之诗僧首次以群体的形象出现在世人面前，直接参与有宋一代诗歌的生成与建设，并成为宋代诗坛上不可小视的重要组成部分，既提升了诗僧的影响力，也丰富了宋代诗坛景观。比如“九僧”中诗名最著之惠崇，与当世名流巨公多有交往，文莹《湘山野录》卷中载：

> 寇莱公一日延诗僧惠崇于池亭，探阄分题，丞相得《池上柳》，“青”字韵；崇得《池上鹭》，“明”字韵。崇默绕池径，驰心于杳冥以搜之，自午及晡，忽以二指点空微笑曰：“已得之，已得之。此篇功在‘明’字，凡五押之俱不倒，方今得之。”丞相曰：“试请口举。”崇曰：“照水千寻迥，栖烟一点明。”公笑曰：“吾之柳，功在‘青’字，已四押之终未惬，不若且罢。”②

从此则记载一方面可见惠崇之诗才不凡，另一方面也可见出惠崇与寇准交往之密切。又司马光《温公续诗话》：

> 惠崇诗有“剑静龙归匣，旗闲虎绕竿”。其尤自负者，有“河分冈势断，春入烧痕青”。时人或有讥其犯古者，嘲之：“河分冈势司空曙，春入烧痕刘长卿。不是师兄多犯古，古人诗句犯师兄。”进士潘阆常谑之曰：“崇师，尔当忧狱事，吾去夜梦尔拜我，尔岂当归俗耶?”惠崇曰：“此乃秀才忧狱事尔。惠崇，沙门也，惠崇拜，沙门倒也，秀才得毋诣沙门岛耶?”③

---

① （清）毛扆：《九僧诗集跋》，（清）瞿良士：《铁琴铜剑楼藏书题跋集录》卷四引录，上海：上海古籍出版社 1985 年版，第 333 页。

② （宋）文莹撰，郑世刚、杨立扬点校：《湘山野录》卷中，北京：中华书局 1984 年版，第 35 页。

③ （宋）司马光：《温公续诗话》，（清）何文焕辑：《历代诗话》上册，北京：中华书局 1981 年版，第 274 页。

“河分冈势断，春入烧痕青”二句出自惠崇《访杨云卿淮上别墅》一诗，本是惠崇拜访友人杨云卿时的游赏之作，却引来“时人”如此关注，引来众多讥议，连友人潘阆也以之相戏谑，此事本身就显示惠崇之作在当时的流传之速与影响之大。而化用前人诗句，其实并不鲜见，只要化用得体，能融为己出，亦无可厚非，故惠崇能坦然面对“时人”之讥议与潘阆之戏谑，并未太过在意。也正因为此，宋人对此事之是非亦各有说法、聚讼纷纭，如江少虞《宋朝事实类苑》卷三四：“宋九释诗，惟惠崇师绝出，尝有‘河分岗势断，春入烧痕青’之句，传诵都下，藉藉喧著，余缁遂寂寥无闻，因忌之，乃厚诬其盗。闽僧文兆以诗嘲之曰：‘河分岗势司空曙，春入烧痕刘长卿。不是师兄偷古句，古人诗句犯师兄。’”①

正是由于有了选本形式的《九僧诗集》以及其他途径的传播，惠崇诗名远播，宋代很多著名诗人如欧阳修、王安石、苏轼、黄庭坚等人都对惠崇之诗各有肯定、赞誉，如吴处厚《青箱杂记》卷九引《谈苑》：“楚僧惠崇工诗，于近代释子中为杰出，而欧阳公少师《归田录》亦纪其佳句。”② 惠崇是“九僧”的代表，惠崇的诗名远播，无疑会极大提升“九僧”的整体地位与影响；而“九僧”整体地位与影响的提升，对宋初晚唐体之盛行，亦有导引之功，方回《送罗寿可诗序》云：“宋刬五代旧习，诗有白体、昆体、晚唐体……晚唐体则九僧最逼真，寇莱公、鲁三交、林和靖、魏仲先父子、潘逍遥、赵清献之父，凡数十家，深涵茂育，气极势盛。”③ 前文已述及惠崇与寇准（莱公）、潘阆（逍遥）之交往，而寇准与魏

---

① （宋）江少虞：《宋朝事实类苑》卷三四“僧惠崇”条，上海：上海古籍出版社1981年版，第438页。

② （宋）吴处厚撰，李裕民点校：《青箱杂记》卷九，北京：中华书局1985年版，第94页。

③ （宋）方回：《送罗寿可诗序》，《桐江续集》卷三二，《文渊阁四库全书》本。

野（仲先）亦有酬唱①，据此可以大致推知，惠崇与魏野亦当有交往。正是以惠崇为代表的“九僧”及其交游唱和者的诗歌创作，直接促成了宋初晚唐体盛行的局面。

《九僧诗集》的刊行与“九僧”的扬名，为后世诗僧提供了一个成功的范型，故后世多有仿效者，神宗元丰年间，杨杰编纂有《高僧诗》；南宋时陈起又以《九僧诗集》为基础，编有《增广圣宋高僧诗选》，该集录宋代僧人之诗，以人系诗，分前、后、续集三部分，其前集即《九僧诗集》。

二、“三苏”系列选本与“三苏”文人群体

在宋代选本中有一个非常引人瞩目的现象，就是南宋以来“三苏”选本的大量涌现。南宋以来，由于元祐党籍与学术之禁的诏除，加之宋孝宗对苏轼的偏爱，苏轼的文学地位与作品价值被重新认可，苏轼之父苏洵、弟苏辙的作品亦受到世人的连带关注，由此引发了“三苏”选本的迅速流行；而“三苏”选本的繁盛，不但使苏轼的文学地位被进一步确立，而且使“三苏”作为一个文人群体被更为广泛地接受，传扬天下。

苏轼天才异秀，学贯百家，广备众体，雄视百代，自成一家，享有崇高的文坛声望，早在其生前，其作品就广为流传，王辟之《渑水燕谈录》卷四谓“子瞻文章议论，独出当世，风格高迈，真谪仙人也”，其作品“才落手，即为人藏去，有得真迹者，重于珠玉”。② 当时众多文坛巨公如欧阳修、王安石等人都对其作品有极高的评价。欧阳修在《与梅圣俞》（嘉祐二年）中说：“读轼书，不觉

---

① （宋）蔡正孙《诗林广记》卷一〇载魏野题僧寺诗：“世情冷暖由分别，何必区区较异同。若得常将红袖拂，也应胜似碧纱笼。”后引《古今诗话》云：“寇莱公典陕日，与处士魏野同游僧寺，观览旧游，有留题处，公诗皆用碧纱笼之，至野诗，则尘蒙其上。时从行官妓之惠黠者辄以红袖拂之。野顾公笑，因题诗云。”（常振国、降云点校本，北京：中华书局1982年版，第179页）

② （宋）王辟之撰，吕友仁点校：《渑水燕谈录》卷四，北京：中华书局1981年版，第42页。

汗出，快哉快哉！老夫当避路，放他出一头地也。可喜可喜。”① 又在《举苏轼应制科状》（嘉祐五年）中称苏轼“学问通博，资识明敏，文采烂然，论议蜂出。其行业修饬，名声甚远”②。王安石亦曾称道苏轼曰：“尔方尚少，已能博考群书，而深言当世之务。才能之异，志力之强，亦足以观矣。”③

苏轼成名之际，时人已多将苏氏父子三人合称为“三苏”。《渑水燕谈录》卷四云：“嘉祐初……苏氏文章擅天下，目其文曰三苏，盖洵为老苏、轼为大苏、辙为小苏也。”④

但在徽宗年间，蔡京掀起“崇宁党禁”，元祐党人尽入党籍，“三苏”作品被严令禁毁；至钦宗靖康元年，始诏除元祐党籍与学术之禁。南宋以来，高宗总结北宋灭亡的教训，感于苏轼等人爱君忧国的忠言谠论与直而不随的立朝大节，于是废除元祐党籍，尽复苏轼等人官职，“三苏”作品复现于世；至孝宗时，更是对苏轼敬重有加，李心传《建炎以来朝野杂记》“苏文忠赠官”条云：

乾道末，苏文忠特赠太师。世或不知其所以，盖仁宗时，苏仪甫尝为翰林学士，元祐中以其子子容贵，赠太师，始仪甫尝游金山，题诗曰：“僧依玉鉴光中住，人在金鳌背上行。”至是蜀僧宝印往金山摘其诗，名轩为玉鉴，又嘱张安国大书而刻之，张跋云：“此诗翰林学士赠太师苏公所赋也。”碑成，僧摹以遗大珰甘升。一日，上过其直庐外，望见索观之，意以为文忠也。时文忠曾孙季真为给事中，它日上更书文忠诗以赐，又识其末曰：“故赠太师苏轼诗。”

---

① （宋）欧阳修著，李逸安点校：《欧阳修全集》卷一四九，北京：中华书局 2001 年版，第 2459 页。

② （宋）欧阳修著，李逸安点校：《欧阳修全集》卷一一二，北京：中华书局 2001 年版，第 1706 页。

③ （宋）王安石：《应才识兼茂明于体用科守河南府福昌县主簿苏轼大理评事制》，《临川先生文集》卷五一，《四部丛刊》本。

④ （宋）王辟之撰，吕友仁点校：《渑水燕谈录》卷四，北京：中华书局 1981 年版，第 41 –42 页。

季真拜赐，疑之，前白曰："先臣绍兴初尝赠资政殿学士，未尝赠太师，今蒙圣恩，乞自朝廷行下。"上愕曰："朕记赠太师久矣。"季真不敢白，间为执政言之。执政因奏以为言，上始喻金山寺诗乃苏绅也，因即曰："如轼名德昭著，亦当赠太师。"于是降旨施行。然上雅实敬文忠，居常但称子瞻，或称东坡。①

据此则记载，元祐中苏绅（仪甫）尝赠太师，孝宗将苏绅在金山寺所题之诗误认为苏轼所作，且在将诗书赠苏轼之曾孙时，误称苏轼为"故赠太师"。当事情原委弄清后，孝宗乃将错就错，特赠苏轼为太师。此事颇富戏剧性，然从孝宗以诗书赠苏轼曾孙、乐得将错就错、平日雅敬苏轼等细节不难看出，孝宗对苏轼的偏爱与敬重。

除追赠苏轼为太师外，孝宗还亲自为苏轼的文集作序，在制词中称其"不可夺者峣然之节，莫之致者自然之名。经纶不究于生前，议论常公于身后。人传元祐之学，家有眉山之书"，又谓"朕三复遗编，久钦高躅。王佐之才可大用，恨不同时"②。

由于孝宗的亲自揄扬褒奖，苏轼的作品大显于世，其文学地位被重新认可，罗大经《鹤林玉露》甲编卷二引朱熹语云："孝宗最重大苏之文，御制序赞，特赠太师，学者翕然诵读。所谓人传元祐之学，家有眉山之书，盖纪实也。"③ 魏了翁亦云："苏氏之学，争尚于元祐，而讳称于绍圣以后，又大显于阜陵（孝宗）褒崇之日。"④

在此种情形之下，苏轼的作品被广为传诵，其父苏洵、弟苏辙的作品亦随之再度进入世人的关注视野，"三苏"选本开始大量编行。当日"三苏"选本风行之盛况，我们从书目文献的记载中仍可

---

① （宋）李心传：《建炎以来朝野杂记》甲集卷八，上海：商务印书馆1937年版，第99页。

② （宋）郎晔编注：《经进东坡文集事略》卷首，《四部丛刊》本。

③ （宋）罗大经撰，王瑞来点校：《鹤林玉露》甲编卷二，北京：中华书局1983年版，第33页。

④ （宋）魏了翁：《题朱文公帖》，《鹤山先生大全文集》卷六四，《四部丛刊》本。

略窥一二，如《宋史·艺文志》著录了3种：《三苏文集》100卷、《三苏文类》68卷、《三苏翰墨》1卷。[①]《三苏文集》100卷系郎晔所进，另两种情况不详。郎晔所进《三苏文集》按人分类，乃郎晔于宋光宗绍熙二年（1191）进呈，今存《经进东坡文集事略》，有《四部丛刊》本，又有庞石帚校点本（文学古籍刊行社1957年版）。《宋史艺文志补》著录了2种：蔡文子注《三苏文选》12卷、吕祖谦编《三苏文选》59卷。[②]《四库全书总目》总集类存目三著录1种：《三苏文粹》70卷。四库馆臣谓“不著编辑者名氏，前后亦无序跋。其曰文粹，盖仿陈亮《欧阳文粹》例也。凡苏洵文十一卷，苏轼文三十二卷，苏辙文二十七卷。所录皆议论之文，盖备场屋策论之用者也”[③]。

此外，著录“三苏”系列选本较多的还有《天禄琳琅书目后编》和《藏园群书经眼录》。《天禄琳琅书目后编》著录了4种：

> 《重广分门三苏先生文粹》四函，二十八册。　　不著编者姓名。书一百卷。汇三苏文，分门纂辑，曰五经论，曰六经论，曰书解，曰洪范论，曰中庸论，曰春秋论，曰南省讲三传，曰论语解……而以《颍滨遗老传》终焉。[④]

> 《蜀本标题三苏文》二函，十册。　　不著编者姓名。书六十二卷。汇三苏文，分门纂辑，曰上书，曰奏议，曰杂论，曰权书，曰衡论……曰海外论。或加子目，或节全文。前有《三苏文叙录》，标“历阳状元张孝祥编”。又

---

① （元）脱脱等：《宋史》卷二〇九《志》第一六二《艺文》八，北京：中华书局1977年版。

② （清）黄虞稷、倪灿撰，卢文弨订：《宋史艺文志补》，上海：商务印书馆1957年版。

③ （清）永瑢等：《四库全书总目》卷一九三，北京：中华书局1965年版，第1766－1767页。

④ （清）彭元瑞等著，徐德明标点：《天禄琳琅书目后编》卷六，上海：上海古籍出版社2007年版，第535页。

《三苏年谱图》，标“左朝请大夫、权发遣成都府路提典刑狱事何棆编”。卷一后有条记云：“武溪游孝恭德莱标题。此文集校正，复增叙录、图谱于卷首，庶几开卷则三分之议论灼见其肺腑矣。淳熙丙申冬至日，刊于登俊斋。”或即游孝恭所编也。　　巾箱本。是书与《三苏文粹》同一选刻苏氏父子之文，而门目序次迥不相同。此书割并毫无体例，书首叙录、图谱更为芜陋，乃坊贾嫁名便鬻之所为耳。①

《三苏先生文粹》二函，二十册。　　不著编者姓名。书七十卷。人各为编，苏洵十一卷，苏轼三十二卷，苏辙二十七卷。编各分体，与前两书复不同而最为宏整。②

《东莱标注三苏文集》二函，十册。　　宋吕祖谦编。三苏，人各为编，凡苏洵十一卷，苏轼二十六卷，苏辙二十二卷。编各分体，加以点抹，于题下标注本意，与蜀本及《文粹》篇目并异。③

傅增湘《藏园群书经眼录》卷一八中记载了四种：《重广眉山三苏先生文集》□□卷、《三苏文粹》70卷、《三苏先生文粹》70卷、《吕氏家塾增注三苏文选》27卷。据傅氏所记，此四种皆宋本，分别为绍兴三十年饶州德兴县银山庄溪董应梦集古堂刊本、宁宗时

---

① （清）彭元瑞等著，徐德明标点：《天禄琳琅书目后编》卷六，上海：上海古籍出版社2007年版，第536页。

② （清）彭元瑞等著，徐德明标点：《天禄琳琅书目后编》卷六，上海：上海古籍出版社2007年版，第537页。

③ （清）彭元瑞等著，徐德明标点：《天禄琳琅书目后编》卷一一，上海：上海古籍出版社2007年版，第638页。

刊本、婺州吴宅桂堂刊本、宁宗嘉定刊本。①

不难想见，众多“三苏”选本风行于世，对“三苏”群体身份的认可与传扬起到了重大作用。“三苏”选本将苏氏父子三人诗文创作之精华萃于一编，为普通读者省却了翻检“三苏”各自别集的烦琐，最大程度地提升了“三苏”的知名度，使得“三苏”在沉寂多年以后，再度声名远播，最终以一个成就卓著的创作群体的形象牢固地定格于中国文学史上。

第二节 《濂洛风雅》对濂洛诗派的圈定与确立

上一节已经论及《濂洛风雅》对理学趣尚的标举，而《濂洛风

---

① 傅增湘《藏园群书经眼录》卷一八：“《重广眉山三苏先生文集》□□卷，宋苏洵、苏轼、苏辙撰。存卷一至四、十五至八十，计七十卷。宋绍兴三十年饶州德兴县银山庄溪董应梦集古堂刊本，半叶十三行，行二十七字，白口，四周双栏。字数人名在版心上中下不一律，遇宋帝空一格。合三苏文分体载之，与文粹体例同，而卷数不同。”（北京：中华书局1983年版，第1531页）“《三苏文粹》七十卷，宋苏洵、苏轼、苏辙撰。卷十一至十八、二十二至二十四、二十九至三十五、四十八至五十、五十三至五十九、七十等卷钞补，宋本存者凡四十一卷。宋刊本，版匡高八寸二分，宽五寸六分，半叶十行，每行十八字，白口，左右双栏，版心记字数及刊工姓名。避讳至扩字止，盖宁宗时刊本也……按，《三苏文粹》余生平所见者三本，皆密行小字巾箱本。此本版式宽展，大字精严，纸墨莹洁，殊为罕觏。且老泉文后附诗二十二首，为明刊十四行本所无，尤为足珍。陆氏定为蜀本，余审其字画方严峻整，恐仍是浙本耳。南渡以后苏文解禁，上自九重，下迄士庶，咸嗜其文，风行一世。留都为士大夫所萃止，或此时别开大版以供诵习，非如短书小帙徒备怀挟之用也。（日本静嘉堂文库藏书，己巳十一月十三日阅）”（第1531－1532页）“《三苏先生文粹》七十卷，宋苏洵、苏轼、苏辙撰。宋婺州吴宅桂堂刊本，版高五寸四分，半面阔三寸九分，是巾箱本。每半叶十四行，每行二十六字，白口，四周双栏。版心下鱼尾下记字数及刊工姓名，有吴正、刘正、翁彬、何昌等。避宋讳至慎字止。字体俊整，镌工精湛。”（第1532页）“《三苏先生文粹》残本，宋苏洵、苏轼、苏辙撰。存老泉先生十一卷。宋刊本，十四行二十六字，中板式，白口，四周双栏，写刻精湛，与袁寒云克文藏《南丰文粹》殆同时所刊也。”（第1533页）“《吕氏家塾增注三苏文选》二十七卷，宋苏洵、苏轼、苏辙撰。存卷一至八。卷首题‘东莱先生吕祖谦伯恭遴选’，‘建安蔡文子行之增注’。全书二十七卷，选书策史论为多，以备士子帖括之用。合三苏选一百二十余篇。宋刊本，半叶十四行，行二十五字，注双行，细黑口，左右双栏。宋讳不避，遇宋帝空格。版心题‘文一’等字。前有嘉定乙亥重午日武夷隐吏序。疑即当时所刊。”（第1533页）按，嘉定乃宁宗年号，乙亥即1215年。

雅》之文学批评功能除开标举理学趣尚之外，还有非常重要的一点：对濂洛诗派的圈定与确立。

《濂洛风雅》颇具特色的一点是在卷首明列《濂洛风雅世系》，即《濂洛诗派图》，将濂洛一系之源流世系及师承关系以示意图的形式标出，一目了然。又有《濂洛风雅姓氏目次》，录之如下：①

周敦颐，字茂叔，号濂溪，谥元公，湖广道州人。
程颢，字伯淳，号明道，谥淳公，河南洛阳人。
程颐，字正叔，号伊川，谥正公，河南洛阳人。
张载，字子厚，号横渠，谥献公，陕西郿县人。
邵雍，字尧夫，谥康节，北直琢州人。
游酢，字定夫，号广平，官侍御，建州建阳人。
杨时，字中立，号龟山，谥文靖，福建将乐人。
吕大临，字与叔，号芸阁，蓝田人。
尹焞，字彦明，号和靖，官侍讲，河南洛阳人。
吕希哲，字原明，号荥阳，东莱人。
张绎，字思叔，河南人。
谢良佐，字显道，上蔡人。
胡安国，字康侯，谥文定，福建崇安人。
罗从彦，字仲素，号豫章，谥文质，福建罗源人。
陈瓘，字莹中，号了斋，谥忠肃，延平人。
邹浩，字志完，号道乡，官侍御，晋陵人。
徐叟，字存诚，号逸平。
吕居仁，字本中。
鲁几，字吉甫，号茶山，谥文清。
胡寅，字明仲，号致堂，福建崇安人。
胡宏，字仁仲，号五峰，福建崇安人。
刘彦冲，字子翚，号屏山。

---

① 《四库全书存目丛书》本《宋金仁山先生选辑濂洛风雅六卷》卷首，集部二八九。

李侗，字愿中，号延平，谥文靖，福建剑浦人。

朱松，字乔年，号韦斋，官吏部，徽州婺源人。

林之奇，字少颖，号拙斋，官宗承。

朱熹，字仲晦，号晦庵，谥文公，南直婺源人。

吕祖谦，字伯恭，号东莱，谥成公，浙江金华人。

张栻，字敬夫，号南轩，谥宣公，四川绵竹人。

黄幹，字直卿，号勉斋，谥文肃，福州闽县人。

陈淳，字安卿，号北溪，谥文定，潼州龙溪人。

徐侨，字崇父，号毅斋，谥文清，浙江义乌人。

杨与立，字子权，号船山，本贯福建浦城人，迁居兰溪。

刘炎，字潜夫，号撝堂。

赵蕃，字昌父，号章泉。

方士繇，字伯谟。

范念德，字伯崇。

鲁极，字景建，号云巢。

真德秀，字景元，号西山，谥文忠，福建浦城人。

李仲贯，字道传，号果州，官兵部。

巩丰，字仲至，号栗斋，浙江武义人。

时澜，字叔观，号南堂。

蔡元定，字季通，号西山，建阳人。

蔡渊，字伯静，号节斋，西山子。

叶采，字仲圭。

刘圻，字畸叟，号篁山栗 。

何基，字子恭，号北山，谥文定，浙江金华人。

王柏，字会之，号鲁斋，谥文宪，浙江金华人。

王偘，字刚仲，号立斋，浙江金华人。

以上所列共48人。该集所选，即限定在此48人之内，具体选录情况为：朱熹（晦庵）77首，张栻（南轩）46首，王柏（鲁斋）

46 首，张载（横渠）41 首，邵雍（康节）27 首，程颢（明道）23 首，何基（北山）23 首，朱松（韦斋）20 首，吕大临（芸阁）11 首，吕祖谦（东莱）10 首，吕居仁（本中）9 首，周敦颐（濂溪）8 首，胡安国（文定）8 首，王偘（立斋）8 首，杨时（龟山）7 首，胡寅（致堂）7 首，鲁极（云巢）7 首，真德秀（西山）7 首，徐侨（毅斋）6 首，黄幹（勉斋）6 首，鲁几（茶山）6 首，林之奇（拙斋）5 首，刘彦冲（屏山）4 首，陈淳（北溪）4 首，李侗（延平）4 首，陈瓘（了斋）3 首，罗从彦（豫章）3 首，尹焞（和靖）3 首，游酢（广平）3 首，巩丰（栗斋）2 首，邹浩（道乡）2 首，胡宏（五峰）2 首，赵蕃（章泉）2 首，张绎（思叔）2 首，杨与立（船山）2 首，程颐（伊川）1 首，蔡渊（节斋）1 首，范念德（伯崇）1 首，方士繇（伯谟）1 首，刘炎（撝堂）1 首，刘圻（篁山栗）1 首，时澜（南堂）1 首，徐叟（逸平）1 首，叶采（仲圭）1 首，程端蒙（蒙斋）1 首。共 45 人，454 首诗。[①]

为了保证所选诗歌的“纯正”，该集乃在卷首标明世系、目次，正文则亦步亦趋，不越雷池半步，可谓统系分明、壁垒森严。关于此点，清代王崇炳《濂洛风雅序》所言甚为明了：

> 《濂洛风雅》者，仁山先生以风雅谱婺学也。吾婺之学，宗文公，祖二程，濂溪则其所自出也。以龟山（杨时）为程门嫡嗣，而吕（大临）、谢（良佐）、游（酢）、尹（焞）则支；以勉斋（黄幹）为朱门嫡嗣，而西山（真德秀）、北溪（陈淳）、撝堂（刘炎）则支。由黄（幹）而何（基）而王（柏），则世嫡相传，直接濂洛。程门之诗以共

---

① 据《四库全书存目丛书》本、《金华丛书》本检核。根据全集比勘，《四库全书存目丛书》本卷四第 10 页缺失（原本已注明）；《金华丛书》本则有漏署、误刻现象，如卷四邵雍 7 首诗漏署、卷六将鲁云巢误刻为曾云巢。从具体选录情况来看，全书实际入选 45 人之诗。《濂洛风雅姓氏目次》所列 48 人中，吕希哲、谢良佐、李仲贯、蔡元定 4 人无诗入选；程端蒙入选作品 1 首，但《濂洛风雅姓氏目次》及《濂洛诗派图》中均未列其名。程端蒙（1143—1191），字正思，号蒙斋，乃朱熹门人，著有《性理字训》《毓蒙明训》《学则》等书，其人其诗皆符合金履祥的选录标准，当是金履祥漏列其名。

> 祖收，朱门之诗以同宗收，非是族也，则皆不录，恐乱宗也。[①]

南宋著名学者吕祖谦是婺州人，被称为“婺学之宗”，又与朱熹、张栻合称“东南三贤”，其所开创的“婺学”是南宋“浙东学派”的重要一支，在当时颇具影响力，与朱熹的“道学”、陆九渊的“心学”齐名并鼎足相抗；王崇炳与金履祥亦皆婺州人，故王崇炳不无自豪地称婺学为“吾婺之学”，称金氏所选《濂洛风雅》“以风雅谱婺学”。金履祥为免除“乱宗”之虞，确保入选诗作的“纯正”，严立门限，只有与濂洛一脉“共祖”“同宗”之人，才能被认可为本派中人，其诗才能入选，其去取之严若此。这种以学脉传承确立风雅范围的行为，乃在于维护理学正统，严格圈定濂洛诗派的入派人选。

为了确立濂洛诗派的文坛地位，《濂洛风雅》集中展示了濂洛一系理学家诗歌创作的成就。但其意义还不止如此而已。因为濂洛一系所代表的程朱理学乃是宋代理学之正宗，在宋代理学诸流派中声势最盛、影响最大，故而《濂洛风雅》同时也是对宋代理学家诗歌创作成就的一次公开展示。其汇辑理学家人数之众、诗歌作品量之大，足以为理学之诗张目扬名。

该集流传颇广，影响甚大，从而使理学之诗成为宋诗中客观存在的一大支脉，成为宋诗特色与风貌中不可忽视的一个方面。宋末吴渊序魏了翁《鹤山先生大全文集》曰：

> 艺祖救百王之弊，以“道理最大”一语开国，以“用读书人”一念厚苍生。文治彬郁垂三百年，海内兴起未艾也。而文章亦无虑三变：始也，厌五季之萎苶而昆体出，渐归雅驯，犹事织组，则杨、晏为之倡；已而回澜障川，斲雕返朴，崇议论，厉风节，要以关世教、达国体为急，

① （清）王崇炳：《濂洛风雅序》，《四库全书存目丛书》本《宋金仁先生选辑濂洛风雅六卷》卷首，集部二八九。

> 则欧、苏擅其宗；已而濂溪周子出焉，其言行道德忝务，而惟文之能艺焉耳，作《通书》，著《太极图》，大本立矣。余乃所及，虽不多见，味其言蔼如也。由是先哲辈出，《易传》探天根，《西铭》见仁体，《通鉴》精纂述，《击壤》豪诗歌，论奏王、朱，而讲说吕、范，可谓和顺积中，而英华外发矣。后生接响，谓性外无余学，其弊至于志道忘艺，知有《语录》而无古今。始欲由精达粗，终焉本末俱舛。然则言之不文，行之不远，亦岂周子之所尚哉！①

吴渊在序中对宋代文学的发展历程进行了大致描述，他认为宋代文学之发展流变“无虑三变”，杨、晏昆体为一变，欧、苏为二变，濂溪诸子为三变。虽然吴渊的“三变”之说不一定贴切，而且他还对理学诗之“志道忘艺”“终焉本末俱舛”进行了批评，但我们由此亦可以见出，宋人已经开始认识到以濂洛之诗为代表的理学诗乃是不同于其他诗歌现象的别一种诗歌。

从《濂洛风雅》的实际传播效果来看，该集之流传，客观上促成了“道学之诗”和“诗人之诗”的分道扬镳，二者从此泾渭分明。《四库全书总目》曰：

> 昔朱子欲分古诗为两编而不果。朱子于诗学颇邃，殆深知文质之正变，裁取为难。自真德秀《文章正宗》出，始别为谈理之诗。然其时助成其稿者为刘克庄，德秀特因而删润之。故所黜者或稍过，而所录者尚未离乎诗。自履祥是编出，而道学之诗与诗人之诗千秋楚越矣。夫德行、文章，孔门即分为二科。儒林、道学、文苑，《宋史》且别为三传。言岂一端，各有当也。以濂洛之理责李、杜，李、杜不能争，天下亦不敢代为李、杜争。然而天下学为诗者，

① （宋）吴渊：《鹤山先生大全文集序》，《四部丛刊》本《鹤山先生大全文集》卷首。另按，引文中“志道忘艺”原本为“志道志艺”，据《文渊阁四库全书》本《鹤山集》改。

终宗李、杜，不宗濂、洛也。此其故可深长思矣。[①]

这段话一方面道出了理学一派诗学思想的发展轨迹，乃由朱熹而真德秀，由真德秀而金履祥，而最终使“道学之诗与诗人之诗千秋楚越”的正是《濂洛风雅》一集；另一方面，这段话还以“言岂一端，各有当也”，“以濂洛之理责李、杜，李、杜不能争”承认了理学之诗与以李、杜为代表的诗史正宗并行不悖的现实——虽然，“天下学为诗者，终宗李、杜，不宗濂、洛也”等语也表明，理学之诗虽能与诗史正宗各行其轨，但归根到底，理学之诗也不过是诗史正宗之外的支流、别派。

① （清）永瑢等：《四库全书总目》卷一九一，北京：中华书局1965年版，第1737页。

第六章　对文学思潮的引领与呼应

选本与文学思潮关系密切。选本在一定程度上引领着文学思潮，而文学思潮也制约着选本，促使选本对思潮作出反响与呼应。一方面，选本传达出选家鲜明的文学观念，显露出选家和时代的审美趣尚，优秀的选本往往在社会上广泛流行并深得人们的认同，这就将选家的文学观点与审美趣尚张扬开来，进而促成某种文学思潮的形成；另一方面，文学思潮作为一定时期在社会上具有广泛影响的文学思想和潮流，表现为文学观念、创作题材、创作方法、思想倾向和艺术风格等领域的趋同性，选家乃是活动于一定社会文化语境中的个体，其文学观念与审美趣味也会不自觉地受到这种趋同性的影响，从而形成选本对文学思潮的呼应效应。宋代选本对文学思潮的引领与呼应，有非常生动的表现，如《二李唱和集》等诗歌选本与“白体”诗风的相互生发，《西昆酬唱集》对“西昆体”的引领与示范，《二妙集》《众妙集》《三体唐诗》等对宗唐思潮的契合与呼应。

第一节　《二李唱和集》等诗歌选本与“白体”诗风的相互生发

宋初较早出现的一批诗歌选本，多是酬唱类选本，如《二李唱和集》所收录的是李昉与同僚李至往来唱和、缘情遣兴之作，《李昉唱和诗》所收录的是李昉与诸人之宴飨唱和诗，《禁林宴会集》所收录的是苏易简、毕士安、梁周翰、李昉等人的唱和之作，《翰林酬唱集》所收录的是王溥、李昉、汤悦、徐铉等人的唱和之作，《君臣赓载集》是君臣之唱和集，等等。这些选本，大多已经难得一见，唯《二李唱和集》较易觅得，宋吴处厚《青箱杂记》卷一载此集之本末：

> 李文正公昉，深州饶阳人。太祖在周朝，已知其名，及即位，用以为相。常语昉曰：“卿在先朝，未尝倾陷一人，可谓善人君子。”故太宗遇昉亦厚，年老罢相，每曲宴，必宣赴赐坐。昉尝献诗曰：“微臣自愧头如雪，也向钧天侍玉皇。”昉诗务浅切，效白乐天体，晚年与参政李公至为唱和友，而李公诗格亦相类，今世传《二李唱和集》是也。①

此集所收诗风格浅切，与白居易诗风相仿，清陈榘云：“读其诗，体格并近香山，《青箱杂记》所论未谬也。”② 实际上，李昉之激赏白乐天，由来已久，他曾以白乐天诗句讽谏太宗，折服君心，《资治通鉴后编》卷一七载：“帝一日语侍臣曰：‘朕何如唐太宗?’左右互辞以赞，独昉无言，微诵白居易《七德舞》词曰：‘怨女三千放出宫，死囚四百来归狱。’帝遽兴，曰：‘朕不及，朕不及，卿言警朕矣。’”③

而从上文所列宋初之酬唱类诗歌选本来看，李昉在诸唱和活动中都是处于中坚的位置，《二李唱和集》自不必论，《李昉唱和诗》显然亦是以李昉为中心，《禁林宴会集》《翰林酬唱集》中亦有李昉。我们不难据此推知，正是对白乐天诗的共同爱赏，使当时以李昉等人为中心的一批士大夫文人流连于诗酒酬唱，继而将酬唱之作纂集刊行。而以这批文人馆阁重臣的政治地位与引领群伦的文学影

① （宋）吴处厚撰，李裕民点校：《青箱杂记》卷一，北京：中华书局 1985 年版，第 3 页。

② （清）陈榘：《二李唱和集序》，《影北宋本二李唱和集》卷首，光绪己丑（1889）贵阳陈氏日本刊本。又见《宸翰楼丛书》本《二李唱和集》卷末，收入罗振玉：《罗雪堂先生全集》（初编），台北：文华出版公司 1968 年版。

③ （清）徐乾学：《资治通鉴后编》卷一七，《文渊阁四库全书》本。

响力，这些选本在当时流布既广，对“白体”之盛行有重要作用。正是基于此，我们说《二李唱和集》等诗歌选本与“白体”诗风之间呈现出一种相互生发、循环互动的关系：一方面，诗歌选本的流布，对“白体”诗风的流行起到了推波助澜的作用；另一方面，“白体”诗风的流行又促成了更多同类诗歌选本的生产与流通。

第二节　《西昆酬唱集》对“西昆体”的引领与示范

除上述以李昉等人为中心的一批唱和类选本外，宋初另一部影响甚大的唱和类诗歌选本是《西昆酬唱集》。《西昆酬唱集》乃杨亿与同僚于真宗景德二年（1005）编纂《册府元龟》时，修书之余的更迭唱和之作。集中收录杨亿、刘筠、钱惟演等 18 人的唱和诗 247 首。

据杨亿《西昆酬唱集序》，西昆体诗人的诗歌趣尚在于“雕章丽句”，认为只有辞采富丽精工的诗歌才能“脍炙人口”。为此，他们将诗歌的创作过程抽绎为一种基于一定学养的程序化和技巧化的行为：先是“历览遗编，研味前作”，广泛阅读，反复体味；然后是“挹其芳润”，根据所需撷取词句、意象，加以巧妙地勾连、缝合、打磨，最终制成诗歌成品。“诗人只要多读书，熟悉前人作品，将其词句和意象根据需要重新加以组合变化，就可以做出词采华丽、声韵流转的诗歌来。因而作诗也就不再是‘缘情遣兴’了，而是一种理智的安排，用词的技艺，即使同一题目，也可以由于用词和用典的不同而翻衍变化出多首诗来，达到更迭唱和、互相切劘的目的。”①

不难想见，这种将作诗程序化和技巧化的“成功”尝试，对于当时众多饱读诗书却因禀赋不足等种种原因，而苦于作不出好诗来的文士，尤其是青年士子，是具有极大的吸引力和示范效应的。

① 张毅：《宋代文学思想史》，北京：中华书局 1995 年版，第 26 页。

于是一时之间群起效之，诗坛风气为之一变。胡仔《苕溪渔隐丛话》前集卷二二引《蔡宽夫诗话》："祥符、天禧之间，杨文公、刘中山、钱思公专喜李义山，故昆体之作，翕然一变。"[①] 魏泰《临汉隐居诗话》："杨亿刘筠作诗务积故实，而语意轻浅。一时慕之，号'西昆体'。"[②]

在这种盛况空前的背后，《西昆酬唱集》的刊行与流布功不可没。欧阳修《六一诗话》云："杨大年与钱、刘数公唱和。自《西昆集》出，时人争效之，诗体一变。"[③] 从欧阳修之语可以看出，正是《西昆酬唱集》的编行，使时人有了仿效、模拟的范本，从而最终导致"诗风一变"。虽然我们今天已经难以用准确的数据来描绘当时《西昆酬唱集》印行热销的火爆情景，但从宋人的某些记载我们仍可窥其一斑，江少虞《宋朝事实类苑》卷三七云："自杨刘唱和《西昆集》行，后进学者争效之，风雅之变，谓之'昆体'，由是唐贤诸诗集几废而不行。"[④] 宋初唐风笼罩，宋人作诗都以唐人为模拟对象，故唐人诗集盛行于世，而《西昆酬唱集》一出，则"唐时诸诗集几废而不行"，足见其影响之巨。

当然，由于西昆体诗歌一味以切对为工，以编织故实为胜，终至流入形式主义的末路，加之其仿效者良莠不齐，一味挦撦，至于剽窃，沦为笑谈。蔡正孙《诗林广记》卷六引《古今诗话》："杨大年、钱文僖、晏元献、刘子仪为诗，皆宗义山，号'西昆体'。后进效之，多窃取义山诗句。尝内宴，优人有为义山者，衣服败裂，告人曰：'吾为诸馆职挦撦至此。'闻者大噱。"[⑤]

---

① （宋）胡仔纂集，廖德明校点：《苕溪渔隐丛话》前集卷二二，北京：人民文学出版社1962年版，第145页。

② （宋）魏泰：《临汉隐居诗话》，（清）何文焕辑：《历代诗话》上册，北京：中华书局1981年版，第328页。

③ （宋）欧阳修撰，郑文校点：《六一诗话》，北京：人民文学出版社1962年版，第13页。

④ （宋）江少虞：《宋朝事实类苑》卷三七"杜工部诗"条，上海：上海古籍出版社1981年版，第483页。

⑤ （宋）蔡正孙撰，常振国、降云点校：《诗林广记》卷六，北京：中华书局1982年版，第99页。

石介《怪说》中对西昆体的批评就更为严厉：

> 今杨亿穷妍极态，缀风月，弄花草，淫巧侈丽，浮华篡组，刓锼圣人之经，破碎圣人之言，离析圣人之意，蠹伤圣人之道，使天下不为《书》之《典》《谟》《禹贡》《洪范》，《诗》之雅、颂，《春秋》之经，《易》之《繇》《爻》《十翼》，而为杨亿之穷妍极态，缀风月，弄花草，淫巧侈丽，浮华篡组。其为怪大矣！是人欲去其怪而就于无怪，今天下反谓之怪而怪之。呜呼！①

《四库全书总目》之说则较为客观公正：

> 其诗宗法唐李商隐，词取妍华而不乏兴象。效之者渐失本真，惟工组织，于是有优伶挦撦之戏。石介至作《怪说》以刺之，而祥符中遂下诏禁文体浮艳……要其取材博赡，练词精整，非学有根柢，亦不能镕铸变化，自名一家。固亦未可轻诋。《后村诗话》云："《西昆酬唱集》对偶字面虽工，而佳句可录者殊少，宜为欧公之所厌。"又一条云："君仅以诗寄欧公，公答云：'先朝刘、杨，风采耸动天下，至今使人倾想。'"岂公特恶其碑版奏疏，其诗之精工稳切者自不可废欤？二说自相矛盾，平心而论，要以后说为公矣。②

---

① （宋）石介：《怪说》，陈植锷点校：《徂徕石先生文集》卷五，北京：中华书局1984年版，第62－63页。

② （清）永瑢等：《四库全书总目》卷一八六，北京：中华书局1965年版，第1693页。

第三节 《二妙集》《众妙集》《三体唐诗》等对宗唐思潮的契合与呼应

江西诗派是宋代影响最大的诗派，该诗派以其众多的成员、煊赫的声势、独特的风格在宋代诗坛上占有举足轻重的地位，左右了北宋后期至南宋中期的诗坛。以黄庭坚为主将和代表的江西派诗人作诗既重典范又求创新，力图师法古人又不拘泥古人，寻求独出机杼、别具一格的艺术境界，他们认为作诗最忌趋随人后，所谓“随人作计终后人，自成一家始逼真”①，主张“以故为新”、“以俗为雅”、“化腐朽为神奇”、“有法”入而“无法”出，其根本用意乃是通过熟参古人诗法，以心悟人，最终达于化为我用之目的。从这个意义上说，“点铁成金”，“夺胎换骨”，不无创新意义。但宋南渡以后，江西诗派一方面继续法席盛行、笼罩诗坛，另一方面流弊日生，随着队伍的日渐庞大，开始鱼龙混杂、泥沙俱下，其末流不能谙熟江西诗法，一味追求翻新立奇、出人意表，作品生硬艰涩，令人生厌。对江西诗风之弊，当时人已有认识，如游默斋序张晋彦诗云：“近世以来学江西诗，不善其学，往往音节聱牙，意象迫切。且论议太多，失古诗吟咏性情之本意。”②

在此种背景下，一批不愿仰江西派鼻息、力求在诗歌创作方面有所变通和超越的诗人开始另辟蹊径。在这批诗人中，中兴诗人杨万里和陆游是典型代表。

杨万里作诗始学江西，并始终对江西诗人非常推崇，即使到了后期，他作诗已完全突破江西藩篱，亦不曾鄙弃江西诗派，如他曾专门作诗称道黄庭坚：“天下无双双井黄，遗编犹作旧时香。百年人

---

① （宋）黄庭坚：《题乐毅论后》，《豫章黄先生文集》卷二八，《四部丛刊》本。

② （宋）刘克庄撰，王秀梅点校：《后村诗话》后集卷二，北京：中华书局1983年版，第70页。

物今安在，千载功名纸半张。使我诗篇如许好，关人身事亦何尝。”① 又曾于淳熙甲辰（1184）作《江西宗派诗序》云：“昔者诗人之诗，其来遥遥也。然唐云李、杜，宋言苏、黄，将四家之外举无其人乎？门固有伐，业固有承也。”并为江西诗派诸人之诗得以刊布于世而欣悦不已，认为此举将以“兴发西山章江之秀，激扬江西人物之美，鼓动骚人国风之盛”②。

但推崇归推崇，杨万里在实际诗歌创作中其实早就开始有意识地进行转变了。杨万里曾将自己的诗作分阶段依次结集为《江湖集》《荆溪集》《西归集》《南海集》《朝天集》等，在较早之《诚斋江湖集序》中，他已开始明确表明去江西之意：

> 予少作有诗千余篇，至绍兴壬午七月皆焚之，大概江西体也。今所存曰《江湖集》者，盖学后山及半山及唐人者也。予尝举似旧诗数联于友人尤延之，如“露窠蛛恤纬，风语燕怀春”，如“立岸风大壮，还舟灯小明”，如“疏星煜煜沙贯日，绿云扰扰水舞苔”，“坐忘日月三杯酒，卧护江湖一钓船”。延之慨然曰：“焚之可惜。”予亦无甚悔也。然焚之者无甚悔，存之者亦未至于无悔。延之曰：“诗何必一体哉？此集存之，亦奚悔焉？”③

此序明确表明，此时杨万里已开始有意疏离江西诗风，转学唐诗，因为弃江西之意甚为坚决，故而不惜将前期之作千余篇尽付于炬。在稍后之《诚斋荆溪集序》中，他又再次总结了自己诗风转变之历程：“予之诗始学江西诸君子，既又学后山五字律，既又学半山老人七字绝句，晚乃学绝句于唐人。”④ 很明显，杨万里之转变诗

① （宋）杨万里：《灯下读山谷诗》，《诚斋集》卷七，《四部丛刊》本。

② （宋）杨万里：《江西宗派诗序》，《诚斋集》卷七九，《四部丛刊》本。

③ （宋）杨万里：《诚斋江湖集序》，《诚斋集》卷八〇，《四部丛刊》本。另按，“予亦无甚悔也”原本作“子亦无甚悔也”，据《文渊阁四库全书》本改。

④ （宋）杨万里：《诚斋荆溪集序》，《诚斋集》卷八〇，《四部丛刊》本。

风，最终的落脚点正是唐诗。具体而言，杨万里所学主要是晚唐诗，他不止一次在诗文中力倡晚唐诗风。如其《读〈笠泽丛书〉》云："晚唐异味同谁赏，近日诗人轻晚唐。"①《答徐子材谈绝句》："受业初参且半山，终须投换晚唐间。"②《周子益训蒙省题诗序》："唐人未有不能诗者，能之矣，亦未有不工者，至李杜极矣。后有作者，蔑以加矣。而晚唐诸子，虽乏二子之雄浑，然好色而不淫，怨诽而不乱，犹有《国风》《小雅》之遗音。"③《诗话》："五七字绝句最少而最难工，虽作者，亦难得四句全好者，晚唐人与介甫最工于此。"④

杨万里之中兴大家地位的最终确立，是因为"诚斋体"的创立，"诚斋体"的主要特色是师法自然、明快活泼、通脱灵动，其最重要的载体则是七绝；从中我们不难发现晚唐杜牧、皮日休、陆龟蒙等人之七绝精于写景、即景融情、流丽圆润、富含性情、婉而不迫的影子。而杨万里所欣赏的"晚唐异味"，实际所指即晚唐司空图所论之"韵外之致""味外之旨"⑤，杨万里对此多有阐述，如"诗有句中无其辞，而句外有其意者"，"诗已尽而味方永，乃善之善也"⑥。也正是在这个意义上，张毅指出："在南宋中后期诗歌思想的发展演变中，杨万里的'诚斋体'及论诗主张起了关键性的作用。那就是在创作中以自然天机走出江西诗派代表的宋诗旧格，又因追求情趣韵味而入于晚唐。此为当时诗歌思想转变之大势。"⑦

中兴诗人的另一位大家陆游其实也是学晚唐的。陆游曾师事江西诗派之吕本中、曾几，出于某种忌讳，陆游对自己后来之摒弃江

---

① （宋）杨万里：《读〈笠泽丛书〉》，《诚斋集》卷二七，《四部丛刊》本。

② （宋）杨万里：《答徐子材谈绝句》，《诚斋集》卷三五，《四部丛刊》本。

③ （宋）杨万里：《周子益训蒙省题诗序》，《诚斋集》卷八三，《四部丛刊》本。

④ （宋）杨万里：《诗话》，《诚斋集》卷一一四，《四部丛刊》本。

⑤ 司空图《与李生论诗书》："噫！近而不浮，远而不尽，然后可以言韵外之致耳……盖绝句之作，本于诣极，此外千变万状，不知所以神而自神也，岂容易哉？今足下之诗，时辈固有难色，倘复以全美为工，即知味外之旨矣。"（《司空表圣文集》卷二，《四部丛刊》本）

⑥ （宋）杨万里：《诗话》，《诚斋集》卷一一四，《四部丛刊》本。

⑦ 张毅：《宋代文学思想史》，北京：中华书局1995年版，第216页。

西、转学晚唐多有掩饰，他多次在诗中表现出对晚唐诗的否定，甚至鄙薄态度，其《记梦》云：“李白杜甫生不遭，英气死岂埋蓬蒿。晚唐诸人战虽鏖，眼暗头白真徒劳。”[①]《追感往事》云：“文章光焰伏不起，甚者自谓宗晚唐。欧曾不生二苏死，我欲痛哭天茫茫。”[②]《宋都曹屡寄诗且督和答作此示之》：“及观晚唐作，令人欲焚笔。此风近复炽，隙穴始难窒。淫哇解移人，往往丧妙质。”[③]

但从陆游的诗歌创作实际来看，他其实受晚唐诗风濡染甚深。方回是江西诗派的坚定追随者，其《瀛奎律髓》在曾几《长至日述怀兼寄十七兄》一诗后的评语中明确指出，陆游表面师法曾几，但其实不主江西，其言曰：

> 读茶山（曾几）诗如冠冕佩玉，有司马立朝之意。用“江西”格，参老杜法，而未尝粗做大卖。陆放翁出其门，而其诗自在中唐、晚唐之间。不主“江西”，间或用一、二格，富也、豪也、对偶也、哀感也，皆茶山之所无。[④]

清人潘德舆亦指出：

> 放翁云：“文章光焰伏不起，甚者自谓宗晚唐。”然翁闲居遣兴七律，时或似此，虽圆密稳顺，一时可喜，而盛唐之气魄，中唐之情韵，杳然尽矣。[⑤]

---

① （宋）陆游：《记梦》，《剑南诗稿》卷一五，见《陆放翁全集》中册，北京：中国书店1986年版，第264页。

② （宋）陆游：《追感往事》，《剑南诗稿》卷四五，见《陆放翁全集》下册，北京：中国书店1986年版，第672页。

③ （宋）陆游：《宋都曹屡寄诗且督和答作此示之》，《剑南诗稿》卷七九，见《陆放翁全集》下册，北京：中国书店1986年版，第1079页。

④ 方回选评，李庆甲集评校点：《瀛奎律髓汇评》卷一六，上海：上海古籍出版社2005年版，第604页。

⑤ （清）潘德舆：《养一斋诗话》卷四，郭绍虞编选，富寿荪校点：《清诗话续编》，上海：上海古籍出版社1983年版，第2066页。

不但如此，陆游在具体创作过程中，还颇受晚唐贾、姚锻炼苦吟之风的影响，如“衰发凋零随槁叶，苦吟凄断杂疏砧”，[①] “夜来一笑寒灯下，始是金丹换骨时”，[②] “瘦影参危坐，清愁入苦吟”，[③] “若论此时吟思苦，纵磨铁砚也成凹”，[④] “断残地脉疏泉过，穿透天心得句归”[⑤] 之类。

对于陆游这种诗歌言论与创作实际矛盾悖发的情况，莫砺锋认为应该一分为二地看待：陆游之所以批评晚唐诗，是因为总体而言，他在风格论上追求的是雄浑豪健，故对晚唐诗之纤丽琐细不满，他对晚唐诗的学习借鉴则主要是诗歌艺术技巧方面，二者并不矛盾。[⑥] 因此我们可以认为，陆游能够成为中兴大家，是他高远自期、不断探索的结果；而对晚唐诗的学习借鉴，则是他破蛹成蝶、焕然自觉的重要中介，也是其诗歌历程中客观存在的一个重要阶段。

杨万里、陆游等人突破江西法门，转学晚唐，历经淬炼，最终自成风调，卓然大家，他们的成功经验，对于其后欲以诗名家者，无疑会产生极强的召唤效应。正是在此背景下，四灵诗派正式携“晚唐体”登上诗坛。

四灵诗派是南宋中后期永嘉地区的一个诗歌流派，因其代表人物徐玑（号灵渊）、徐照（字灵晖）、翁卷（字灵舒）、赵师秀（号灵秀）的字号中都有一个“灵”字而得名。“四灵”皆人生失意，仕途困蹇，穷困潦倒，又皆不甘寂寞，求名心切。在争名之心的直

---

① （宋）陆游：《秋思》，《剑南诗稿》卷五，见《陆放翁全集》中册，北京：中国书店 1986 年版，第 85 页。

② （宋）陆游：《夜吟》，《剑南诗稿》卷五一，见《陆放翁全集》下册，北京：中国书店 1986 年版，第 751 页。

③ （宋）陆游：《独夜》，《剑南诗稿》卷五六，见《陆放翁全集》下册，北京：中国书店 1986 年版，第 801 页。

④ （宋）陆游：《小园春思》，《剑南诗稿》卷七〇，见《陆放翁全集》下册，北京：中国书店 1986 年版，第 970 页。

⑤ （宋）陆游：《东园》，《剑南诗稿》卷七八，见《陆放翁全集》下册，北京：中国书店 1986 年版，第 1065 页。

⑥ 莫砺锋《论陆游对晚唐诗的态度》一文指出：“陆游指责晚唐诗萎靡不振的观点与他在创作中追求雄浑风格的努力是互为表里的，这与他在某些具体的艺术技巧上借鉴晚唐诗并不矛盾。”（莫砺锋：《唐宋诗歌论集》，南京：凤凰出版社 2007 年版，第 444 页）

接驱使下，“四灵”选择了力倡晚唐，因为纵观当时诗坛，江西诗派之势日衰，晚唐诗风则有兴起之势，若他们趁时而倡之，必能引领风气，受人瞩目。叶适《徐文渊墓志铭》中对“四灵”选择以晚唐诗为宗的具体情景有真切的记述：“初，唐诗废久，君与其友徐照、翁卷、赵师秀议曰：‘昔人以浮声切响、单字只句计巧拙，盖《风》《骚》之至精也。近世乃连篇累牍，汗漫而无禁，岂能名家哉？’四人之语遂极其工，而唐诗由此复行矣。”[①] 从这段记述可以清楚看出，“四灵”之宗晚唐，“名家”乃其原动力。

为了另立新面、树立名声，“四灵”进行了诸多努力，他们不同于江西诗派之“资书以为诗”，以学问为诗；转而“捐书以为诗”[②]，爱好生造，耽于苦吟，把对声律和字句的刻意追求看作是诗歌的最高境界，所谓“不念为生拙，偏思得句清”[③]。为了达到精致奇巧的效果，他们往往反复推敲吟咏，呕心沥血，倾尽心力，《两浙名贤录·赵师秀传》谓“师秀与徐照、翁卷、徐玑绎寻遗绪，日锻月炼，一字不苟下，由是唐体盛行”[④]。翁卷自言“传来五字好，吟了半年余”[⑤]，徐照亦言“一月无新句，千岑役瘦形”[⑥]，并深有体会地言说其作诗心得曰“字学晋碑终日写，诗成唐体要人磨”[⑦]。此外，赵师秀还编选了《二妙集》《众妙集》，以选本的形式宣传他们的诗歌主张。

《二妙集》，清瞿镛《铁琴铜剑楼藏书目录》卷二三著录，谓：

---

① （宋）叶适：《徐文渊墓志铭》，《水心先生文集》卷二一，《四部丛刊》本。

② 刘克庄《韩隐君诗》中有“资书以为诗失之腐，捐书以为诗失之野”之语，见《后村先生大全集》卷九六，《四部丛刊》本。

③ （宋）徐照：《归来》，《全宋诗》第50册，北京：北京大学出版社1998年版，第31357页。

④ （明）徐象梅：《两浙名贤录》卷四六，《北京图书馆古籍珍本丛刊》第18册，北京：书目文献出版社1987年版，第1316页。

⑤ （宋）翁卷：《寄葛天民》，《全宋诗》第50册，北京：北京大学出版社1998年版，第31413页。

⑥ （宋）徐照：《白下》，《全宋诗》第50册，北京：北京大学出版社1998年版，第31358页。

⑦ （宋）徐照：《酬赠徐玑》，《全宋诗》第50册，北京：北京大学出版社1998年版，第31382页。

“《二妙集》一卷，旧抄本。此书亦赵师秀所编。二妙者，贾浪仙、姚武功诗也。”① 瞿良士《铁琴铜剑楼藏书题跋集录》卷四亦复著录，谓：“赵紫芝选编《众妙》《二妙》二集，世不经见。今吾友顾大石仁效过访次山秦思宋，执是为贽，次山藏焉，因假摹。书实为宋刻本，不易得也。”②

此集以贾岛、姚合为“二妙”，专选两人之诗，其推尊贾、姚之意一目了然。

《众妙集》初无刻本，明末始有抄本现于世，经毛晋刊刻，方得流传，《四库全书总目》谓：

> 此本明季出自嘉兴屠用明家，寒山赵灵均以授常熟冯班，班寄毛晋刊之，始传于世。其书晚出，故谈艺家罕论及之。然其去取之间，确有法度，不似明人所依托。疑当时偶尔选录，自供吟咏，非有意勒为一编。故前后无序跋，亦未刊版行世。惟传其诗法者转相缮写，幸留于后耳。观其有近体而无古体，多五言而少七言，确为四灵门径，与其全集可以互相印证。明末作伪之人断不能细意吻合如是也。③

四库馆臣一方面认为《众妙集》“去取之间，确有法度”，另一方面又怀疑此集乃“当时偶尔选录，自供吟咏，非有意勒为一编”。但若我们稍加留意，就会发现，此集之编选，其实是颇有深意的。

首先，从所选诗体来看，《众妙集》专选唐人五、七言律诗，其中绝大多数为五言律诗，正如四库馆臣所言，“有近体而无古体，多五言而少七言”。具体而言，该集总共1卷，选诗228首，其中五律

---

① （清）瞿镛编纂，瞿果行标点，瞿风起覆校：《铁琴铜剑楼藏书目录》卷二三，上海：上海古籍出版社2000年版，第669页。

② （清）瞿良士：《铁琴铜剑楼藏书题跋集录》卷四，上海：上海古籍出版社1985年版，第329页。

③ （清）永瑢等：《四库全书总目》卷一八七，北京：中华书局1965年版，第1701页。

180首，七律48首。[①] 这表明，“四灵”之“晚唐体”在诗歌体式方面主要即指五律。

再者，从所选诗人来看，《众妙集》所选诗人中，晚唐诗人甚多，彰显出其推尊晚唐之意；但贾岛、姚合无诗入选，因为赵师秀另编有专收贾岛、姚合诗之《二妙集》。

除晚唐诗人外，大历诗人入选亦多，这一方面是因为大历之风是“四灵”所推崇的贾、姚诗风的直接渊源所在——贾岛之诗清苦奇僻、清冷凄寒，姚合之诗清丽淡远、圆稳清浅，皆直承大历“清”风；另一方面是因为大历之世是“四灵”所推崇的五律大发展、大繁荣的时期——盛唐诗多古体、少律诗，盖因其时律诗格律初成、流行未广，而古体诗汪洋恣肆、浑成厚重，最能体现盛唐积极进取、奋发昂扬之时代精神；大历以降则律体尤其是五律大为盛行，因为五律尚清丽淡雅、幽深含蓄，与古体之朴拙苍凉、刚健雄浑风格迥异，正好与大历诗人因身世家国的双重没落而导致的细腻深婉之情思、闲淡雅致之趣尚相契合。

初唐诗人，只有沈佺期一人入选。盛唐诗人，只有王维、孟浩然、岑参、崔颢、王湾、祖咏、綦毋潜、卢象八人入选。赵师秀选入此九人之作，应当是为了给读者完整呈现五律的发展历程，保证每一时期皆有代表。沈佺期是律诗体制定型时期的代表诗人，孟浩然、王维、岑参则是盛唐时期律诗的代表诗人。崔颢、王湾、祖咏、綦毋潜、卢象存诗无多，除祖咏入选两首外，其余四人各入选一首，皆为律体——祖咏入选之作为五律《苏氏别业》和《兰峰赠张九皋》，崔颢入选之作为五律《赠梁州张都督》，王湾入选之作为七律《次北固山下》，綦毋潜入选之作为五律《宿龙兴寺》，卢象入选之作为五律《赵都护宴别》。如此种种，都彰显出推尊律体，尤其是五律之诗学主张。[②]

总而论之，《众妙集》清晰地展现出“四灵”取法晚唐，推尊贾、姚，专攻五律，喜好清雅的诗学主张与审美趣味。

---

① 据《文渊阁四库全书》本统计。

② 参解旬灵：《南宋四灵诗派研究》，复旦大学博士学位论文，2007年。

“四灵”的努力没有白费，在他们的积极鼓倡下，先前只是微露端倪的“晚唐体”诗风渐成流衍之态，而且声势日盛，成为稍后江湖诗人极力仿效的对象。刘克庄曾感慨：“旧止四人为律体，今通天下话头行。谁编宗派应添谱，要续《传灯》不记名。”[①] 严羽亦指出：“近世赵紫芝、翁灵舒辈独喜贾岛、姚合之诗，稍稍复就清苦之风，江湖诗人多效其体。”[②]

另外值得补充的一点是，“四灵”通过诗歌选本《二妙集》《众妙集》来宣扬其诗学主张与审美趣尚，而“四灵”之出名，实亦与诗歌选本有很大关联。“四灵”曾入叶适之门，与叶适有师生之谊，[③] 叶适对“四灵”甚为赏爱，多有称誉之辞、揄扬之举，其中一个重要举措就是编选《四灵诗》，以诗歌选本的形式隆重推出、大力宣传“四灵”。[④] 晁公武《郡斋读书志》载有“《四灵诗》四卷”[⑤]，当即叶适所编之本。可以想见，《四灵诗》在当时的广为传布，客观上对宗唐思潮的形成亦有促成之功。

从杨万里、陆游到“四灵”，南宋诗坛宗唐思潮渐成兴盛之势，与宋初“三体”流行、唐风笼罩的情形略有相似之处。在此过程中，《二妙集》《众妙集》《四灵诗》三部诗歌选本扮演了重要的角色，它们与逐渐兴起的宗唐思潮相伴相随，相与契合，为之张目鼓势，功绩甚伟，不容抹杀。

而在宗唐诗学思潮日渐兴起之际，除《二妙集》《众妙集》《四

---

① （宋）刘克庄：《题蔡炷主簿诗卷》，《后村先生大全集》卷一六，《四部丛刊》本。

② （宋）严羽：《沧浪集》卷一，《文渊阁四库全书》本。

③ 吴子良《林下偶谈》卷四《四灵诗》：“水心之门，赵师秀紫芝、徐照道晖、玑致中、翁卷灵舒，工为唐律，专以贾岛、姚合、刘得仁为法，其徒尊为‘四灵’。”徐照、徐玑、翁卷、赵师秀撰，陈增杰校点：《永嘉四灵诗集》附录三，杭州：浙江古籍出版社1985年版，第308页。

④ 许棐《跋四灵诗选》：“兰田种种玉，檐林片片香。然玉不择则不纯，香不简则不妙，水心所以选四灵诗也。选非不多，文伯犹以为略，复有加焉。呜呼，斯五百篇出自天成，归于神识，多而不滥，玉之纯、香之妙者欤。芸居（引者按：芸居即陈起）不私宝，刊遗天下，后世学者，爱之重之。”陈增杰校点：《永嘉四灵诗集》附录一，杭州：浙江古籍出版社1985年版，第279页。

⑤ （宋）晁公武：《昭德先生郡斋读书志》卷五下《附志》，《万有文库》本。

灵诗》外，南宋诗歌选本中还有更多的专选唐诗的选本，如《万首唐人绝句》《三体唐诗》《注解章泉涧泉二先生选唐诗》《唐僧弘秀集》《分门纂类唐歌诗》等，这些选本数量既多，且声势浩大，与宗唐诗学思潮形成呼应之势。

在这些唐诗选本中，最具特色者是周弼《三体唐诗》。[①] 此集编者周弼，汶阳人，宋宁宗嘉定间进士。[②] 此集名称及版本情况都比较复杂，通行易得之本为《文渊阁四库全书》本和《四库全书存目丛书》本。《文渊阁四库全书》本题名《三体唐诗》，乃清代高士奇辑

① 据张智华《南宋的诗文选本研究——南宋人所编诗文选本与诗文批评》，此集有三卷本、六卷本、二十卷本，题名各异，但内容基本一样，不过是卷数分法、编排略有差异，或者有无笺注之别。（北京师范大学出版社 2002 年版，第 106 – 113 页）通行易得之本有《文渊阁四库全书》本与《四库全书存目丛书》本，前者题名《三体唐诗》，后者题名《笺注唐贤绝句三体诗法》，后者乃在前者基础上加以笺注而成。根据此集所选诗歌体式，“三体”指七绝、七律、五律，七绝仅是其中一体，以《笺注唐贤绝句三体诗法》来指称此集，显然不确，故本书取“三体唐诗”之名。

② 关于周弼之生平，《四库全书总目》卷一六四《汶阳端平诗隽四卷》提要略有考证，云：“《汶阳端平诗隽四卷》，浙江汪士恭家藏本，宋周弼撰。弼字伯弜，汶阳人。所选《三体唐诗》，黄虞稷《千顷堂书目》载之，乃称为新建人。洪武间以明经官训导。考是编前有宝祐丁巳荷泽李龏序，称与弼同庚生，同寓里，相与论诗三十余年，尝手刊《端平集》十二卷行于世。又称弼十七八时即博闻强记，侍乃翁晋仙，已好吟咏。长而四十年间宦游吴、楚、江、汉。又称弼名振江湖，人皆争先求市。但卷帙中有‘晚学未能晓者，多恐有不行之弊。兹摘其坦然者，兼集外所得者二百余首，目曰《端平诗隽》。俾续芸陈君书塾入梓流行’。而末有‘伯弜平生心不下人，今隔九原，阅予此选，必不以予为谬’云云。然则宝祐丁巳以前，弼卒久矣。安得明初为学官。且与龏同里，亦不得为新建人。虞稷所云误也。此本有‘临安府棚北街陈解元书籍铺印’字，盖犹自宋本录出。其诗风格未高，不出宋末江湖一派。而时时出入晚唐，尚无当时粗犷之习。一邱一壑，亦颇有小小佳致也。”（中华书局 1965 年版，第 1408 页）

注本，共6卷[①]；《四库全书存目丛书》本乃据中国社会科学院文学研究所藏明嘉靖二十八年吴春刻本影印，题名《笺注唐贤绝句三体诗法》，共20卷，是元代释圆至以周弼原书为基础，加以笺注而成。释圆至注本又有名《唐诗说》《碛沙唐诗》者，《四库全书总目·总集类存目一》有释圆至《唐诗说》提要，云：

> 《唐诗说》二十一卷，元释圆至撰。圆至有《牧潜集》，已著录。此书盖取宋周弼所选《三体唐诗》为之注释。前有大德九年方回序。其书诠解文句，颇为弇陋。坊本或题曰《碛沙唐诗》。考都穆《南濠诗话》曰："长洲陈湖碛沙寺，有僧魁天纪者居之。与高安僧圆至友善。至尝注周伯弼所选《唐三体诗》，魁割其资，刻置寺中，方万里特为作序。由是三体诗盛传人间，今吴人称《碛沙唐诗》是也。"则其来已久矣。[②]

此集特色之一是所选诗体和所选诗人都极具个性。就所选诗体而言，此集专选唐人七绝、七律、五律，是谓"三体"。从所选诗人

① 高士奇辑注此集之动因，一方面是感于该集"别裁规制，究切声病，辨轻重于毫厘，较清浊于呼噏，法不可谓不备"，另一方面是因为对此集别有深情："明杨升庵焦弱侯号称好古，于是编每有所指摘，予童时曾受于塾师，长乃弃去。去年冬，将自京师南还，见此本于旅店，携之骡纲中，每当车殆马烦，辄一披展，如见故人。其词婉曲绵丽，去肤庸者绝远，而犹未至于佻弱。且卷帙无几，行囊旅笥，搧挡甚便。因取而授梓，诗故有高安释圆至笺注，语多纰缪，为删其十之四五，间附以臆说，欲使作者之意，宛若告语。"（高士奇：《三体唐诗序》，《文渊阁四库全书》本《三体唐诗》卷首）高士奇非但重新辑注此集，而且还有续编之举，其《三体唐诗序》云："三唐诗法，亦庶几存什一于千百也。至才人杰士，以诗擅当时、名后世者，非古体不能穷其变，非排体不能尽其长，则予将有续三体之选，与学诗者共参之。"其后果有《续三体唐诗》，《四库全书总目》卷一九四《续三体唐诗》提要云："士奇尝校注周弼《三体唐诗》，因复辑此编。弼书以七言绝句、七言律诗、五言律诗为三体。故此以五言古诗、七言古诗、五言排律为续三体，以补其阙。惟弼书每体分数格，而此书则每体以人为序，各有小传、诗话，为例小异耳。独是士奇既以弼书为未备，则当补完诸体。乃亦袭三体之目，仍不录五言绝句，将谓非诗之一体乎？"（中华书局1965年版，第1773页）

② （清）永瑢等：《四库全书总目》卷一九一，北京：中华书局1965年版，第1737页。

来看，唐诗四大时段中，入选诗人数量最多的是中唐，达 66 人[①]；而在中唐诗人中，周弼对大历诗人又情有独钟，选入 17 人之多[②]，比入选的盛唐诗人总数还要多 1 人。由此可见，周弼与前文所述之“四灵”虽然皆重唐诗，但具体推崇的唐诗时段并不完全一致，“四灵”推崇的是晚唐诗，周弼推崇的是大历、中唐之诗。“四灵”推崇晚唐诗，一方面是因为诗坛的潮流是学晚唐，在杨万里、陆游等人的影响下，晚唐诗风渐有兴盛之势，推崇晚唐诗可占风气之先；另一方面是因为晚唐诗风重苦吟，“或仅得一偶句，便已名世矣”[③]，可满足“四灵”争名之渴望。周弼之推崇大历、中唐之诗，一方面是因为大历、中唐之世是周弼所看重的五律、七律兴盛之时，另一方面是因为大历、中唐之诗重细求工，韵律谐婉，与周弼之审美趣尚正相契合。

晚唐诗人在《三体唐诗》中入选 52 人，仅次于中唐。在这 52 位晚唐诗人中，许浑入选诗作 11 首，仅次于杜牧（13 首），高于李商隐（9 首），这充分说明了周弼对许浑的推重。范晞文《对床夜语》卷二云：

> 七言律诗极不易，唐人以诗名家者，集中十仅一二，且未见其可传。盖语长气短者，易流于卑，而事实意虚者，又几乎塞。用物而不为物所赘，写情而不为情所牵，李杜之后，当学者许浑而已。周伯弜以唐诗自鸣，亦惟以许集谆谆诲人。[④]

---

① 《三体唐诗》中，唐诗四大时段入选诗人数由多到少依次是中唐（66 人）、晚唐（52 人）、盛唐（16 人）、初唐（6 人）。诗人所属时段的具体确认及各时段入选诗人的具体名单，详参张智华：《南宋的诗文选本研究——南宋人所编诗文选本与诗文批评》，北京：北京师范大学出版社 2002 年版，第 174 – 175 页。

② 此 17 人具体为：刘长卿、韦应物、秦系、皇甫冉、皇甫曾、钱起、郎士元、韩翃、刘方平、包佶、李嘉祐、畅当、卢纶、李端、司空曙、耿湋、崔峒。

③ （宋）叶适：《徐道晖墓志铭》，《水心先生文集》卷一七，《四部丛刊》本。

④ （宋）范晞文：《对床夜语》卷二，《丛书集成初编》本。

范晞文在此对许浑推崇备至，认为许浑之诗“用物而不为物所赘，写情而不为情所牵”，在唐代诗人中仅次于李白、杜甫，此语虽非公论，但对周弼而言，亦未尝不约略道出其用意所在。许浑被江西诗派悬为厉禁，周弼既有意摆落江西，故奉许浑为圭臬。

《三体唐诗》特色之二是编排体例迥异他书，别出手眼。该集之编排，先分体，再分格——七绝分 7 格：实接、虚接、用事、前对、后对、拗体、侧体，七律分 6 格：四实、四虚、前虚后实、前实后虚、结句、咏物，五律分 7 格：四实、四虚、前虚后实、前实后虚、一意、起句、结句。总共 20 格，分为 6 卷——卷一为七绝之实接，卷二为七绝之虚接、用事、前对、后对、拗体、侧体，卷三为七律之四实、四虚，卷四为七律之前虚后实、前实后虚、结句、咏物，卷五为五律之四实、四虚，卷六为五律之前虚后实、前实后虚、一意、起句、结句。[①] 此种编排方法本身即已表明周弼所看重的是诗歌的章法结构、用事对仗、虚实安排等问题，换言之，周弼所关注的，是诗歌的艺术层面，而非其他。而我们通过《三体唐诗》卷首之《选例》，可以更清晰地窥知周弼的诗歌审美趣尚。《选例》具体内容如下（序号为笔者所加）：

七言截句

1. 实接。截句之法，大抵第三句为主，以实事寓意，接处转换有力，若断而续，涵蓄不尽之趣。此法久失其传，世鲜有知之者矣。

2. 虚接。第三句以虚语接前两句也，亦有语虽实而意虚者。于承接之间略加转换，反正顺逆，一呼一唤，宫商自谐。

3. 用事。诗中用事，易于窒塞，况二十八字之间，尤难堆叠，必融事为意，乃为灵动。若失之轻率，则又邻于

① 此处卷数分法乃据《文渊阁四库全书》本（六卷本）。张智华在《南宋的诗文选本研究——南宋人所编诗文选本与诗文批评》（北京师范大学出版社 2002 年版）中，亦列举了全书的分卷情况，但所据版本为清康熙刻本《碛沙唐诗》（三卷本），故与本书稍异。

里谣巷歌，可击筑而讴矣。

4. 前对。接句兼备虚实两体，但前句作对接处微有不同，相去一间，特在称停之间耳。

5. 后对。此体唐人用者亦少，必使末句虽对而词足意尽。若未尝对，方为擅场。

6. 拗体。此体绝高，必得奇句，方见标格，所谓风流挺特，不烦绳削而自合者。神来之候，偶一为之可耳。

7. 侧体。其说与拗体相类，发兴措辞，以奇健为工。

七言律诗

8. 四实。其说在五律，但造句差长，微有分别，七字当为一串，不可以五言泛加两字。最难饱满，易疏弱，又前后多患不相照应。自唐人中工此者亦有数，可见其难矣。

9. 四虚。其说亦在五言，然比之五言少近于实。盖句长而全虚恐流于柔弱，要须景物之中情思通贯，斯为得之。

10. 前虚后实。颈联领联之分，五言人多留意，至七言则自废其说，音节谐婉者甚寡，故标此以待识者。

11. 前实后虚。其法同上，景物情思互相揉绊，无迹可寻。精于此法，自尔变化不穷矣。

12. 结句。诗家之妙，全在一结。遒逸婉丽，言尽而意未止，乃为当行。

13. 咏物。唐末争尚此体。不拘所咏，别入外意，而不失摹写之巧，有足喜者。

五言律诗

14. 四实。中四句全写景物，开元、大历多此体，华丽典重之中，有雍容宽厚之态，是以难也。后人为之，未免堆垛少味。

15. 四虚。中四句皆写情思，自首至尾，如行云流水，空所依傍。元和以后，流于枯瘠，不足采矣。

> 16. 前虚后实。前联写情而虚，后联写景而实，实则气势雄健，虚则态度谐婉。轻前重后，剂量适均，无窒塞轻佻之患。大中以后多此体，至今宗唐诗者尚之。
>
> 17. 前实后虚。前联写景，后联写情，前实后虚，易流于弱。盖发兴尽则难于继，落句稍间以实，其庶乎。
>
> 18. 一意。确守格律，揣摩声病，诗家之常。若轶出度外，纵横恣肆，外如不整，中实应节，则非造次所能也。
>
> 19. 起句。发首两句，平稳者多，奇健者少。然发句太重，后联难称，必全篇停匀乃佳。
>
> 20. 结句。五言结句与七言微异，七言韵长，以酝藉为主；五言韵短，以陡健为工。

从上引诸条可以见出，在周弼的心目中，诗歌的最高境界乃是虚实相称、情景相融、浑化无迹，其第一格、第九格、第十一格、第十五格、第十六格、第十七格均反复多次、从多个角度讲到这个问题。周弼的诗美理想是华丽典重、雍容宽厚之美，反对枯瘠轻佻，其第十四格、第十五格专意于此。与情景相融相呼应，周弼强调诗歌须音韵流畅、宫商自谐，其第二格、第十格强调了此点。与华丽典重、雍容宽厚相呼应，周弼强调用典须慎重，须与诗意相融，力求灵动，不可失之轻率砌垛（第三格）；须谨守诗歌格律，不可轻易造次，但若能轶出度外，纵横恣肆，又能合乎格律，则更为妙绝（第十八格）。此外，周弼对于咏物、起句、结句诸方面的具体技巧亦有不俗之论，如他认为咏物不可拘于所咏之物，既要摹写工巧，又要别有寓意（第十三格）；认为起句既要力求奇健，又要注意与全诗协调（第十九格）；结句要遒逸婉丽，做到言尽意远，给人以回味无穷之感（第十二格）。

应该说，周弼《三体唐诗》所体现出的诗学思想在当时是相当先进的。该集力倡唐诗，而在所推重的唐诗体式与时段上又不完全同于杨万里、陆游、“四灵”，这本身就显示周弼既洞悉当时诗学理论的趋势，又具有相当不俗的个人见解，既能契合时代风潮又非人云亦云；《三体唐诗》在《选例》与选目上表现出来的系统、深入、高水准的诗学思想，则表明周弼之诗学趣尚与审美理想既非脱离诗歌创作实际之唯美主义，亦非巧立名目、烦琐解析之形式主义，而是情景相融、形神具备、内外兼修、技巧与气象相统一的。正因为此，后人对此集给予了相当高的评价，范晞文《对床夜语》云：

> 周伯弜选唐人家法，以四实为第一格，四虚次之，虚实相半又次之。其说四实，谓中四句，皆景物而实也，于华丽典重之间，有雍容宽厚之态，此其妙也。昧者为之，则堆积窒塞，而寡于意味矣。是编一出，不为无补。后学有识高见卓，不为时习熏染者，往往于此解悟。间有过于实而句未飞健者，得以起或者窒塞之讥，然刻鹄不成尚类鹜，岂不胜于空疏轻薄之为？使稍加探讨，何患不古人之我同也？①

高士奇《三体唐诗序》云：

> 其持论未必尽合于作者之意，然别裁规制，究切声病，辨轻重于毫厘，较清浊于呼噏，法不可谓不备矣……其词婉曲绵丽，去肤庸者绝远，而犹未至于佻弱。②

《四库全书总目》云：

> 宋末风气日薄，诗家多不工古体。故赵师秀《众妙集》、方回《瀛奎律髓》所录者，无非近体。弜此书亦复相同……其四虚之说及前实后虚、前虚后实之说，颇为明白。乃知弜撰是书，盖以救江湖末派油腔滑调之弊。与《沧浪诗话》各明一义，均所谓有为言之者也。③

---

① （宋）范晞文：《对床夜语》卷二，《丛书集成初编》本。
② （清）高士奇：《三体唐诗序》，《文渊阁四库全书》本《三体唐诗》卷首。
③ （清）永瑢等：《四库全书总目》卷一八七，北京：中华书局1965年版，第1702页。

《万首唐人绝句》，洪迈编①，光宗绍熙初成书，共选唐人七言绝句 75 卷，五言绝句 25 卷，共 100 卷②。每卷 100 首，共 10 000 首。是书编纂之原委，洪迈《万首唐人绝句诗序》述之甚详：

---

① 陈思编、陈世隆补《两宋名贤小集》卷一五六："洪迈，字景卢，鄱阳人，皓季子。绍兴乙丑中博学宏词科，孝宗朝累迁中书舍人兼侍读，直学士院，拜翰林学士，进焕章阁学士，知绍兴府，以端明殿学士致仕，卒赠光禄大夫，谥文敏。有《野处类稿》《容斋五笔》《夷坚志》《万首唐人绝句》行于世。"（《文渊阁四库全书》本）

② 此集旧有 100 卷、101 卷两种，内容相同而分卷略异，100 卷本为洪迈自刊，101 卷本为汪纲所刊。洪迈原书已不传，《天禄琳琅书目》著录有 101 卷本，《文渊阁四库全书》本则为 91 卷残本。《天禄琳琅书目》卷一〇考之曰："考是书宋时旧本有一百卷、一百一卷之不同，其一百卷者，为迈所自刊，半刻于会稽，半刻于鄱阳之本也。一百一卷者，为汪纲守越时所刊，合鄱阳、会稽之本而并刻之者也。又有吴格重修之本，则仅属会稽初刻之一半也。此书为一百一卷，乃依汪纲本翻刻于明时者耳。观洪迈自序，言今以所编合为百卷，刻之蓬莱阁中。序后又有自题，云越府所刻七言至二十六卷、五言至二十卷，而奉祠归鄱阳，惟书不可以不成，乃雇婺匠续之于容斋，旬月而毕。此百卷之名与刊刻之地，言之凿凿，无可疑者。故陈振孙《书录解题》尝为详悉言之，谓迈编'七言七十五卷，五言、六言二十五卷。卷各百首，凡万首，上之'。振孙所言，固指会稽、鄱阳合刻之本也。此书所载汪纲识语，则谓唐人绝句一百一卷，半刻会稽，半刻鄱阳。嘉定癸未，新安汪纲守越，遂搨鄱阳本并刻之，使合而为一云云。是纲已变称一百卷者为一百一卷矣。原其互异之故，迈所自刊者五、六言共二十五卷，此本则以六言分出，列为第二十六卷，故增多一卷也。乃书中又有吴格识语者，以吴格亦为越守，后于洪迈而先于汪纲，曾取会稽所刻一半之版修补之，而刻于鄱阳之一半不与焉。故其识语但称洪公守会稽，尝以此刻之郡斋。后三十年，格获继往躅，命工修补，以永其传。时为嘉定辛亥云云。不言卷数，亦不言鄱阳续刻之事，以意考之，则正会稽一半之版也。第所记嘉定辛亥，似为翻刻时所误。按：洪迈自序题为绍熙元年，序后再题则为绍熙二年。绍熙，为光宗年号。嘉定，为宁宗年号。考《浙江通志·职官表》，洪迈之守越，在光宗朝。吴格、汪纲之守越，皆在宁宗朝。今以洪迈作序之年计之，绍熙元年为庚戌，其次年则为辛亥，即迈归鄱阳之年。又三十年，为宁宗之嘉定十四年，岁在辛巳，并非辛亥，则刊刻之误不言可知。至吴格识语，明称'后三十年获继往躅'，其为辛巳，亦复显然。按：辛巳后二年为癸未，即汪纲守越之时。使格之所修已为全版，则相距不远，又奚必汪纲之合梓乎？是此书原刻崖略，犹井然可考也。考《宋史》，汪纲，字仲举，黟县人。官至户部侍郎。又考凌迪知《万姓统谱》，吴格，休宁人。淳熙间登第，历官至枢密都承旨、起居舍人。"（于敏中等著，徐德明标点：《天禄琳琅书目》卷一〇，上海：上海古籍出版社 2007 年版，第 373－375 页）

该书版本颇为复杂，具体情况可参阅张倩《洪迈〈万首唐人绝句〉版本源流考》（《殷都学刊》2008 年第 4 期）、凌郁之《〈万首唐人绝句〉版本源流与文献价值的重新认识》（《苏州科技学院学报》2010 年第 2 期）、王雅婷《〈万首唐人绝句〉研究》（上海师范大学 2010 年硕士学位论文）、杨磊磊《从宋本到明本：〈万首唐人绝句〉编排体例研究》（河北师范大学 2015 年硕士学位论文）等。

淳熙庚子秋，迈解建安郡印归，时年五十八矣。身入老境，眼意倦罢，不复观书，惟时时教稚儿诵唐人绝句，则取诸家遗集，一切整汇，凡五、七言五千四百篇，手书为六帙。起家守婺，赍以自随。逾年再还，朝侍寿皇帝，清燕偶及宫中书扇事，圣语云："比使人集录唐诗，得数百首。"迈因以昔所编具奏，天旨惊其多，且令以元本进入，蒙置诸复古殿书院。又四年，来守会稽，间公事余分，又讨理向所未尽者。唐去今四百岁，考《艺文志》所载，以集著录者几五百家，今堇及半，而或失真。如王涯在翰林同学士令狐楚、张仲素所赋《宫词》诸章，乃误入于王维集。金华所刊杜牧之续别集，皆许浑诗也。李益"返照入闾巷，愁来与谁语"一篇，又以为耿湋。崔鲁"白首成何事，无欢可替愁"一篇，又以为张蠙。以薛能"邵平瓜地入吾庐"一篇为曹邺。以狄归昌"马嵬坡下柳依依"一篇为罗隐。如是者不可胜计。今之所编，固亦不能自免，然不暇正。又取郭茂倩《乐府》与稗官小说所载仙鬼诸诗，撮其可读者，合为百卷，刻板蓬莱阁中，而识其本末于首。绍熙元年十一月戊午，焕章阁学士、宣奉大夫知绍兴军府事、两浙东路安抚使魏郡公洪迈序。①

洪迈又有《重华宫投进劄子》：

臣以幺幺余生，获安故里，窃恃隆遇，冒昧有陈。臣顷岁备数禁廷，得侍清闲之燕，因及手写唐人绝句诗，即蒙圣旨，许令进入，是时才有五十四卷。去年守越，尝于公库锓板，未及了毕，奉祠西归。家居无事，又复搜讨文集，傍及传记、小说，遂得满万首，分为百卷，辄以私钱雇工，接续雕刻。今已成书，谨装褫一部，遣人恭诣通进

① （宋）洪迈：《万首唐人绝句诗序》，《万首唐人绝句》卷首，北京：文学古籍刊行社1955年版。

司，伺候投进。凡目录一册、七言十五册、五言五册，共二十一册，用匣盛贮。伏望圣慈特赐宣取。干犯宸严，臣无任惶惧陨越昧死之至。①

据诗序及《重华宫投进劄子》，知洪迈先于孝宗淳熙年间录唐人五、七言绝句5 400首进御，后复补辑，得满万首为百卷，于光宗绍熙初复上之。

洪迈进奉此书后，光宗曾降敕褒嘉。而宋人对此集已有微词，陈振孙《直斋书录解题》卷一五谓此集“多有本朝人诗在其中，如李九龄、郭震、滕白、王岩、王初之属。其尤不深考者，梁何仲言也”②。后人亦评价不一，明代胡震亨《唐音癸签》卷三一：

《万首唐人绝句》，洪迈编……洪意存务博，随得随录，不暇诠次。宋人诗如李九龄、李慎言、郭震、滕白、王嵒、韩浦、王初之属，多浑入。其尤不深考者，梁何逊称其字仲言，亦列于内，为昔人所讥。然唐人绝句一体诗较复多存，此公搜采功，不可废也。③

清代宋荦《西陂类稿》卷二七：

诗至唐人，七言绝句尽善尽美，自帝王公卿、名流方外，以及妇人女子，佳作累累，取而讽之，往往令人情移，回环含咀，不能自已，此真风骚之遗响也。洪容斋《万首唐人绝句》编辑最广，足资吟咏。④

---

① （宋）洪迈：《重华宫投进劄子》，《万首唐人绝句》卷首，北京：文学古籍刊行社1955年版。

② （宋）陈振孙撰，徐小蛮、顾美华点校：《直斋书录解题》卷一五，上海：上海古籍出版社1987年版，第450页。

③ （明）胡震亨：《唐音癸签》卷三一，上海：上海古籍出版社1981年版，第323页。

④ （清）宋荦：《西陂类稿》卷二七，《文渊阁四库全书》本。

《四库全书总目》云：

> 盖当时琐屑摭拾，以足万首之数，其不能精审，势所必然，无怪后人之排诋。[①]

因感于洪迈此集卷帙过繁，去取不尽精当，不便取资，后人多有精简、缩编此集者，如宋林清之有《唐绝句选》四卷，陈振孙《直斋书录解题》卷一五谓："仓部郎中福清林清之直父以洪氏《绝句》抄取其佳者。七言一千二百八十，五言百五十六，六言十五首。"[②] 清王士祯有《唐人万首绝句选》七卷，《四库全书总目》谓"洪迈《唐人万首绝句》，务求盈数，踳驳至多……祯此编，删存八百九十五首，作者二百六十四人，更十分而取其一矣"[③]。

《注解章泉涧泉二先生选唐诗》，赵蕃、韩淲编，谢枋得注。赵蕃，字昌父，人称章泉先生。韩淲，字仲止，人称涧泉先生。二人皆江西上饶人，刘子羽之弟子，为当时名人叶适、汤汉等推重。此集共 5 卷，共选 54 人 101 首诗，所选皆七言绝句。入选诗人自韦应物至吕洞宾，其中刘禹锡入选诗作最多，达 14 首，其他诗人皆寥寥数首，而李白、杜甫、韩愈、元稹等人皆未入选。前有谢枋得序，谓"章泉涧泉二先生诲人学诗自唐绝句始，熟于此，杜诗可渐进矣"[④]。阮元《揅经室外集》卷一有《注解章泉涧泉二先生选唐诗五卷提要》，谓"盖其体例出于唐人，故与《极元集》之类相似"，又谓"枋得之注能得唐诗言外之旨，可以为读者之津筏"[⑤]。该集易得

① （清）永瑢等：《四库全书总目》卷一八七，北京：中华书局 1965 年版，第 1697 页。

② （宋）陈振孙撰，徐小蛮、顾美华点校：《直斋书录解题》卷一五，上海：上海古籍出版社 1987 年版，第 450 页。

③ （清）永瑢等：《四库全书总目》卷一九〇，北京：中华书局 1965 年版，第 1730 页。

④ 赵蕃、韩淲编，谢枋得注：《注解章泉涧泉二先生选唐诗》卷首《宛委别藏》本。

⑤ 赵蕃、韩淲编，谢枋得注：《注解章泉涧泉二先生选唐诗》卷首《宛委别藏》本。

之本为《宛委别藏》本。[①]

《唐僧弘秀集》，李龏编。李龏（1194—?），字和父，号雪林，祖籍菏泽（今属山东），寓居吴兴（今属浙江），以诗游士大夫间，有诗集多种。此集乃李龏于理宗宝祐第六春（1258）编选，选唐代名僧之诗，凡 52 人 500 首。[②] 李龏本人对此集颇费心力，自视亦高，其自序云：

> 古之吟咏情性，一本于诗。诗至唐为盛，唐之诗僧，亦盛唐一代为高道，为内供奉名弘材秀者，三百年间今得五十二人，诗五百首，或取于各僧本集，或出于诸家纂录，皆有拔山之力、搜海之功，风制不尘，一字弗赘，发音雄富，群立峥嵘，名曰《唐僧弘秀集》，不敢藏于巾笥，刊梓用传。识者第毫残松管，灯焰兰膏，截锦扬珠，神愁鬼毒，诗教湮微，取以为缁流砥柱，艺苑规衡，非假沽名鼓吹于江湖也，兼禅余风月，客外山川，千古之下，一目可见耳。[③]

四库馆臣一方面认为此集“采摭颇富”，“唐僧有专集者不过数家，其余散见诸书，渐就澌灭。龏能裒合而存之，俾残章断简，一一有传于后。其收拾散亡，要亦不能谓之无功也”，另一方面又认为其舛误频出、去取多有不当，“时有不检”，“别裁去取，亦未必尽

---

① 《注解章泉涧泉二先生选唐诗》的异名及版本情况，可参张倩《谢枋得〈注解唐诗绝句〉版本源流考》（《安徽大学学报》2009 年第 4 期）。《注解章泉涧泉二先生选唐诗》的诗学主张，可参王友胜《〈注解章泉涧泉二先生选唐诗〉的诗学主张与诗学史意义》（《长江学术》2011 年第 4 期）。

② 《唐僧弘秀集》的版本源流及相关情况，可参陈斐《〈唐僧弘秀集〉版本考》（《南都学坛》2010 年第 1 期），张倩、刘锋焘《李龏〈唐僧弘秀集〉版本源流考》（《广西师范大学学报》2010 年第 1 期），陆光杰《〈唐僧弘秀集〉研究》（贵州民族大学 2019 年硕士学位论文）等。

③ （宋）李龏：《唐僧弘秀集序》，《文渊阁四库全书》本《唐僧弘秀集》卷首。

诸僧所长”。①

《分门纂类唐歌诗》，赵孟奎编。该集之编纂乃在求全求备，欲录存有唐一代之诗歌，以供后学各自取资。赵孟奎，字文耀，号春谷，苏州人。宋太祖十一世孙，理宗宝祐四年（1256）文天祥榜进士，官至秘阁修撰。②《分门纂类唐歌诗》乃赵孟奎于度宗咸淳年间所刻，赵孟奎自序曰：

> ……尝鼎一脔，固知其美，终不若过屠门大嚼之为快。是集之编，蒐罗包括，靡所不备，凡唐人所作，上自圣制，下及俚歌、郊庙、军旅、宴飨、道途、感事、送行、伤时、吊古、庆贺、哀挽、迁谪、隐沦、宫怨、闺情、闲居、边思、风月、雨雪、草木、禽鱼，莫不类聚而胪分之。虽不足追“思无邪”之盛，要皆由人心以出，非尽背于情性之正者也。昔荆公尝选唐人三百家为一集，名曰《诗选》，姚铉作《唐文粹序》，亦谓有《唐诗类选》《英灵间气》《极元》《又元》等集，皆有去取于其间，非集录之大全也。雪林李君龏嗜唐诗，穷一生以为工，予既毕举子业，先公俾学诗，每相与讲论，叹诸家不可尽见，因发吾家藏，手出鋟目，合订分类，志成此编，宦辙东西，轴嘱李君足成

① （清）永瑢等：《四库全书总目》卷一八七，北京：中华书局1965年版，第1700页。

② 《宛委别藏》本《分门纂类唐歌诗》卷末有毛扆《书赵孟奎唐歌诗后》，附赵孟奎家世，而对赵孟奎本人行迹述之甚略，兹录于此：“赵孟奎，字文耀，号春谷，寄贯苏州，太祖十一世孙，宝祐丙辰文信国榜进士，官至秘阁修撰，博览工文，善画竹石兰蕙。祖希怿，字叔和，淳熙中进士，以江西安抚转运除知平江，核财用出入而削浮费无艺者。郡多舞文吏。未及期年，苗薅发栉，官寺肃静。以治行进直学士，寻以病告，移知太平州，拜昭信军节度使，致仕，累赠太师成国公，谥正惠，葬吴县穹窿山。父与筹，字德渊，别号节斋，嘉熙三年直敷文阁，知平江，兼淮浙发运使。四年郡中饥，分场设粥，委请董役，全活者数万人。宝祐三年以观文殿学士再守郡，行乡饮射礼于学宫，复修饰殿堂斋庐，广弦诵以严教养，学宫子弟为生立祠。明年兼提刑，六年除江东安抚使，知建康府。景定初，再知平江，白祠，封周国公，谥忠惠。扆按：孟奎祖、父俱典吾郡，有政绩，且邱墓在焉，寄贯于苏宜矣。《唐诗》一集，亦吾郡典故，其作序在咸淳改元，距今四百余年，而湮没若此，景仰之余，可胜扼腕。”

> 之，旁收逸坠，募致平生所未见者，得一千三百五十三家，四万七百九十一首，大略备矣，列为若干卷，盖首尾十余年而后毕，缮而藏之。予惧成之之难而失之之易也，行必携以自随，公暇时复倒箧翻阅，因谋锓梓度焉。后之览是集者，如入建章而睹千门万户之富，动心骇目，迷不知其所从，若夫嗜胾而隽其永，啜醴而咀其醇，则在君子之自得而已。咸淳改元正月十五日赵孟奎书。[①]

从此序来看，《分门纂类唐歌诗》之编纂，乃在求“集录之大全”，费时十余年方成书，全书共收诗人 1 353 家，诗歌 40 791 首。其立意之高、用心之专、用力之勤、卷帙之繁，实令人叹为观止。而赵氏对此集亦呵爱有加，行必携以自随，闲暇即翻阅赏玩，惜天不遂愿，其书终归散佚，令人扼腕叹息。今《宛委别藏》收有该集残本，乃绛云楼藏本，仅存 11 卷，题为“分门纂类唐歌诗残本十一卷”，大类目录如下：天地山川类（1—32 卷）、朝会宫阙类（33—40 卷）、经史诗集类（41—43 卷）、城廓园庐类（44—63 卷）、仙释观寺类（64—75 卷）、服食器用类（76—86 卷）、兵师边塞类（87—88 卷）、草木虫鱼类（89—100 卷）。每大类下各有小类，小类下又细分若干子目，皆残缺不全。[②] 集后有毛扆及叶文庄公跋。[③]

---

① （宋）赵孟奎：《分门纂类唐歌诗序》，《宛委别藏》本《分门纂类唐歌诗残本十一卷》卷首。

② 傅增湘认为此本亦经阮氏纂改，他曾将《宛委别藏》本与另一抄本（傅氏谓友人赵东甫所携，乃原书主人片云楼暂质之物，前有曹楝亭手跋一则，亦言源于绛云楼余烬）逐卷核对，发现“漏失差殊，多出意表”，他将两本异同详加列举后，“反复推原，乃知阮氏之为此者，意以书经进御，断简残篇，不使览观，于是篇章之缺失者则径删之，目录之不完者以意补之；甚者弥缝残失，俾充完卷，增损行幅，使接后文；其难于改饰者，则易其行格，别录成帙，徒取整齐画一之观，而不惜轻改古本以就之”。傅氏因之感慨不已：“设非余亲见旧本，又乌知其卤莽灭裂至于如此耶！余初谓《宛委别藏》即经刊播，区区数帙，殆等筌蹄，又岂意留此副本，转藉以发前人之覆耶！”（傅增湘：《藏园群书题记》卷一九，上海：上海古籍出版社 1989 年版，第 952－953 页）

③ 《分门纂类唐歌诗》的版本源流，详见张倩《赵孟奎〈分门纂类唐歌诗〉版本源流考》（《中国诗歌研究》第六辑，北京：中华书局 2010 年版）、陈尚君《述国家图书馆藏〈分门纂类唐歌诗〉善本三种》（《文献》2011 年第 4 期）。

第七章　对文坛流风的疏离与反拨

选本与时代趣尚的关系是相互生发、双向互动的，时代趣尚影响着选本的形成，选本也塑造着时代趣尚，多数时候，二者在审美趣尚方面具有某种趋同性。但在大部分选本引领、契合、呼应文学思潮的同时，也有一些选本选择了特立独行，不去迎合所处时代的一般趣尚与大多数普通读者的审美取向，而是呈现出另外一种批评姿态，表现出对文坛流风的疏离与反拨。在宋代选本中，此种情形以《草堂诗余》《花庵词选》对雅正词风的疏远与游离，《瀛奎律髓》对宗唐思潮的反拨与矫正最为典型。

第一节　《草堂诗余》《花庵词选》对雅正词风的疏远与游离

宋代大多数词选均表现出对典雅趣尚的诉求，但也有别具面目、独立标格者，表现出对雅正词风的疏远与游离。这种疏离倾向以《草堂诗余》表现得最为明显，在《花庵词选》中亦有所流露。

一、《草堂诗余》对雅正词风的疏远

《草堂诗余》编者不详，陈振孙《直斋书录解题》卷二一谓其

“书坊编集者”[1]，成书当在庆元元年（1195）以前[2]，该集原本两卷，久已失传，现存最早者为《增修笺注妙选群英草堂诗余》，乃何士信所增修。该集所选之词多北宋词，风格皆流丽平易，如苏轼词共入选22首，除《念奴娇·赤壁怀古》1首豪放词因名声卓著、影响至大而入选外，其余21首皆流丽婉约之作；南宋以来非流丽一路的豪气词、雅正词皆绝少收录，如辛弃疾词，集中共选入8首，分别为《祝英台》（宝钗分）、《摸鱼儿》（更能消几番风雨）、《鹧鸪天》（着意寻春懒便回）、《金菊对芙蓉》（远水生光）、《酹江月》（晚风吹雨）、《沁园春》（三径初成）、《水龙吟》（渡江天马南来）、《千秋岁》（塞垣秋草），这些词属于辛词中相对流丽者，其豪气词则绝少入选。

《草堂诗余》之编集体例也表现出对雅正词风的疏远、对通俗词风的认可。该集现有分类本与分调本两种，现存最早之《增修笺注妙选群英草堂诗余》为分类本，该本分前、后两集；前集再分春景类、夏景类、秋景类、冬景类，后集再分节序类、天文类、地理类、人物类、人事类、饮馔器用类、花禽类，共11类；这11类下又各细分为若干小类，如春景类分初春、早春、芳春、赏春、春思、春恨、春闺、送春8小类，节序类分元宵、立春、寒食、上巳、清明、端午、七夕、中秋、重阳、除夕10小类，人事类分宫词、风情、旅况、警悟4小类，11类下共分66小类。从这些小类的类目可以看出，《草堂诗余》所选词之内容大致不出写景、言情二端，多表现优柔之景、儿女之情、离别之绪；风格则以阴柔为主，缺少一种力度美与崇高美。[3] 如此二端，皆表现出其重流丽、尚酣熟的审美取向。另外，如此详尽的分类，如此明白的类目，很明显是为了取便歌者，

---

① （宋）陈振孙撰，徐小蛮、顾美华点校：《直斋书录解题》卷二一，上海：上海古籍出版社1987年版，第632－633页。

② 《四库全书总目》卷一九九《类编草堂诗余》提要云：“考王楙《野客丛书》作于庆元间，已引《草堂诗余》张仲宗《满江红》词证‘蝶粉蜂黄’之语。则此书在庆元以前矣。”（中华书局1965年版，第1824页）

③ 杨万里《论〈草堂诗余〉成书的原因》（《文学遗产》2001年第5期）对此有非常详细的阐述，可参阅。

表现出其作为通俗唱本的文本性质。宋翔凤《乐府余论》云：

> 《草堂》一集，盖以征歌而设，故别题春景、夏景等名，使随时即景，歌以娱客。题吉席庆寿，更是此意。其中词语，间与集本不同。其不同者，恒平俗，亦以便歌。以文人观之，适当一笑，而当时歌伎，则必需此也。①

由于《草堂诗余》对雅正词风的疏远，后人往往将其与另外一些崇雅词选对立起来，抑此以扬彼，如朱彝尊《乐府雅词跋》谓“得是编，《草堂诗余》可废矣”②，朱彝尊《书〈绝妙好词〉后》谓“周公谨《绝妙好词》选本虽未全醇，然中多俊语。方诸《草堂》所录，雅俗殊分”③。这种二元对立状况本身也恰恰反映出《草堂诗余》对雅正词风的疏远。

《草堂诗余》初成之时，曾经一度较为流行，时见有人征引。尔后随着词之雅化进程的不断延续与深入，词坛崇尚骚雅，《草堂诗余》与此风尚不合，故而受到冷落，周密的艺文杂著、张炎的《词源》、沈义父的《乐府指迷》等都未提及此选。④ 降至明代，明人论词主情致、尚婉丽，《草堂诗余》被重新发现进而倍受推崇，沈际飞《草堂诗余序》云：“诗余之传，非传诗也，传情也。传其纵古横今，体莫备于斯也。余之津津焉评之而订之，释且广之，情所不自已也。”⑤ 何良俊《草堂诗余序》云：“乐府以皦迳扬厉为工，诗余以婉丽流畅为美……余家有宋人诗余六十余种，求其精绝者皆不出

---

① （清）宋翔凤：《乐府余论》，唐圭璋编：《词话丛编》第3册，北京：中华书局2005年版，第2500页。

② （清）朱彝尊：《乐府雅词跋》，《曝书亭集》卷四三，《四部丛刊》本。

③ （清）朱彝尊：《书〈绝妙好词〉后》，《曝书亭集》卷四三，《四部丛刊》本。

④ 详参萧鹏：《群体的选择——唐宋人选词与词选通论》，台北：文津出版社1992年版，第148页。

⑤ （明）沈际飞：《草堂诗余序》，施蛰存主编：《词籍序跋萃编》，北京：中国社会科学出版社1994年版，第668页。

此编矣。”[①] 由此，《草堂诗余》在明代流行甚广，毛晋《草堂诗余跋》云：“宋元间词林选本几屈百指，惟《草堂》一编，飞驰几百年来，凡歌栏酒榭，丝而竹之者，无不拊髀雀跃。及至寒窗腐儒，挑灯闲看，亦未尝欠伸鱼睨，不知何以动人一至此也。”[②]

而到了清代，因浙西词派倡言醇雅，《草堂诗余》与醇雅之旨不合，故屡遭责难，如朱彝尊，在力贬《草堂诗余》之外，还认为明词中衰与《草堂诗余》在明代的盛行有关：“独《草堂诗余》所收天下最传，三百年来，学者守为兔园册，无惑乎词之不振也。”[③] 其后如蒋兆兰，将明词之蔽一概归之于《草堂诗余》，其《词说》云：

> 诗余一名，以《草堂诗余》为最著，而误人为最深。所以然者，诗家既已成名，而于是残鳞剩爪，余之于词。浮烟涨墨，余之于词。诙嘲亵诨，余之于词。忿戾慢骂，余之于词。即无聊酬应、排闷解酲，莫不余之于词。亦既以词为秽墟，寄其余兴，宜其去风雅日远，愈久而弥左也。此有明一代词学之蔽。[④]

正是由于《草堂诗余》与雅正趣尚的分野、对通俗流丽词风的认可，造成了后世对其评价的不一，崇雅者贬之不遗余力，尚俗者则力挺不怠。

二、《花庵词选》：游离于雅正与通俗之间

与《草堂诗余》对雅正词风的疏远不同，《花庵词选》对雅正

---

① （明）何良俊：《草堂诗余序》，施蛰存主编：《词籍序跋萃编》，北京：中国社会科学出版社1994年版，第670页。

② （明）毛晋：《草堂诗余跋》，施蛰存主编：《词籍序跋萃编》，北京：中国社会科学出版社1994年版，第670－671页。

③ （清）朱彝尊：《词综发凡》，（清）朱彝尊、汪森编，孟斐标校：《词综》卷首，上海：上海古籍出版社，1999年版。

④ （清）蒋兆兰：《词说》，唐圭璋编：《词话丛编》第5册，北京：中华书局2005年版，第4632页。

词风表现出一种部分接受部分疏远的状态，或者说，它是游离于雅正与通俗之间。之所以如此，主要与编选者黄升的编纂意图有关。《花庵词选》是《唐宋诸贤绝妙词选》和《中兴以来绝妙词选》两部选本的合称，因同出于黄升之手，所选时代又相连属，故在流传中逐渐合而为一。[①] 黄升有《绝妙词选自序》，序云：

> 长短句始于唐，盛于宋。唐词具载《花间集》。宋词多见于曾端伯所编，而《复雅》一集，又兼采唐、宋，迄于宣和之季，凡四千三百余首，吁亦备矣！况中兴以来，作者继出。及乎近世，人各有词，词各有体，知之而未见，见之而未尽者，不胜算也。暇日裒集，得数百家，名之曰《绝妙词选》。佳词岂能尽录，亦尝鼎一脔而已。然其盛丽如游金张之堂，妖冶如揽嫱施之袪，悲壮如三闾，豪俊如五陵。花前月底，举杯清唱，合以紫箫，节以红牙，飘飘然作骑鹤扬州之想，信可乐也。[②]

黄氏在序中先是列举了当时较为流行的三种词选：《花间集》、《乐府雅词》（曾端伯所编）、《复雅歌词》，其中《花间集》选唐五代词，《乐府雅词》选北宋及南渡词，《复雅歌词》兼选唐宋，而又“迄于宣和之季”。以上各选，均未涉及南渡以后、中兴以来之词。黄氏一方面有感于诸词选之缺漏，另一方面有感于“中兴以来，作者继出。及乎近世，人各有词，词各有体，知之而未见，见之而未尽者，不胜算也”，故而别编一集，以续选一代之词，为宋词存史，

---

① 《唐宋诸贤绝妙词选》《中兴以来绝妙词选》两部分本来各自独立，在南宋以至明代的刻本中大都是分别成书、各自刊行的，据黄氏自序推测，当是先有《中兴以来绝妙词选》，后来方续成《唐宋诸贤绝妙词选》，而后逐渐合而为一。明末毛晋汲古阁《词苑英华》本已将二书合为一编，题为“花庵绝妙词选”，《四库全书》则径作《花庵词选》，承袭至今。（参蒋哲伦：《〈花庵词选〉及其在词学史上的价值》，《古典文学知识》2007年第6期）

② （宋）黄升：《绝妙词选自序》，施蛰存主编：《词籍序跋萃编》，北京：中国社会科学出版社1994年版，第661页。

正如四库馆臣所言："观升自序，其意盖欲以继赵崇祚《花间集》、曾慥《乐府雅词》之后，故蒐罗颇广。"① 因其编集意图在于选词以存史，故而不囿一端，兼收并录，对"盛丽""妖冶""悲壮""豪俊"各种风格之词皆择而录之。胡德方《唐宋诸贤绝妙词选序》亦对黄氏编集之旨有所阐述，序云：

> 古乐府不作而后长短句出焉。我朝巨公胜士，娱戏文章，亦多及此。然散在诸集，未易遍窥。玉林此选，博观约取，发妙音于众乐并奏之际，出至珍于万宝毕陈之中，使人得一端，则可以尽见词家之奇，厥功不亦茂乎?②

胡序的表述比黄氏自序更为直白，所谓"发妙音于众乐并奏之际，出至珍于万宝毕陈之中，使人得一端，则可以尽见词家之奇"，将黄氏选词以存史、广搜并录的意图说得甚为清楚。从其选词情况来看，确系如此，《唐宋诸贤绝妙词选》选唐五代北宋词人 134 家 515 首，《中兴以来绝妙词选》选南渡以后、中兴以来词人 88 家，末附黄升自选词，共计 760 首。总共 1 275 首词中，各家各派、各种风格都有择录。

对于《花庵词选》选词以存史这一点，除黄氏本人及同时之胡德方已经有所表述外，后世亦多有再次论定、印可者，如明代毛晋《花庵词选跋》云：

> 所选或一首，或数十首，多寡不伦。每一家缀数语记其始末，铨次微寓轩轾，盖可作词史云。③

① （清）永瑢等：《四库全书总目》卷一九九，北京：中华书局 1965 年版，第 1824 页。

② （宋）胡德方：《唐宋诸贤绝妙词选序》，施蛰存主编：《词籍序跋萃编》，北京：中国社会科学出版社 1994 年版，第 660 页。

③ （明）毛晋：《花庵词选跋》，施蛰存主编：《词籍序跋萃编》，北京：中国社会科学出版社 1994 年版，第 662 页。

清代焦循《雕菰楼词话》云：

> 周密《绝妙好词》所选，皆同于己者，一味轻柔润腻而已。黄玉林《花庵绝妙词选》，不名一家，其中如刘克庄诸作，磊落抑塞，真气百倍，非白石、玉田辈所能到。可知南宋人词，不尽草窗一派也。①

由于《花庵词选》选词态度的相对宽容与选录视野的相对广阔，不若其他词选或主雅正或主通俗流丽，而是游离于雅正与通俗之间，既多雅正之词，亦有相对通俗之作，故而后世对其评价与归类也时有冲突，有人将其归入雅词一类，亦有人将其纳入俗词阵营。如四库馆臣谓其“精于持择”，“去取亦特为谨严，非《草堂诗余》之类参杂俗格者可比”②，余集则将《花庵词选》与《草堂诗余》视为同类，认为《花庵词选》与《草堂诗余》一样皆在黜除之列，其《绝妙好词续钞序》谓《绝妙好词》“蕴藉雅饬，远胜《草堂》《花庵》诸刻”③。

第二节　《瀛奎律髓》对宗唐思潮的反拨与矫正

南宋以来的宗唐思潮，是以宗法晚唐为中心的，而宗法晚唐，实际上是对江西诗派诗风的突破与背离。杨万里、陆游等人率先突破江西法门，转学晚唐，历经淬炼，最终自成风调，卓然大家；“四灵”见江西诗派之势日渐衰微，晚唐诗风则有兴起之势，遂趁时而倡之，力主晚唐贾岛、姚合之诗，号为“晚唐体”；江湖诗派则衍其

---

① （清）焦循：《雕菰楼词话》，唐圭璋编：《词话丛编》第2册，北京：中华书局2005年版，第1494页。

② （清）永瑢等：《四库全书总目》卷一九九，北京：中华书局1965年版，第1824页。

③ （清）余集：《绝妙好词续钞序》，施蛰存主编：《词籍序跋萃编》，北京：中国社会科学出版社1994年版，第687页。

流波，进一步完成了对江西诗派诗风的离散与解构。

宋末元初之际的方回对南宋中后期诗坛纷繁复杂之诗歌现象有着颇为精准的把握，他以综观约取的宏通视野，化纷繁为简约，抓住江西诗派与“四灵”“江湖”此消彼长这一诗歌发展的主线，认清了宗法晚唐乃是矛盾纠葛的焦点所在，对宋末诗坛因宗法晚唐而带来的卑俗浅陋、萎靡纤弱之病看得非常清楚。基于此种认识及以江西诗风为宋诗代表的坚定立场，方回乃编选《瀛奎律髓》，致力于对宗唐思潮的反拨与矫正。具体而言，他主要通过对“四灵”“江湖”以晚唐为宗的贬斥与排抑，完成对江西诗派以“老杜”为宗的肯定与张扬，进而确立宋诗“格高”“平淡”之特质。①

一、贬斥“四灵”，排抑“江湖”

方回对“四灵”的贬斥，首先是不满于他们专学姚合而不至于贾岛。方回认为贾岛之诗瘦劲高古，学之亦可；姚合之诗不如贾岛，只可作为学贾岛之过渡；若止于学姚合而不能进而学贾岛，则气象小矣。他认为姚合之诗“小巧而近乎弱，不能如贾之瘦劲高古也”（卷一一，姚合《闲居晚夏》后，第399页）②，“器局小，无感慨隽永味”（卷一〇，姚合《赏春》后，第364页）。在方回看来，“四灵”之弊，乃在以贾、姚相标榜而其实专学姚合：“予谓诗家有大判断，有小结裹。姚之诗专在小结裹，故‘四灵’学之。五言八句，皆得其趣，七言律及古体则衰落不振。又所用料，不过花、竹、鹤、僧、琴、药、茶、酒，于此几物，一步不可离，而气象小矣。”（卷一〇，姚合《游春》后，第340页）对于贾岛，方回其实是颇为赞许的，他评姚合《闲居》：“中四句皆佳。‘四灵’亦学到此地，但却学贾岛。未升其堂，况入其室乎?”（卷二三，第962页）又说：

① 此处论点的提出，受到莫砺锋《从〈瀛奎律髓〉看方回的宋诗观》（《文艺理论研究》1995年第3期）、王华《〈瀛奎律髓〉的宋诗发展史观研究》（暨南大学2007年硕士学位论文）等成果的启发，谨申谢忱。

② 所引《瀛奎律髓》文字，均据方回选评、李庆甲集评校点：《瀛奎律髓汇评》，上海：上海古籍出版社2005年版。以下仅注页码。

“予谓学姚合诗，如此亦可到也。必进而至于贾岛，斯可矣；又进而至老杜，斯无可无不可矣。或曰：老杜如何可学？曰：自贾岛幽微入，而参以岑参之壮，王维之洁，沈佺期、宋之问之整。”（卷二三，姚合《题李频新居》后，第960页）方回给“四灵”指出的学诗正途，乃是由学姚合始，进而至于贾岛，再遍参众贤，最终达于杜诗之妙，可谓沿波讨源、循循善诱、一片苦心。

除对“四灵”专学姚合而不至于贾岛深为不满外，方回对“四灵”暗学许浑尤为痛恨。他说：“‘永嘉四灵’……诗宗贾岛、姚合。凡岛、合同时渐染者，皆阴挦取摘用。”（卷二〇，翁卷《道上人房老梅》后，第771页）在方回看来，“四灵”“阴挦取摘用”的主要对象就是许浑：“（许浑诗）体格太卑，对偶太切……皆近乎属对求工，而所对之句意苦牵强……全不佳……全然无味……殆不成诗。而近世晚进，争由此入，所以卑之又卑也。”（卷一四，许浑《晓发鄞江北渡寄崔韩二先辈》后，第509－510页）方回于言辞之中，对于许浑诗甚为不屑，如：“予选诗以老杜为主。老杜同时人皆盛唐之作，亦皆取之。中唐则大历以后，元和以前，亦多取之。晚唐诸人，贾岛开一别派，姚合继之。沿而下，亦非无作者，亦不容不取之。惟许浑《丁卯集》，予幼尝读之，喜焉，渐老渐不喜之。”（卷一〇，许浑《春日题韦曲野老村舍》后，第338页）“许丁卯诗俗所甚喜，予辄抑之以救俗。”（卷三，许浑《凌歊台》后，第108页）“学诗者若止如此赋诗，甚易而不难，得一句即撰一句对，而无活法，不可为训。”（卷三，许浑《姑苏怀古》后，第111页）

江湖诗人作诗仿效“四灵”，加之生活多困蹇，人品多卑下，才力多贫弱，与“四灵”相比更是等而下之，方回于是极力排抑、大加讥刺：“求尺书，干钱物，谒客声气。‘江湖’间人，皆学此等衰意思，所以令人厌之。”（卷一三，戴复古《岁暮呈真翰林》后，第486页）对于江湖诗人中地位最高、声名最著、成就最大之刘克庄，方回亦丝毫不留情面，言辞尖刻：“后村壮年学晚唐，初成而未脱俗，故尾句终俗。”（卷三，刘克庄《雨花台》，第147页）“后村诗，细味之极俗，亦颇冗。”（卷二〇，刘克庄《梅花》后，第773

页）“后村诗，其病有三：曰巧，曰冗，曰俗。”（卷二七，刘克庄《老病》后，第1216页）他认为刘克庄之诗在某些方面甚至不及“四灵”，与江湖诗派中的末流并无二致：“后村诗比‘四灵’斤两轻，得之易，而磨之犹未莹也。‘四灵’非极莹不出，所以难。”（卷四二，刘克庄《赠翁卷》后，第1501页）方回对刘克庄之评价尚且如此，其他江湖诗人在其心目中之地位就可想而知了，如：“（戴复古诗）一言以蔽之，曰轻俗而已，盖根本浅也。”（卷二〇，戴复古《梅》后，第841页）“（刘过）以诗游谒江湖，大欠针线……衰飒甚矣。”（卷二四，刘过《送王简卿归天台二首》后，第1102页）“改之乃一侠士。然外侠内馁，作诗多干谒乞索态云。”（卷二四，王居安《送刘改之》后，第1102－1103页）“高九万诗俗甚，为《老妓》诗二首尤俗于后村。”（卷四二，刘克庄《赠高九万并寄孙季蕃二首》后，第1502页），等等。

在对“四灵”“江湖”学晚唐之弊给予正面的痛斥外，方回在对另外一些诗人进行称赞揄扬时，也往往以“四灵”“江湖”为反向参照，对他们给以“顺带一枪”式的贬抑。如评黄庭坚《送舅氏野夫萃之宣州》：“三、四言土俗未见其奇，却是五、六有斡旋，尾句稍健。彼学晚唐者有前联工夫，无后四句力量。”（卷四，第177页）评陈师道《寄潭州张芸叟》：“句法矫健，非晚唐能嚅哜也。”（卷四，第178页）评韩淲《七月四首》：“老笔劲健，非‘江湖’近人饾饤可及。”（卷一二，第449页）评赵蕃《十一月五日晨起书呈叶德璋司法》：“句句是骨，非晚唐装点纤巧之比。”（卷一三，第497页）由此可见，方回对“四灵”“江湖”之以晚唐为宗，可谓深恶痛绝，贬之不遗余力，斥之唯恐不尽。

二、尊崇“老杜”，力挺“江西”

不破不立，破是为了更好的立。方回对于“四灵”“江湖”的极力贬斥与排抑，乃是为了对与其相反之江西诗派的标举与张扬。他在《瀛奎律髓》中尊崇“老杜”，力挺“江西”，确立了江西诗派的宋诗正宗地位。

在方回之前，吕本中曾作有《江西诗社宗派图》，把黄庭坚为首，包括陈师道等人在内，总共25人的诗人群体称为“江西宗派”。赵彦卫《云麓漫钞》卷一四载：

> 吕居仁作江西诗社宗派图，其略云：“歌诗至于豫章始大出而力振之，后学者同作并和，尽发千古之秘，无余蕴矣。”录其名字，曰江西宗派，其原流皆出豫章也。宗派之祖曰山谷，其次陈师道、潘大临、谢逸、洪朋、洪刍、饶节、祖可、徐俯、林修、洪炎、汪革、李錞、韩驹、李彭、晁说之、江端本、杨符、谢薖（原本作“邁”）、夏倪、林敏功、潘大观、王直方、善权、高荷，凡二十五人，居仁其一也。①

方回在吕本中之说的基础上，对江西诗派的宗统重新进行了清理，提出了“一祖三宗”之说：“古今诗人当以老杜、山谷、后山、简斋四家为一祖三宗，余可预配飨者有数焉。”（卷二六，陈与义《清明》后，第1149页）

方回提出“一祖三宗”之说，首先是明确杜甫与江西诗派之间的渊源关系：“山谷法老杜，后山弃其旧而学焉，遂名黄、陈，号‘江西派’，非自为一家也，老杜实初祖也。”（卷一，晁端友《甘露寺》后，第18页）确立“老杜”对江西诗派的初祖地位，又是以尊崇“老杜”为前提的，他曾经由衷地感慨：“诗至老杜，万古之准则哉！”（卷一六，杜甫《小寒食舟中作》后，第624页）对于“四灵”“江湖”专主晚唐而不学杜甫，方回深表痛惜：“学诗者而不熟老杜可乎？”（卷四七，杜甫《和裴迪登新泽寺寄王侍郎》后，第1632页）“学诗者必以老杜为祖，乃无偏僻之病云。”（卷一〇，姚合《游春》后，第340－341页）

为了扩大“江西”阵营，增强其“主流”地位，方回还在“一

---

①（宋）赵彦卫：《云麓漫钞》卷一四，上海：古典文学出版社1957年版，第199页。

祖三宗”的基础上，对江西诗派之宗统进行了拓展，将吕本中、曾几亦纳入其中，以黄庭坚、陈师道、陈与义、吕本中、曾几 5 人为宋诗之正宗，以杜甫与此 5 人为七言律之魁首。他对此不避其繁，反复申说：“宋以后山谷一也，后山二也，简斋为三，吕居仁为四，曾茶山为五。其他与茶山伯仲亦有之，此诗之正派也。余皆傍支别流，得斯文之一体者也。”（卷一六，陈与义《道中寒食二首》后，第 591 页）“老杜之后，有黄、陈，又有简斋，又其次则吕居仁之活动，曾吉甫之清峭，凡五人焉。”（卷二四，陈与义《送熊博士赴瑞安令》后，第 1091 页）“老杜诗为唐诗之冠。黄、陈诗为宋诗之冠。黄、陈诗学老杜者也。嗣黄、陈而恢张悲壮者，陈简斋也。流动圆活者，吕居仁也。清劲洁雅者，曾茶山也。七言律，他人皆不敢望此六公矣。”（卷一，陈与义《与大光同登封州小阁》，第 42 页）

应该说，方回之尊崇“老杜”、力挺“江西”，是卓有成效的。随着《瀛奎律髓》的广为流布，“一祖三宗”及“五宗”之说深入人心，几乎成了江西诗派的代名词；与此同时，江西诗派亦被公认为宋诗特征最鲜明、最集中的呈现者。

三、以宋比唐，倡扬“格高”“平淡”

由于方回在《瀛奎律髓》中反复倡言江西宗统，极力为江西诗派张目，后人多将其视为纯粹体现江西诗派诗学观点之作，进而对其囿于门户之见深为不满，如清代纪昀曰：“其论诗……坚持‘一祖三宗’之说，一字一句，莫敢异议。虽茶山之粗野，居仁之浅滑，诚斋之颓唐，宗派苟同，无不袒庇。而晚唐、‘昆体’‘江湖’‘四灵’之属，则吹索不遗余力。是门户之见，非是非之公也。”[①]

今天看起来，认为《瀛奎律髓》囿于“江西”门户的观点虽然持之有据，但失之片面，未能全面把握《瀛奎律髓》之主旨。实际上，就方回之主观动机而言，无论是对“四灵”“江湖”的贬斥与排抑，还是对江西诗派的标举与称扬，都是出于一片公心，并非仅

① （清）纪昀：《瀛奎律髓刊误序》，方回选评，李庆甲集评校点：《瀛奎律髓汇评》下册，上海：上海古籍出版社 2005 年版，第 1826 页。

凭个人之好恶，他曾经说："爱而知其恶，憎而知其善。君子于待人宜然，予之评诗亦皆然也。"（卷一四，许浑《早发天台中岩寺度关岭次天姥岑》后，第520页）在方回看来，江西诗派诗风乃是有宋一代之诗的代表，是宋诗特质的重要体现。欲维护宋诗特质，必须确立江西诗派之宋诗正宗地位；欲确立江西诗派之宋诗正宗地位，必须对抵斥江西诗派之"四灵""江湖"进行排抑。而且，方回在《瀛奎律髓》中并非仅仅停留于对"四灵""江湖"的贬抑和对江西诗派的标举揄扬，在以"一祖三宗"之说确立了江西诗派之宋诗正宗地位后，他又进一步以江西诗派为基础，全面发掘宋诗之特质。

鉴于当时宗唐诗学思潮风起云涌、扬唐抑宋之说流波衍溢的局面①，方回采取了迂回进击、参唐比唐的策略。他以唐诗为参照对象，将宋诗与唐诗进行比较，进而得出宋诗不必不如唐诗、宋诗胜过唐诗的结论。如他曾经说："宋诗有数体：有九僧体，即晚唐体

---

① 南宋诗坛，尊唐贬宋之说盛行于世，张戒、刘克庄、严羽等人之论可为代表。张戒《岁寒堂诗话》卷上云："自汉魏以来，诗妙于子建，成于李、杜，而坏于苏、黄。余之此论，固未易为俗人言也。子瞻以议论作诗，鲁直又专以补缀奇字，学者未得其所长，而先得其所短，诗人之意扫地矣。段师教康昆仑琵琶，且遣不近乐器十余年，忘其故态，学诗亦然。苏、黄习气净尽，始可以论唐人诗。唐人声律习气净尽，始可以论六朝诗。镌刻之习气净尽，始可以论曹、刘、李、杜诗。"又云："诗以用事为博，始于颜光禄，而极于杜子美；以押韵为工，始于韩退之，而极于苏、黄……苏、黄用事押韵之工至矣尽矣，然究其实，乃诗人中一害，使后生只知用事押韵之为诗，而不知咏物之为工，言志之为本也。风雅自此扫地矣。"（《文渊阁四库全书》本）张戒之论，实为后世扬唐抑宋之嚆矢。刘克庄《竹溪诗》云："唐文人皆能诗，柳尤高，韩尚非本色。迨本朝，则文人多，诗人少，三百年间，虽人各有集，集各有诗，诗各自为体，或尚理致，或负材力，或逞辨博，少者千篇，多至万首，要皆经义策论之有韵者尔，非诗也。"（《后村先生大全集》卷九四，《四部丛刊》本）刘克庄此论，实下开明人"宋无诗"之论。严羽《沧浪诗话》"诗辩"云："夫诗有别材，非关书也；诗有别趣，非关理也。然非多读书，多穷理，则不能极其至，所谓不涉理路不落言筌者上也。诗者，吟咏情性也，盛唐诸人，惟在兴趣；羚羊挂角，无迹可求。故其妙处，透彻玲珑，不可凑泊。如空中之音，相中之色，水中之月，镜中之象，言有尽而意无穷。近代诸公乃作奇特解会，遂以文字为诗，以才学为诗，以议论为诗；夫岂不工，终非古人之诗也，盖于一唱三叹之音，有所歉焉。且其作多务使事，不问兴致，用字必有来历，押韵必有出处，读之反复终篇，不知着到何处。其末流甚者，叫噪怒张，殊乖忠厚之风，殆以骂詈为诗。诗而至此，可谓一厄也。"［（清）何文焕辑：《历代诗话》下册，北京：中华书局1981年版，第688页］严羽对宋诗"以文字为诗，以才学为诗，以议论为诗"的批评，流传极广，影响甚大，几成宋诗无法去除之"标签"（详参齐治平：《唐宋诗之争概述》，长沙：岳麓书社1984年版）。

也；有香山体者，学白乐天；有‘西昆体’者，祖李义山。如苏子美、梅圣俞并出欧公之门，苏近老杜，梅过王维，而欧公直拟昌黎，东坡暗合太白。惟山谷法老杜。”（卷一，晁端友《甘露寺》后，第18页）此段话中，他列举了宋诗中的九僧体、香山体、西昆体、苏舜钦、梅尧臣、欧阳修、苏轼、黄庭坚等，在方回心目中，这些流派与诗人构成了宋诗的主要面目，代表了宋诗的主流；方回一方面承认这些流派与诗人都是效仿唐诗的，他们分别对应唐诗中的晚唐诗、白居易、李商隐、杜甫、王维、韩愈、李白等人；另一方面他又以“近”“直拟”“暗合”等字眼含蓄表明，宋诗虽由效法唐诗始，但宋诗成就不比唐诗低，堪与唐诗相伯仲；而“梅过王维”一语更明确昭示，宋诗中的优秀之作已经超越了唐诗。

此外，方回还举出了更多的宋诗堪比唐诗、宋诗胜于唐诗的例子，如：“此诗无一字一句不工，孰谓宋诗非唐诗乎？”（卷一，晁端友《登多景楼》后，第23页）“此篇虽陈、杜、沈、宋，亦不过如此。”（卷四，陆游《顷岁从戎南郑屡往来兴凤间暇日追忆旧游有赋》后，第181页）“（欧阳修）七言律力变‘昆体’，不肯一毫涉组织，自成一家，高于刘、白多矣。”（卷四，王安石《寄梅圣俞》后，第198页）“此诗全似唐人，高于张司业也。”（卷六，张耒《和即事》后，第266页）“和靖诗，予评之在姚合之上。兼无以诗自矜之意，而浑涵亦非合可望。”（卷二三，林逋《湖山小隐》后，第975页）“黄滔何人？此诗三、四，举唐人无此淡而有味之作。”（卷四七，黄滔《游东林寺》后，第1678页）

总的来看，在这些例子中，最具代表性又颇令人寻味的是方回对梅尧臣诗的评价：

> 宋诗与唐不异者，梅都官尧臣为最。（卷四，梅尧臣《宣州二首》其一后，第169页）
>
> 梅诗似唐而不装不绘，自然风韵，又当细咀。（卷四，梅尧臣《宣州二首》其二后，第169页）
>
> 若论宋人诗，除陈、黄绝高，以格律独鸣外，须还梅

老五言律第一可也。虽唐人亦只如此。而唐人工者太工，圣俞平淡有味。（卷二三，梅尧臣《闲居》后，第970页）

圣俞此诗全不似宋人诗，张籍、刘长卿不能及也。（卷四，梅尧臣《余姚陈寺丞》后，第171页）

宋人诗善学盛唐而或过之，当以梅圣俞为第一。（卷二四，梅尧臣《送徐君章秘丞知梁山军》后，第1060页）

圣俞诗似唐人而浑厚过之。（卷二四，梅尧臣《送唐紫微知苏台》后，第1076页）

可以明显看出，这几条评语呈现出一种渐次上扬的趋势，“与唐不异”“似唐”——“虽唐人亦只如此”——“张籍、刘长卿不能及也”——“善学盛唐而或过之”——“浑厚过之”，在方回的心目中，梅尧臣诗由规摹唐诗最终完成了对唐诗的超越。一方面，这是方回心路历程的真实显露，表明随着对宋诗特质体认的逐步深入，方回愈来愈坚定地认为宋诗不必不如唐诗、宋诗胜过唐诗；另一方面，梅尧臣虽然只是一个具体的个案，但这一个案代表了方回对宋诗的整体看法与评价。

方回进一步认为，宋诗在对唐诗的规摹、变化与超越之进程中，已经形成了不同于唐诗的自有特质：格高、平淡。他说：“诗先看格高，而意又到，语又工，为上。意到，语工，而格不高，次之。无格，无意，又无语，下矣。”（卷二一，曾几《上元日大雪》后，第894页）以黄庭坚、陈师道等人为代表的江西诗派之所以能成为宋诗正宗，就是因为他们体现了宋诗的主要特质之一——格高：“黄、陈特以诗格高，为宋第一。”（卷二二，梅尧臣《和永叔中秋月夜会不见月酬王舍人》后，第925页）不但黄庭坚、陈师道之诗“格高”，江西诗派中的其他人亦都如此：“（陈与义诗）自是一种高格英风。”（卷一二，陈与义《次韵家叔》后，第463页）“茶山（曾几）格高。”（卷二三，陆游《登东山》后，第1006页）不但江西诗派之诗“格高”，宋诗中的其他优秀代表亦皆如此：“（杨万里）诗格尤高。”（卷一，杨万里《过扬子江》后，第44页）“石湖（范

成大）风流酝藉，每赋诗必有高致而无寒相。”（卷二三，范成大《亲戚小集》后，第1005页）

与上述诸家相反，为方回所贬抑的“四灵”“江湖”及其所宗之姚合、许浑都是诗格卑弱者：“（姚合）诗亦一时新体也。而格卑于岛，细巧则或过之。”（卷一〇，姚合《游春》后，第340页）“（许浑诗）近乎熟套而格卑。”（卷三，许浑《凌敲台》后，第108页）“‘四灵’学姚合、贾岛诗而不至，七言律大率皆弱格，不高致也。”（卷四四，赵师秀《病起》后，第1601页）“（刘克庄）晚节诗欲学放翁，才终不逮，对偶巧而气格卑。”（卷二七，刘克庄《老将》后，第1211页）“诗意自足，但是格卑。”（卷四四，刘克庄《问友人病》后，第1603页）

值得一提的是，虽然方回反复论及“格高”，但他并未在《瀛奎律髓》中对何谓“格高”作出明确解释，而是以一种形象化的方式，通过大量具体的实例，让读者自己去体悟。詹杭伦不满足于这种得意忘言式的自我体悟，他对方回所论进行了仔细寻绎，认为所谓“格高”包括三方面的含义：一是与时乖逢、清高孤傲的思想感情，二是高雅耿介的人品，三是瘦硬劲健的语体风格。①

方回认为宋诗的另一个特质是平淡：“不淡不为极致，而艳而组不可也。”（卷二三，李商隐《江村题壁》后，第955页）宋诗平淡美最突出的代表是梅尧臣：“平淡之中有滋味，亦工致。”（卷三，梅尧臣《夏日陪提刑彭学士登周襄王故城》后，第96页）“梅诗淡而实丽，虽用工而不力。”（卷一〇，梅尧臣《春寒》后，第344页）“淡泊中有醲醇味。”（卷一六，梅尧臣《春社》后，第588页）梅尧臣之外，江西诗派及其所宗之杜甫，诗亦平淡：“老杜诗所以妙者，全在阖辟顿挫耳，平易之中有艰苦。若但学其平易，而不从艰苦求之，则轻率下笔，不过如元、白之宽耳。”（卷一〇，杜甫《春日江村》后，第324页）“若五言律诗，则唐人之工者无数。宋人当以梅圣俞为第一，平淡而丰腴。舍是，则又有陈后山耳。”（卷一，

① 詹杭伦：《方回的唐宋律诗学》，北京：中华书局2002年版，第165页。

陈与义《与大光同登封州小阁》，第 42 页）“学诗者不可不深造黄、陈，摆落膏艳，而趋于古淡。”（卷四，白居易《百花亭》后，第 158 页）“淡中藏美丽。”（卷一〇，陈师道《春怀示邻曲》后，第 378 页）“居仁本中，世称为大东莱先生。其诗宗‘江西’而主于自然，号弹丸法。”（卷四，吕本中《海陵杂兴》后，第 180 页）“能瘦、能淡。”（卷一〇，赵蕃《出郭》后，第 386 页）“此老淡之作。”（卷一〇，韩淲《寒食》后，第 388 页）不但梅尧臣与江西诗派之诗平淡，宋诗中的其他优秀之作亦皆平淡，如评杨亿《书怀寄刘五》：“‘昆体’之平淡者。”（卷六，第 260 页）评秦观《九月八日夜大风雨寄王定国》）：“流丽之中有澹泊。”（卷一二，第 461 页）评王安国《池上春日》：“雅淡。”（卷一〇，第 368 页）评张耒《晨起》：“最古淡。”（卷一四，第 515 页）评陆游《卧病杂题》：“古淡有味。”（卷四四，第 1587 页）评范成大《海云回接骑城北时吐蕃出没大渡河水上》：“高古雅淡。”（卷一三，第 494 页）通过上引诸条不难得知，方回所论宋诗之平淡并非浮游于作品表面的辞平意淡，而是一种看似平淡实则醇厚的深层美，是外枯中膏、似淡实腴，所谓“老淡”“古淡”“雅淡”是也。

由于《瀛奎律髓》鲜明的宋诗立场与坚定的宋诗主张，在后世的唐宋诗之争中，它总是处于风口浪尖，毁誉参半。古之论诗者，宗唐则贬宋，尚宋则抑唐，其负气之争，自不必论；以今人眼光观之，《瀛奎律髓》一编自是瑕瑜互见，不可偏废。而就本节所论，《瀛奎律髓》对宗唐思潮的反拨与矫正，无疑是有力有效的。虽然方回对“四灵”“江湖”及江西诗派的评价确实存在贬之过低或拔之过高之失，其关于宋诗胜过唐诗的某些例证也存在说服力不足的问题，但正如莫砺锋所指出的：“在尊唐抑宋之风占压倒优势的时代，方回最早对宋诗的艺术特征从总体上作出比较深刻的体认，而且摆脱了以唐诗为至高典范的传统观念的束缚，这对于后人独立地思考宋诗的性质和价值是有一定启迪作用的。”①

---

① 莫砺锋：《从〈瀛奎律髓〉看方回的宋诗观》，《文艺理论研究》1995 年第 3 期，第 78 页。

结　语

近些年来，不少学者致力于选本研究，取得了一批重要的研究成果，产生了较大的学术影响。选本研究的异军突起，不由得让人对选本研究这一别有洞天、大有可为的新兴研究领域刮目相看。

对于中国古代文学研究而言，任何一个新兴的研究领域，最初的工作都必须从文献整理开始。有了扎实的文献基础，后面的工作才能顺利推进；否则，即便建起万丈高楼，也很有可能成为空中楼阁。作为选本研究的起始阶段，近些年来学界对选本的研究有很大一部分是致力于选本文献的考证与清理，研究者对选本文献所进行的扎实详明的考证工作及其筚路蓝缕之功让后来者不能不肃然起敬。但是，文献考证必须和理论阐释相融通。不重视文献考证，选本的基本情况不清楚，就无从进行理论阐释；不重视理论阐释，选本的真正价值和意义就无从谈起。鉴于此，有些研究者开始对选本的文学史意义和价值展开理论阐释——纵观这些理论阐释，主要是对选本批评功能的抉发，尤其是对选本与文学思潮、学术风会等之间互动关系的探讨。

虽然研究已经颇为深入，成果已经较为丰硕，但并不是说选本研究已经非常充分、饱和，实际上，选本研究在很多方面都有进一步拓展、深化的必要和可能。就现象层面而言，目前的研究大多是对选本之版本源流的考证，但这些选本为什么会大量涌现？众多选本之间有什么联系？呈现出一种什么样的发展嬗递态势？就理论层面而言，选本的批评功能，除了表现为与文学思潮、学术风会等的互动外，还有没有其他方面的表现？

鉴于此，本书以文学批评的视角，对宋代选本进行研究，力求对先行者尚未回答或尚未完全回答的问题，进行力所能及的解析并给出探讨性的答案。

本书以前代主要书目文献及今人著述为基础，对宋代选本的总况进行了大致摸底，整理出《宋代选本简目》，《简目》共收宋代选本约 529 种，虽不敢言全，但主要选本当不会有太多遗漏；进而以《简目》为依托，在广泛参考、吸收学界已有的关于宋代选本版本源流考证成果的基础上，对宋代选本的发展嬗递历程进行寻绎、梳理，依照选本自身的发展变化规律，将宋代选本的嬗递流变历程大致划分为因循与探觅期（宋开国至哲宗朝）——成熟与务实期（徽宗朝至孝宗朝）——分化与争胜期（光宗朝至宋亡）三个阶段。具体而言，宋初百余年间，“以名节文藻相乐于升平之世”是文士的普遍生存状态，故而酬唱类选本风行于世，这些酬唱类选本就其表层样态而言，乃是因循前代，但是，在宋初特定的历史条件下，酬唱类选本的大量涌现，反映出宋初优裕的文人政策、浓厚的文学氛围与一个新兴王朝特有的既堂皇典正又蒸蒸日上的开国气象，具有其特定的历史文化内涵；在酬唱类选本之外，宋初百余年间的其他选本在内容上亦多呈现出因循前代的特点，这些选本的遴选范围与入选对象大多明确指向前代作家作品，对本朝作家作品则多有忽略；但因循之中有新变，此期也出现了几种专选本朝作家作品的选本，以及一些独具特色的选本，虽然数量不多，但对后来的选本实有开启、示范之功，表现了此期宋人对选本编纂的多方探觅。徽宗朝至孝宗朝，宋代文学的特质已经凝定，并得到选家的确认，故而出现了大量专选宋人之作的选本；此外，还出现了一些兼选前代与宋代的选本，此类选本的编纂动因之一，乃是在前代与宋代兼选，尤其是唐代与宋代兼选的架构中，给宋代作家作品一个合适的位置，透露出此期选家试图在文学发展的整体进程中对宋代作家作品进行合理定位的尝试；而且，此期出现的选本中，有很多在当时及后世均产生了重大影响，如《皇朝文鉴》《古文关键》等。另外，随着此期科举制度导引效应的增强，选本编纂中的务实之风蓬勃兴起，主要表现为讲求实用、直接为举业服务的场屋类选本开始涌现，宋初那种悦己娱人、典重闲雅的酬唱类选本逐渐退潮。自光宗朝始（南宋中后期），在各种思想文化因素的激荡、鼓动之下，出现了纯文学性选本、场屋类选本、理学选本等各种选本并驾齐驱、相互媲美的局面；与此同时，由于在文学创作领域，主要是在诗歌创作领域，最能代表宋调特征的江西诗风遭到怀疑与叛离，宗唐之风复起，由此导致唐、宋诗之争正式拉开帷幕，出现了宗唐与宗宋两类选本各树一帜、比场争胜的局面。总的来看，宋代三大时段的选本编纂呈现出不同的特点，各个时段的选本都有其主流样态；但同时，选本编纂的时段性又是相对的，各个时段的选本编纂活动，在时段性之外，又有其延续性和连贯性。

文学批评作为选本的理论内核，乃是其本质性功能；正是通过文学批评这一本质性功能的发挥，选本的理论内核才得以呈现。选本的批评功能是多元化的，包括对作家、作品、文学思潮、文学流派、文学运动等一切文学现象的探讨、判断、分析、评价、总结等。具体而言，主要有对作品文本的细读与诠释、对某种审美趣尚的标举与诉求、对作家身份的认可与传扬、对文学宗派的圈定与确立、对文学思潮的引领与呼应、对文坛流风的疏离与反拨等。通过这些具体的批评功能，选本成为古人评论作家作品与文学现象、构建文学理论、书写文学史的一种重要而独特的方式。对文本的细读与诠释是文学批评的一种基本方法，也是选本之文学批评功能的基本表现形式。评点类选本通过在选本内附加标示符号与批评话语，对所选作品进行随文解析，具有强烈的现场感与直观性，无疑是展示选本如何通过文本细读与诠释实现其文学批评功能的最佳案例。宋代的评点类选本以文章选本数量最多、质量最佳、影响最大，这些选本对所收作品文本的细读与诠释，各有侧重，如《古文关键》侧重于对散文章法结构与写作技法的寻绎，《崇古文诀》侧重于对散文艺术美的品析，《文章轨范》侧重于对散文义理与辞章的阐说，《论学绳尺》侧重于对试论“轨度”的归纳与总结。选本的形成过程就是批评创造过程，这一批评创造过程实际上是选家在一定社会文化语境之中，以自我心理去体验文艺作品进行审美赏鉴、做出审美判断和审美评价的过程。时代的审美趣尚规约着选家个体的审美趣味，引领着具体文本的选取与评鉴，使选本表露出鲜明的时代特征，映现出选本所处时代的审美趣尚；不同选家的自我心理如审美感受、情感好恶、价值取向均有较大的差异，也会导致选本体现出不同的审美趣尚。如《文章正宗》《诗准·诗翼》《濂洛风雅》表现出对理学趣尚的标举，《梅苑》《乐府雅词》《复雅歌词》等表现出对典雅趣尚的诉求。对作家身份的认可、对宗派的树立也是选本之文学批评功能的重要表现。选本将一部分作家从众多作家中遴选出来，加以凸显，无疑会大大提升这些作家的知名度；而随着选本的流播，入选作家的声名亦会随之广为传扬。再进一步，如果某一选本中入选的作家同处于某一历史时段、具有某些创作的共性、遵循某种共同的文学观念，而该选本又广泛传播并被普遍接受，那么该选本中的入选作家就会以整体的形象被视同为某一创作群体，直至被认定为某一创作流派或文学宗派。如《九僧诗集》、“三苏”系列选本对文人群体身份的认可与传扬，《濂洛风雅》对濂洛诗派的圈定与确立等。选本与文学思潮关系密切。选本在一定程度上引领着文学思潮，而文学思潮也制约着选本，促使选本对思潮作出反响与呼应。例如：《二李唱和集》等诗歌选本与“白体”诗风之间呈现出一种相互生发、循环互动的关系；《西昆酬唱集》对西昆体诗风具有引领作用和示范效应；《二妙集》《众妙集》《四灵诗》《万首唐人绝句》《三体唐诗》《注解章泉涧泉二先生选唐诗》《唐僧弘秀集》《分门纂类唐歌诗》等唐诗选本与宗唐思潮相伴相随，相与契合，它们数量众多，声势浩大，与宗唐诗学思潮形成呼应之势，为之张目鼓势，功绩甚伟。在大部分选本引领、契合、呼应文学思潮的同时，也有一些选本选择了特立独行，它们不去迎合所处时代的一般趣尚与大多数普通读者的审美取向，而是呈现出另外一种批评姿态，表现出对文坛流风的疏离与反拨。如《草堂诗余》《花庵词选》对雅正词风的疏远与游离，《瀛奎律髓》对宗唐思潮的反拨与矫正等。

通过上述研究，我们对宋代选本的发展历程和批评功能有了一个较为全面、清晰的认识，宋代选本以一个规模宏大、形态万千、气象峥嵘、意蕴丰厚的选本群落的形象展现在我们面前。

宋代选本数量众多、形态丰富、功能强大，其中所蕴含的理论意义和学术价值不可估量，我们可以不断抉发、挖掘，却永远不可能穷尽。本书虽然对宋代选本的发展流变与批评功能进行了较为全面的观照，但仍有不少值得深入探寻和考察的问题，本书尚未涉及或涉之不深。比如，对宋代选本在整个中国古代选本发展历程中所处的位置，宋代选本编纂活动与批评行为和前代选本编纂活动与批评行为的关系，宋代选本编纂活动与批评行为对后世选本编纂活动与批评行为的影响等问题少有论及。从中国古代选本发展的实际情况来看，宋代选本虽然处于选本发展的黄金时期，与前代选本相较已经有了长足的进展，选本编纂实践与理论均已相当成熟，但与后世选本，尤其是明清选本相较，在某些方面尚有所欠缺。这一方面不能不对本书的阐论有所规制，以免妄发议论、肆意拔高之嫌；另一方面也促使我们不断延展研究范围，以求在更为广阔的视域、更为宏大的背景中展开研究工作，使研究过程更为科学，研究结论更为妥帖，并最终实现对中国古代选本的通盘考察与全面诠释。

总而言之，关于宋代选本，还有很多研究课题可以抉发、延展，还有很大的研究空间可以拓展、深化。无论是研究文学史、批评史，还是研究传播史、接受史，都不应忽略这一重要的学术领域。

附　录：宋代选本简目

（约 529 种）

说明：《宋代选本简目》所据文献：

1.（元）脱脱等：《宋史》卷二〇九《志》第一六二《艺文》八，北京：中华书局 1977 年版。

2.（宋）陈振孙撰，徐小蛮、顾美华点校：《直斋书录解题》卷一五《总集类》、卷二一《歌词类》，上海：上海古籍出版社 1987 年版。

3.（宋）晁公武：《昭德先生郡斋读书志》，《万有文库》本，上海：商务印书馆 1937 年版。

4.（宋）郑樵：《通志》卷七〇《艺文略》八，杭州：浙江古籍出版社 1988 年版。

5.（元）马端临：《文献通考》卷二四六《经籍考》七十三《集·歌词》、卷二四八《经籍考》七十五《集·总集》，《万有文库》本，上海：商务印书馆 1936 年版。

6.（清）永瑢等：《四库全书总目》卷一八六、一八七、一八八《总集类》，卷一九一《总集类存目》，卷一九九《词曲类》，北京：中华书局 1965 年版。

7.（清）阮元：《四库未收书提要》，《四库全书总目》附录，北京：中华书局 1965 年版。

8.（清）于敏中、彭元瑞等著，徐德明标点：《天禄琳琅书目·天禄琳琅书目后编》，上海：上海古籍出版社 2007 年版。

9.（清）黄虞稷、倪灿撰，卢文弨订：《宋史艺文志补》，上海：商务印书馆 1957 年版。《宋史艺文志补》原题倪灿撰、卢文弨订，《丛书集成初编》本《宋史艺文志补》一仍其旧；商务印书馆考虑到《宋史艺文志补》实从黄虞稷《千顷堂书目》中辑出，故特补列黄虞稷之名。（见“出版说明”）

10. 宋时官修，（清）徐松、叶德辉、赵士炜辑考：《宋史艺文志附编》，上海：商务印书馆1957年版。《宋史艺文志附编》收宋代官修书目5种，皆清人所辑，具体为：《四库阙书目》，宋绍兴中官撰，清徐松辑；《秘书省续编到四库阙书目》，宋绍兴中改定，清叶德辉考证；《中兴馆阁书目》，宋陈骙等撰，清赵士炜辑考；《中兴馆阁续书目》，宋张攀等撰，清赵士炜辑考；《宋国史艺文志》，宋时官修，清赵士炜辑本。绝大多数宋代选本著录于《秘书省续编到四库阙书目》，少量著录于《中兴馆阁书目》和《宋国史艺文志》。

11. 刘琳、沈治宏：《现存宋人著述总录》，成都：巴蜀书社1995年版。

根据上述文献，加以排比归并，可以大致列出宋代选本之简目；其他文献或有拾补，但数量当已无多。需要说明的是，由于某些选本书名、卷数、编者等相关信息不完整或不规范，更无解题，故难以完全确认；囿于资料及学识，《简目》讹误疏失之处或在所难免，尚祈方家指正。

因为年代久远，文献难征，书目中所记载的宋代选本，大部分已无从考证，编纂年代亦不得而知，故本《简目》未按时间顺序排列，而按照选本名称之音序排列。对于部分可以确定或约略考知编纂年代的选本，祝尚书先生《宋人总集叙录》（中华书局2004年版）中有详细考述，本书第一章亦有论列，可参看。

凡书名相同而各书目所著录之卷数、编者不同者，除可确认为不同选本者外，本《简目》一般视为同一种选本，对卷数、编者不同者另起一行、空一格著录，但不另计数目。某些选本，编者、卷数相同，集名略有差异，但实为同一选本，如署名姚铉之《唐文粹》与《文粹》，同为一卷之《潼川唱和集》与《潼川唱和》，本《简目》只计数一次，将集名不同者另起一行、空一格著录，不另计数目。

为简明直观起见，诸书目皆以符号标记：《宋史艺文志》以

“○”标记，《直斋书录解题》以“△”标记，《郡斋读书志》以“▽”标记，《通志·艺文略》以“▲”标记，《文献通考》以“◇”标记，《四库全书总目》以“□”标记，《四库未收书提要》以“■”标记，《天禄琳琅书目·天禄琳琅书目后编》以“☆”标记，《宋史艺文志补》以“◎”标记，《宋史艺文志附编》以“¤”标记，《现存宋人著述总录》以“●”标记。

《安陆酬唱集》六卷　倪恕　○

《褒题集》三十卷　孙洙　○

《宝刻丛章》三十卷　宋敏求　○ △ ▽ ▲ ◇ ¤

《宝刻丛章拾遗》三十卷　○

《本朝大诏令》二百四十卷　宋绶　○

《编类表》一百卷　¤

《标题三苏文》六十二卷　苏洵、苏轼、苏辙撰　●

《蜀本标题三苏文》六十二卷　☆

《濒阴联唱集》二卷　¤

《布袋集》一卷　○

《草木虫鱼诗》六十八卷　家求仁　○

《名贤杂咏》五十卷　家求仁　○

《增广虫鱼杂咏》十八卷　家求仁　◎

《草堂诗余》二卷　书坊编集　△ ◇

《类编草堂诗余》四卷　□

《草堂诗余》四卷　何士信（武陵逸史）●

《增修笺注妙选群英草堂诗余》前集二卷后集二卷　何士信辑，（□）□□笺注　●

《柴氏四隐集》　柴望及其从弟随亨、元亨、元彪之诗文　□

《长乐集》十四卷　俞尚　○ △ ◇

《长乐三王杂事》十四卷　○

《抄斋唱和集》一卷　孙颀　○

《晁新词》一卷　○

《朝贤墓志》一百卷　¤

《朝贤神道碑》三十卷　¤
《郴江前集》十卷后集五卷续集九卷　丁逢　○
《宸章集》二十五卷　陈彭年　○ ¤
　《宸章集》三十五卷　¤
《成都古今诗集》六卷　章楶　○
《成都文类》五十卷　程遇孙等　□ ◎ ●
《摛华集》三卷　苏梦龄　○ ¤
《赤城集》十八卷　林表民　□ ◎ ●
《重编类启》十卷　○
《崇古文诀》三十五卷　楼昉　□ ◎
　《迂斋先生标注崇古文诀》三十五卷　楼昉　☆ ●
　《迂斋古文标注》五卷　楼昉　△ ◇
　《迂斋标注诸家文集》五卷　楼昉　●
《酬唱诗》一卷　¤
《滁阳境内诗记》一卷　¤
《滁阳庆历集》十卷　徐徽　《滁阳庆历后集》十卷　吴珏　○
　《滁阳庆历集》十卷后集十卷　徐徽　△ ◇
　《滁阳庆历前集》十卷　曾肇　○
《滁州琅琊山古今名贤文章》一卷　冯翊严　○
《楚东唱酬集》一卷　王十朋　○
《楚汉逸书》八十二篇　洪刍　◇
《穿杨判》三卷　¤
《春贴子词》一卷　○
《椿桂堂诗》一卷　莫琮　○
《辞林类稿》三卷　○
《赐陈抟诗》八卷　○
《赐皇子诗笔》一卷　¤
《赐王韶手诏》一卷　○
《丛玄集》二十卷　朱博　○　¤
《大全赋会》五十卷　□

《大唐统制》三十卷　¤

《丹阳类稿》十卷　曾旼　▽ ◇

《单题诗》十二卷　戴觉、李丁　○

《登瀛集》五十二卷　○

《典丽赋》九十三卷　王咸　○

《后典丽赋》四十卷　唐仲友　◇

　《典丽赋》四十卷　唐仲友　△

《典丽赋集》六十四卷　杨翱　▲

《钓台新集》六卷续集十卷　王畴、谢德舆　△ ◇

《定庵类稿》十二卷　卫博　○

《东汉文鉴》二十卷　陈鉴　■ ●

　《东汉文鉴》十九卷　陈鉴　◎

《东汉诏议》二十卷　¤

《东莱标注三苏文集》五十九卷　吕祖谦　☆ ●

《东莱集诗》二卷　吕祖谦　○

《东阳记咏》四卷　△ ◇

《洞霄诗集》十四卷　孟宗宝　■

《都梁集》十卷　郝篪　○

《窦氏联珠集》五卷　▲

《鹅城丰湖亭诗》一卷　弹粹　○

《二李唱和诗》一卷　○

　《二李唱和集》一卷　李昉、李至撰　●

《二妙集》一卷　赵师秀　▽

《二十先生回澜文鉴》二十卷后集二十卷（残）　虞祖南辑并评，虞夔注　●

《发蒙宏纲》三卷　罗黄裳　□

《分类唐歌诗》残本十一卷　赵孟奎　■

　《分门纂类唐歌诗》一百卷　赵孟奎　●

《分门纂类唐宋时贤千家诗选》二十二卷　刘克庄　■ ●

　《千家诗》　题谢枋得编选　●

《浮云楼诗》一卷　¤

《黼藻文章百段锦》三卷　方颐孙　◎

《复雅歌词》五十卷　鲖阳居士　△ ◇

《复雅歌词》一卷　鲖阳居士　●

《干越题咏》三卷　○

《高丽诗》三卷　▽ ◇

《高僧诗》一卷　杨杰　○

《高山杂文》一卷　¤

《高丽表章》一卷　○

《艮岳集》一卷　△ ◇

《古今绝句》三卷　吴说　○ ◇ ●

《古今绝句》二卷　吴说　△

《古今名贤诗》二卷　郑雍　○

《古今岁时杂咏》四十六卷　蒲积中　□

《古今岁时杂咏》四十卷　蒲积中　●

《岁时杂咏》二十卷　宋绶　◇ ¤

《古今文章正印》七十六卷　刘震孙　☆

《古诗选集》十卷　○

《古文关键》二卷　吕祖谦　△ ◇ □

《东莱先生古文关键》二卷　吕祖谦　●

《古文集成前集》七十八卷　王霆震　□ ◎ ●

《古文章》十六卷　石公辅　◇

《古文真宝》前集十卷后集十卷　黄坚[①]

《魁本大字诸儒笺解古文真宝》前集十卷后集十卷　绍兴图书馆藏元刻本　日本流传本

《诸儒笺解古文真宝》前集十卷后集十卷　中国科学院图书馆

---

① 关于《古文真宝》的详细情况，参姜赞洙：《中国刻本〈古文真宝〉的文献学研究》，复旦大学博士学位论文，2005 年；熊礼汇：《〈古文真宝〉的编者、版本演变及其在韩国、日本的传播》，（宋）黄坚选编，熊礼汇点校：《详说古文真宝大全》卷首，长沙：湖南人民出版社 2007 年版。

藏明刻本　上海图书馆等藏明万历十一年司礼监刻本

《诸儒笺解古文真宝》五卷　☆

《详说古文真宝大全》前集十二卷后集十卷　韩国流传本

《古文正宗》前集二十二卷后集十二卷　▽

《古选诗》十卷　¤

《观澜文集》六十三卷　林少颖　○

《观澜集注》三十卷　林之奇编、吕祖谦集注　■

《东莱集注类编观澜文》甲集二十五卷乙集二十五卷丙集二十卷　林之奇辑，吕祖谦集注　●

《馆阁词章》一卷　○

《馆阁诗》八卷　○

《馆学喜雪唱和诗》二卷　熊克　○

《光献挽词》　¤

《广顺杂文》一卷　¤

《广玉台集》三十卷　¤

《归乡诗集》一卷　贺鉴　¤

《桂林集》二十卷　张修　○

《桂林文集》二十卷　江文叔　○

《桂香集》六卷　○

《桂香集》三卷　¤

《国朝二百家名臣文粹》三百卷　▽

《新刊国朝二百家名贤文粹》三百卷　●

《国朝名臣奏议》十卷　吕祖谦　○ △ ◇

《国子监两庙赞》二卷　¤

《虢郡文斋集》五卷　杨伟　○

《海南集》十八卷　○

《汉策集要》六卷　¤

《汉名臣奏》二卷　○ ¤

《汉南酬唱集》一卷　许份　○

《汉唐策要》十卷　陶叔献　◇

《汉魏文章》二卷　○ ¤
《汉贤遗集》一卷　○
《翰林酬唱集》一卷　王溥与李昉、汤悦、徐铉等　▲ ¤
《翰林笺奏集》三十卷　¤
《翰苑名贤集》一卷　○
《杭越寄和诗》一卷　▲ ¤
《和陶集》十卷　△ ◇
《贺监归乡诗集》一卷　▲
《横浦集》二卷　管锐　○
《宏词总类》前后集七十六卷　陆时雍　○
《宏辞总类》四十一卷后集三十五卷第三集十卷第四集九卷陆时雍等　△ ◇
《湖州碧澜堂诗》一卷　¤
《虎邱寺诗》一卷　¤
《花庵词选》二十卷　黄升　□
《绝妙词选》二十卷　黄升　☆
《花庵绝妙词选》十卷　黄升　◎
《唐宋诸贤绝妙词卷》十卷　黄升　●
《中兴绝妙词选》十卷　黄升　◎
《中兴以来绝妙词选》十卷　黄升　●
《华川文派录》六卷　黄应和　◎
《华林义门书堂诗集》一卷　○
《华林书堂诗》一卷　¤
《皇朝名臣经济奏议》一百五十卷　赵忠定　▽
《皇朝名臣奏议》一百五十卷　赵汝愚　◇
《皇朝文鉴》一百五十卷　吕祖谦　○ △ ◇ ●
《宋文鉴》一百五十卷　吕祖谦　□ ☆
《皇朝玉堂诗》三十二卷　¤
《回文类聚》三卷　桑世昌　△ ◇
《回文类聚》一卷　西湖寓隐　○

《回文类聚》四卷补遗一卷　桑世昌　□ ●

《会稽掇英集》二十卷　孔延之　《续会稽掇英集》二十卷　程师孟　○

《会稽掇英集》二十卷续集四十五卷　孔延之、程师孟、丁燧　△ ◇

《会稽掇英总集》二十卷　孔延之　□ ●

《续会稽掇英集》五卷　黄唐弼　●

《会稽纪咏》六卷　△ ◇

《惠泉诗》一卷　蔡驿　○ ¤

《及第判》二卷　□乙平等　¤

《集句诗》二卷　葛次仲　¤

《集贤厅壁诗》二卷　¤

《集选》一百卷　○ ¤

《名贤集选》一百卷　晏殊　▲

《名贤集选》　晏殊　●

《集选目录》二卷　晏殊　△

《文选目录》二卷　晏殊　◇

《籍桂堂唱和集》一卷　何纮　○

《祭王元泽文》一卷　¤

《家宴集》五卷　子起　○ △

《嘉禾诗文》一卷　○

《嘉禾诗》一卷　◇

《嘉禾诗集》一卷　△

《嘉祐礼闱唱和集》三卷　▲

《嘉州石堂溪诗记》一卷　¤

《戛玉前集》四十九卷后集五十卷　杨存亮　▽

《甲赋》十卷　¤

《建康酬唱诗》一卷　王安石　○

《建隆景德杂麻制》十五卷　¤

《建隆杂文》一卷　¤

《建中杂文》一卷　¤
《剑津集》十卷　胡舜举　○
《江村遗稿》一卷　高选、高迈等撰　●
《江湖堂诗集》一卷　元积中　○ ◇
《江陵集古题咏》十卷　唐愈　○
《江夏古今纪咏集》五卷　王德臣　○ ¤
《节序诗》六卷　¤
《金华瀛洲集》三十卷　幼玮　○
《金山诗》一卷　¤
《锦里玉堂编》五卷　宋璋　○
《近古文集》三十卷　李文子　◎
《晋代名臣集》十五卷　○ ¤
　《晋名臣集》十六卷　¤
《晋宋齐梁禅文》四卷　¤
《禁林宴会集》一卷　苏易简　○
《京口诗集》十卷　熊克　○
　《京口诗集》十卷续二卷　熊克　△ ◇
《荆门惠泉诗集》二卷　洪适　○
《荆溪唱和》一卷　姚辟　○
《精选皇宋策学绳尺》十卷　●
《静照堂诗》一卷　陆经　○
《九华杂编》十五卷　¤
《九老诗》一卷　▲ ¤
《九僧诗集》一卷　○ ▽ ◇
　《九僧诗》一卷　△ ¤ ●
《绝妙好词》七卷　周密　□ ●
《君山寺留题诗集》一卷　○
《开宝杂文》一卷　¤
《开平麻制》一卷　¤
《康简公崇终集》一卷　孙永　○

《考德集》三卷　韩忠彦　○

《追荣集》一卷　韩忠彦　○

《考德集》三卷　强至　△　◇

《追荣考德集》六卷　▲

《遗荣考德集》六卷　¤

《脍炙集》一卷　○

《脍炙集》一卷　严焕　△ ◇

《窥管集》二十卷　¤

《括苍集》三卷　詹渊《括苍别集》四卷　柳大雅　○

《括苍集》三卷后集五卷别集四卷　吴飞英、陈百朋　◇

《括苍集》三卷后集五卷别集四卷续一卷　吴飞英、陈百朋　△

《琅琊山古今文章》一卷　¤

《乐府补题》一卷　□

《乐府集》十卷《乐府序解》一卷　刘次庄序　《乐府杂录》一卷　段安节　▽

《乐府集》十卷题解一卷　刘次庄　△ ◇

《乐府诗集》一百卷　郭茂倩　△ ◇ □ ●

《乐府雅词》三卷拾遗二卷　曾慥　△ ●

《乐府雅词》十二卷拾遗二卷　曾慥　◇

《乐府雅词》三卷补遗一卷　曾慥　□

《类碑》三十八卷　¤

《类编层澜文选》四十卷　☆ ◎

《类表》五十卷　¤

《类分乐章》二十卷　书坊编集　△ ◇

《类启》十卷　¤

《类文》一百二十卷　¤

《类文集》三百七十七卷　¤

《礼部唱和诗集》三卷　欧阳修　○

《李定西行唱和集》三卷　▲

《西行唱和集》三卷　李定　¤

《李昉唱和诗》一卷　李昉等兴国中从驾至镇阳，过旧居　▲

《澧阳集》四卷　王仁　○

《历代确论》一百一卷　△ ◇

《历代忠谏事对》十卷　¤

《历代奏议》十卷　吕祖谦　△ ◇

《丽情集》十卷　¤

《丽则集》五卷　¤

《荔枝唱和诗》一卷　孙觉　○

《濂洛风雅》六卷　金履祥　□ ●

《濂溪大成集》七卷　萧一致　○

《梁朝制词》一卷　¤

《梁杂制》一卷　¤

《临川三隐诗集》三卷　姜之茂　○

《临贺郡志》二卷　○

《临江集》三十四卷　杨恕　○

《灵隐寺诗说》一卷　¤

《灵应天竺集》一卷　慧明大师　○

《留题落星寺诗》一卷　○

《庐陵乐府歌词》一卷　¤

《庐山记拾遗》一卷　卜无咎　○

《庐山简寂观诗》一卷　¤

《庐山游览集》二十卷　姜屿　▲ ¤

《陆海》二卷　¤

《纶言集》一百卷　▽ ◇

《论德集》一卷　¤

《论学绳尺》十卷　魏天应　□

《校正重刊单篇批点论学绳尺》十卷　魏天应辑，林子长笺解　●

《论苑》十卷　杨征　○

　《论苑集》一卷　¤
《罗浮》一卷　○
《罗浮寓公集》三卷　○
《洛川唱和诗》一卷　¤
《洛中耆英会》一卷　司马光等撰　●
《麻姑山集》三卷　上官彝　○
　《麻姑山诗》三卷　¤
《毛山诗集》一卷　¤
《梅江三孙集》三十一卷　○
《梅苑》十卷　黄大舆　□ ●
　《梅苑》十卷　黄大隅　◎
《门类诗英》六卷　¤
《秘阁雅会》一卷　▲
　《秘阁雅会集》一卷　¤
《妙绝古今》四卷　汤汉　□ ☆ ◎ ●
《岷峨集》一卷　¤
《闽中十咏》一卷　¤
《名臣贽种隐君书启》一卷　△　◇
《名公诗歌》三卷　王申　¤
《名贤启》三卷　王申　¤
《名贤四六》十二卷　¤
《明良集》五百卷　真宗御制及群臣进和歌　▲
《明堂歌诗赋颂》一卷　¤
《内制》六卷　○
《南海集》三十卷　林安宅　○
《南纪别集》一卷　汤邦杰　○
《南纪集》五卷　于霆　○
　《南纪集》五卷后集三卷　于霆、施士衡、巩丰　△　◇
《南犍唱和诗集》一卷　○
　《南犍唱和诗》三卷　▲ ¤

《南岳倡酬集》一卷附录一卷　朱子与张栻、林用中同游南岳唱和之诗　□

《南岳倡酬集》一卷　朱熹等撰　●

《南州集》十卷　林桷　○ △ ◇

《拟玄类集》十卷　陈匡图　○

《女仙唱和集》一卷　¤

《盘洲编》二卷　△ ◇

《琵琶亭诗》一卷　△ ◇

《坡门酬唱》二十三卷　邵浩　○

《坡门酬唱集》二十三卷　邵浩　□ ●

《启劄锦绣》一卷　清旷赵先生　□

《千家名贤翰墨大全》五百一十八卷　○

《前贤策》三卷　¤

《前贤古文》　¤

《钱塘诗前后集》三十卷　薛傅正　○

《乾祐杂文》一卷　¤

《樵川集》十卷　廖迟　○

《清才集》十卷　刘禹卿　▽ ◇

《清晖阁诗》一卷　史正心　○ △ ◇

《清体诗》五卷　¤

《清湘泮水酬和》一卷　莫若冲　○

《清漳集》三十卷　赵不敌　○ △ ◇

《琼野录》一卷　△ ◇

《群公诗余》前后编二十二卷　书坊编集　△

《群公诗余后编》二十二卷　书坊编集　◇

《群公四六》十卷　◎

《群公四六续集》十卷　□

《圈点龙川水心二先生文粹》前集二十卷后集二十一卷　●

《荣观集》五卷　▲ ¤

《儒林精选时文》十六卷　○

《汝阴唱和集》一卷　△ ◇

《瑞花诗赋》一卷　宋朝馆阁应制作　▲

《润州金山寺诗》一卷　○

《润州类集》十卷　曾旼　○ △ ◇

《三代辞》十卷　¤

《三国志文类》六十卷　○ ¤

　《三国文类》六十卷　□ ☆ ●

《三洪制稿》六十二卷　○

《三孔清江集》四十卷　孔文仲　○

《三老奏议》七卷　程九万　○

《三刘家集》一卷　刘涣、刘恕、刘羲仲撰，刘元高辑　□ ●

《三沈集》六十一卷　沈晦　○

《三苏翰墨》一卷　○

《三苏文集》一百卷　郎晔进　○

《三苏文类》六十八卷　○

《三苏文选》十二卷　蔡文子注　◎

《三苏文选》五十九卷　吕祖谦　◎

《三苏先生文粹》七十卷　☆

　《重广分门三苏先生文粹》一百卷　☆

　《三苏先生文集》七十卷　苏洵、苏轼、苏辙撰　●

《三体唐诗》六卷　周弼　□

　《笺注唐贤绝句三体诗法》二十卷　周弼辑，（元）释圆至注　☆ ●

《三谢集》一卷　唐庚　○ ◇ ¤

　《三谢诗》　唐庚　●

《山游倡和诗》一卷　释契嵩　●

《绍圣三公诗》三卷　○

《神宗挽词》十卷　¤

《声画集》八卷　孙绍远　□

《圣绍尧章集》十卷　李文友　▽

《圣宋文粹》三十卷　○ ▽ ◇ ¤

《宋文粹》十五卷　▲

《宋新文粹》三十卷　▲

《宋文粹》三十卷　¤

《圣宋文选》十六卷　○ ¤

《宋文选》二十卷　▲

《宋文选》三十二卷　□

《圣宋文选》三十二卷　☆ ◎

《圣宋文选全集》三十二卷　●

《盛山集》一卷　商侑　○

《诗家鼎脔》二卷　□ ◎ ●

《诗品》二十卷　宋章　¤

《诗苑众芳》一卷　刘瑄　■ ●

《诗准》三卷附录一卷《诗翼》四卷　何无适、倪希程　□ ●

《诗宗群玉府》三十卷　毛直方　◎

《十二先生诗宗集韵》二十卷　裴良甫　●

《十先生奥论》四十卷　□ ◎

《十先生奥论注》前集十五卷后集十五卷续集十五卷（原卷缺一至五）●

《石城寺诗》一卷　¤

《石声编》一卷　赵师旦家编集　○ ¤

《石笋清风录》十卷　王柏　◎

《时格笺表》十五卷　¤

《世彩集》三卷　廖刚　○ ◇

《仕途必用集》十卷　陈材夫　○ △

《仕途必用集》二十一卷　祝熙载　◇

《事文类聚启劄青钱》十卷　◎

《蜀国文英集》八卷　¤

《司空山集》二卷　道士田居实　○

《四家胡笳词》一卷　△ ◇

《四家诗选》十卷　王安石　○ △ ◇
《四灵诗》四卷　▽
《四六丛珠》四十卷　◎
《四僧诗》八卷　○
《四释联唱诗集》一卷　○
《四学士文集》五卷　○
《松江集》一卷　石处道　○
《宋百家诗选》五十卷续选二十卷　曾慥　○
　《本朝百家诗选》一百卷　曾慥　△
　《皇宋诗选》五十七卷　曾慥　◇
《宋二百家诗》二十三卷　○
《宋名臣献寿集》十二卷　□
《宋文海》一百二十卷　江钿　▽
　《宋文海》一百二十卷　江钿　◇
　《新雕圣宋文海》一百二十卷　江钿　●
《宋文薮》四十五卷　▲ ¤
《宋贤文薮》四十卷　○
《宋贤良分门论》六十二卷　杨上行　○
《宋贤启状集》三十卷　¤
《宋贤体要集》十三卷　▽
《宋贤文集》三卷　○
　《宋贤文集》三十卷　▲ ¤
　《宋贤文》三十三卷　¤
《宋选诗》二十卷　¤
《宋遗民录》一卷　□
《送白监归东都诗》一卷　▲ ¤
《送僧符游南昌集》一卷　○
《送王周归江陵诗》二卷　○
《送文同诗》一卷　欧阳修　○
《送元绛诗集》一卷　欧阳修　○

《送张无梦归山诗》一卷　○
《送朱寿昌诗》三卷　王安石　○ ◇
《苏黄遗编》一卷　何琥　○
《苏门六君子文粹》七十卷　□ ◎
　《苏门六君子文粹》　陈亮　●
《苏明允哀挽》二卷　▲ ¤
《苏州名贤杂咏诗》一卷　¤
《太平内制》三卷　¤
《太平盛典》二十三卷　▽ ◇
《唐百家诗集》六函八十册　或题荷泽李龏编　☆
《唐百家诗选》二十卷　王安石　○ △ □
　《唐百家诗选》二十卷　宋敏求　◇
　《王荆公唐百家诗选》二十卷　王安石　●
《唐表状》一卷　¤
《唐册文》六卷　¤
《唐大诏令》一百三十卷目录三卷　宋绶　○
《唐汉策要》十卷　陶叔献　▽
《唐户礼部制诰》　¤
《唐绝句选》五卷　柯梦得　△ ◇
《唐绝句选》四卷　林清之　◇
《唐类表》二十卷　李吉甫　◇
《唐明皇制诰后集》一百卷　田锡　○
　《明皇制诏后集》一百卷　田锡　¤
《唐请公试判》二卷　¤
《唐三百家文粹》四百卷　成叔阳　◇
《唐三十二僧诗》一卷　○
《唐僧弘秀集》十卷　李龏　□ ◎ ●
《唐山集》一卷后集三卷　宋佽　△ ◇
《唐诗集注》五卷　赵蕃、韩淲辑，谢枋得、胡次焱注　●
《唐诗绝句》五卷　赵蕃、韩淲辑，谢枋得注　●

《唐诗续选》十卷　刘充　○
《唐十七家诗》十卷　¤
《唐书文艺补》六十三卷　樊汝霖　○ ¤
《唐宋缄启》二卷　¤
《唐宋类诗》二十卷　僧仁赞　○
　《罗唐二茂才重校唐宋类诗》二十卷　○
　《唐宋类诗》二十卷　罗、唐两士　◇
《唐宋诗后集》十四卷　○
《唐宋文章》二卷　○
《唐文粹》一百卷　姚铉　○ △ ▽ ▲ □ ☆ ¤
　《文粹》一百卷　姚铉　◇ ●
《唐文类》三十卷　陶叔献　▽
　《唐文类》二十卷　陶叔献　◇
《唐吴英秀赋集》七十七卷　¤
《唐贤长书》一卷　○
《唐贤绝句》一卷　柯梦得　▽
《唐贤启状》一卷　¤
《唐贤诗范》三卷　¤
《唐贤赠怀素草书歌》　¤
《唐一千家诗》一百卷　洪迈　○
　《唐人绝句诗集》一百卷　洪迈　△ ◇
　《万首唐人绝句诗》九十一卷　洪迈　□
　《万首唐人绝句》一百一卷　洪迈　● ☆
《唐杂诗》一卷　○
《唐制集》四卷　¤
《唐诸公案判》一卷　¤
《唐诸贤赞》一卷　¤
《唐奏议驳论》一卷　¤
《桃花源集》二卷　道士龚元正　○
　《桃花源集》二卷又二卷　△

《桃花源集》二卷又二卷　赵彦琇重编　◇

《桃花源集》一卷　姚孳　□

《桃源诗》一卷　¤

《滕王阁诗》一卷　○

《题道林寺》三卷　¤

《天圣赋苑》一十八卷　李祺　○

《天台集》二卷别编一卷续集三卷　李庚、林师蒧、林表民　△ ◇

《天台前集》三卷前集别编一卷续集三卷续集别编六卷　李庚、林师蒧、林表民　□ ◎

《艇斋师友尺牍》二卷　曾滩　△ ◇

《同文馆唱和诗》十卷　邓忠臣等撰　□ ●

《潼川唱和集》一卷　张逸、杨谔撰　○ ▲

《潼川唱和》一卷　¤

《潼川集》三卷　▲ ¤

《万曲类编》十卷　书坊编集　△ ◇

《亡宋旧宫人诗》一卷　汪元量　●

《王状元标目唐文类》十二卷　题王十朋辑　●

《文房百衲》十卷　▲

《文髓》九卷　周应龙　◎ ●

《文选补遗》四十卷　陈仁子　◎

《文选后名人诗》九卷　¤

《文苑英华》一千卷　李昉等　○ △ ▽ ▲ ◇ □ ☆ ◎ ¤ ●

《文章轨范》七卷　谢枋得　□ ◎

《叠山先生批点文章轨范》七卷　谢枋得　●

《文章善戏》不分卷　郑持正　●

《文章正宗》二十卷　真德秀　△ ◇

《文章正宗》二十四卷　真德秀　☆

《文章正宗》二十卷续集二十卷　真德秀　□ ◎

《文章正宗》二十四卷续集十九卷　真德秀　●

《续文章正宗》二十卷　真德秀　☆

《真文忠公续文章正宗》二十卷　真德秀　☆

《吴都文粹》九卷　郑虎臣　□ ◎

《吴都文粹》十卷　郑虎臣　☆ ●

《吴蜀集》一卷　¤

《吴兴分类诗集》三十卷　倪祖义　△ ◇

《吴兴诗》三卷　孙氏　○

《吴兴诗》一卷　孙觉　△

《吴兴诗》一卷　孙氏　◇

《吴中十哲》一卷　¤

《浯溪古今石刻集录》一卷　李仁刚　○

《浯溪石刻后集再集》一卷　侍其光祖　○

《浯溪石刻续集》一卷　廖敏得　○

《五百家播芳大全文粹》一百十卷　魏齐贤、叶棻　□ ◎

《圣宋名贤五百家播芳大全文粹》□□卷目录□卷　魏齐贤、叶棻　●

《五代国初内制杂编》十卷　¤

《五代文章》一卷　▲

《五代制词》一卷　○ ¤

《五十大曲》十六卷　书坊编集　△ ◇

《五先生文粹》一卷　王柏　◎

《五制集》一卷　朱翌　○

《西汉策要》十二卷　陶叔献　●

《西汉文鉴》二十一卷　陈鉴　◎ ●

《汉文鉴》二十一卷　陈鉴　■

《两汉文鉴》四十卷（《西汉文》二十一卷、《东汉文》十九卷）陈鉴　☆

《西汉文类》四十卷　陶叔献　○ △ ¤ ●

《西汉文类》　陶氏　▽

《西汉诏令》十二卷　林虙　○ ¤

《西湖莲社集》一卷　▲ ¤
《西江酬唱》一卷　陈说　○
《西昆酬唱集》二卷　杨亿　○ △ ▽ ▲ ◇ □ ¤ ●
《西蜀贤良文类》二十卷　▲
《溪堂师友尺牍》六卷　谢逸　○
《下邳小集》九卷　翁公辅　○
《仙梯集》二十卷　¤
《先容集》一卷　○
　《先容集》三十卷　¤
《咸平唱和诗》一卷　▲ ¤
《显德杂文》一卷　¤
《相江集》十卷　○
　《相江集》三卷　△ ◇
《襄阳题咏》二卷　魏泰　○
　《襄阳题咏诗》二卷　¤
《萧秋诗集》一卷　△ ◇
《小有天后集》一卷　邓植　○
《笑台诗》一卷　晏殊、张士逊　○
《谢家诗集》一卷　李焘　○
《谢氏兰玉集》十卷　○ ¤
　《谢氏兰玉集》十卷　汪闻　◇
《新安累政诗》二卷　高德光　▲
《新安名士诗》三卷　¤
《新安正辞》一卷　¤
《续百家诗选》二十卷　郑景龙　◇
《续桂林文集》十二卷　刘褒　○
《续横浦集》十二卷　方松卿　○
《续九华山歌诗》一卷　▲ ¤
《续括苍集》五卷　陈百朋　○
《续宋贤文集》二十三卷　▲

《续文选》三十卷　卜长福　¤
《续西湖莲社集》一卷　▲ ¤
《续乙集》八卷　黄岦　○
《续掌记略》十卷　¤
《续中兴玉堂制草》三十卷　周必大　○
　《续中兴制草》三十卷　周必大　◇
《宣城集》三卷　刘珵　○
　《宣城集》三卷　刘泾　△ ◇
《玄门碑志》三十卷　¤
《玄真子渔歌碑传集录》一卷　△
　《元真子渔歌碑传集录》一卷　◇
《选青赋笺》十卷　☆
《选诗》七卷　△ ◇
《浔阳琵琶亭纪咏》三卷　○
《浔阳庾楼题咏》一卷　○
《严陵集》九卷　董弅　□ ●
《雁荡山诗》一卷　¤
《扬州集》三卷　马希孟　○
　《扬州诗集》二卷　马希孟　△
《阳春白雪》五卷　赵闻礼　△ ◇
　《阳春白雪》八卷外集一卷　赵闻礼　●
《杨氏文斋》七卷　¤
《养闲亭诗》一卷　郭希朴　○ ¤
《遗风集》二十卷　¤
《鄞江集》九卷　○
《应氏类编西汉文章》十八卷　●
《应制赏花集》十卷　▲
《瀛奎律髓》四十九卷　方回　□ ☆
《郢州白雪楼诗》一卷　○
《颖阴联唱集》二卷　▲

《永嘉集》三卷　黄仁荣　○

　《永嘉集》三卷　李知己　○

　《永嘉集》三卷　△ ◇

《永康题纪诗咏》十三卷　○

《咏题集诗》三卷　¤

《游山唱和》一卷　陈天麟　○

《輶轩唱和集》三卷　洪皓、张邵、朱弁　○

　《輶轩集》一卷　△ ◇

《又续桂林集》四卷　徐大观　○

《又乙集》一卷　黄学行　○

《庾楼纪述》三卷　△ ◇

《玉堂诗》三十六卷　○

《玉枝集》三十二卷　○

《御集谏书》八十卷　¤

《御制国子监两庙赞》二卷　宋太祖、真宗　○

《豫章类集》十卷　鲍乔　○

　《豫章类集》十卷　○

《元日唱和诗》一卷　曾公亮　○

《元祐馆职诏策词记》一卷　毕仲游　○

《元祐密疏》一卷　○

《元祐荣观集》五卷　汪浃　○

《月泉吟社》一卷　吴渭　□ ●

《岳阳别集》二卷　翁忱　○

《岳阳唱和》三卷　廖伯宪　○

《岳阳楼诗》二卷　滕宗谅　○

　《岳阳楼诗》一卷　¤

《阅古堂诗》一卷　韩琦　○ ¤

《云门寺诗》一卷　¤

《云台编》六卷　耿思柔　▽ ◇

《杂文论》十六卷　¤

《载德集》四卷　葛邲　○

《曾公亮勋德集》三卷　蒲宗孟　○

《增广圣宋高僧诗选》前集一卷后集三卷续集一卷　陈起　●

《增注唐策》十卷　□ ◎ ●

《赠朱少卿诗》三卷　▲ ¤

《斋安集》十二卷　许端夫　○

《张氏诗传》一卷　孙洙　○

《掌记略》十五卷　¤

《谪仙集》十卷　句龙震　○

《贞明宣底》二卷　¤

《珍题集》三十卷　李祺　○

《政和文选》二十卷　▽

《政和县斋酬唱》一卷　刘璇　○

《止弋堂诗》一卷　程迈　○

《指南赋笺》五十五卷《指南赋经》八卷　书坊编集　△ ◇

《指南论》十六卷（又本前后二集，四十六卷）△ ◇

《制词》十卷　¤

《制诰》三卷　○

《制诰章表》二卷　○

　《制诰章表》十五卷　○

《中山唱和集》五卷　▲ ¤

《中兴六臣进策》十二卷　▽

《中兴群公吟稿》四十八卷　▽

　《群公吟稿戊集》七卷　陈起　●

《中兴以来玉堂制草》三十四卷　洪遵　○

《中兴诸臣奏议》四百五十卷　李壁　○

《众妙集》一卷　赵师秀　▽ □ ◎ ●

《诸儒鸣道集》七十二卷　▽

《诸儒性理文锦》八卷　常珽　□

《注解章泉涧泉二先生选唐诗》五卷　赵蕃、韩淲辑，谢枋得

注　●

《壮观类编》一卷　○

《擢犀策》一百九十六卷《擢象策》一百六十八卷　△ ◇

《秭归集》八卷　钟兴　○

《宗藩文类》六十卷　魏邸铨次　▽

《尊前集》二卷　□ ●

《□纶集》十卷　¤

《□书》十卷　¤

《□宣杂集》　¤

参考文献

著作（以汉语拼音为序）

［1］《百川书志》，（明）高儒撰，上海：古典文学出版社 1957 年版。

［2］《皕宋楼藏书志》，（清）陆心源撰，北京：中华书局 1990 年版。

［3］《沧浪集》，（宋）严羽撰，《文渊阁四库全书》本。

［4］《沧浪诗话》，（宋）严羽撰，（清）何文焕辑：《历代诗话》，北京：中华书局 1981 年版。

［5］《藏园群书经眼录》，傅增湘撰，北京：中华书局 1983 年版。

［6］《藏园群书题记》，傅增湘撰，上海：上海古籍出版社 1989 年版。

［7］《成都文类》，（宋）程遇孙等编，《文渊阁四库全书》本。

［8］《诚斋集》，（宋）杨万里撰，《四部丛刊》本。

［9］《赤城集》，（宋）林表民编，《文渊阁四库全书》本。

［10］《词话丛编》，唐圭璋编，北京：中华书局 2005 年版。

［11］《词籍序跋萃编》，施蛰存主编，北京：中国社会科学出版社 1994 年版。

［12］《词综》，（清）朱彝尊、汪森编，上海：上海古籍出版社 1978 年版。

［13］《徂徕石先生文集》，（宋）石介撰，陈植锷点校，北京：中华书局 1984 年版。

［14］《叠山集》，（宋）谢枋得撰，《四部丛刊》本。

[15]《叠山先生批点文章轨范》,(宋)谢枋得编,中华再造善本(据中国国家图书馆藏元刻本影印),北京:北京图书馆出版社2005年版。

[16]《东汉文鉴》,(宋)陈鉴编,《宛委别藏》本。

[17]《东涧先生妙绝今古文选》,(宋)汤汉编,中华再造善本(据中国国家图书馆藏元刻本影印),北京:北京图书馆出版社2005年版。

[18]《东莱集注类编观澜文集》,(宋)林之奇编,吕祖谦集注,《宛委别藏》本。

[19]《读朱随笔》,(清)陆陇其撰,《文渊阁四库全书》本。

[20]《对床夜语》,(宋)范晞文撰,《丛书集成初编》本。

[21]《敦煌曲子词集》,王重民辑,上海:商务印书馆1956年版。

[22]《二程集》,(宋)程颢、程颐著,王孝鱼校点,北京:中华书局1981年版。

[23]《二李唱和集》,(宋)李昉编,《宸翰楼丛书》本(收入罗振玉《罗雪堂先生全集》初编),台北:文华出版公司1968年版。

[24]《方回的唐宋律诗学》,詹杭伦著,北京:中华书局2002年版。

[25]《分门纂类唐歌诗残本十一卷》,(宋)赵孟奎编,《宛委别藏》本。

[26]《分门纂类唐宋时贤千家诗选校证》,李更、陈新校证,北京:人民文学出版社2002年版。

[27]《古欢堂集》,(清)田雯撰,《文渊阁四库全书》本。

[28]《古今说海》,(明)陆楫等辑,成都:巴蜀书社1988年版。

[29]《古今岁时杂咏》,(宋)蒲积中编,徐敏霞校点,沈阳:辽宁教育出版社1998年版。

[30]《古文关键》,(宋)吕祖谦编,《丛书集成初编》本。

[31]《古文集成》,(宋)王霆震编,《文渊阁四库全书》本。

［32］《汉书》，（汉）班固撰，北京：中华书局 1962 年版。

［33］《浩然斋雅谈》，（宋）周密撰，《丛书集成初编》本。

［34］《鹤林玉露》，（宋）罗大经撰，王瑞来点校，北京：中华书局 1983 年版。

［35］《鹤山先生大全文集》，（宋）魏了翁撰，《四部丛刊》本。

［36］《后村诗话》，（宋）刘克庄撰，王秀梅点校，北京：中华书局 1983 年版。

［37］《后村先生大全集》，（宋）刘克庄撰，《四部丛刊》本。

［38］《后山诗话》，（宋）陈师道撰，（清）何文焕辑：《历代诗话》，北京：中华书局 1981 年版。

［39］《花间集校》，（后蜀）赵崇祚辑，李一氓校，北京：人民文学出版社 1958 年版。

［40］《画墁录》，（宋）张舜民撰，《文渊阁四库全书》本。

［41］《皇极经世书》，（宋）邵雍著，卫绍生校注，郑州：中州古籍出版社 2007 年版。

［42］《回文类聚》，（宋）桑世昌编，《文渊阁四库全书》本。

［43］《晦庵先生朱文公文集》，（宋）朱熹撰，《四部丛刊》本。

［44］《嘉定赤城志》，（宋）陈耆卿纂，《宋元方志丛刊》本，北京：中华书局 1990 年版。

［45］《兼济堂文集》，（清）魏裔介撰，魏连科点校，北京：中华书局 2007 年版。

［46］《笺注唐贤绝句三体诗法二十卷》，（宋）周弼辑，（元）释圆至注，《四库全书存目丛书》本，济南：齐鲁书社 1997 年版。

［47］《建炎以来朝野杂记》，（宋）李心传撰，上海：商务印书馆 1937 年版。

［48］《椒邱文集》，（明）何乔新撰，《文渊阁四库全书》本。

［49］《近代文学批评史》，［美］雷纳·韦勒克著，杨岂深、杨自伍译，上海：上海译文出版社 1987 年版。

［50］《经进东坡文集事略》，（宋）郎晔编注，《四部丛刊》本。

［51］《酒边词》，（宋）向子諲撰，《文渊阁四库全书》本。

[52]《具茨集》，（明）王立道撰，《文渊阁四库全书》本。

[53]《〈会稽掇英总集〉点校》，（宋）孔延之编，邹志方点校，北京：人民出版社 2006 年版。

[54]《昆山杂咏》，（宋）龚昱编，中华再造善本（据中国国家图书馆藏宋开禧三年昆山县斋刻本影印），北京：北京图书馆出版社 2004 年版。

[55]《类说》，（宋）曾慥撰，《北京图书馆古籍珍本丛刊》本，北京：书目文献出版社 1988 年版。

[56]《礼记正义》，（汉）郑玄注，（唐）孔颖达疏，北京：北京大学出版社 1999 年版。

[57]《理学文化与南宋诗学》，石明庆著，北京：中国社会科学出版社 2006 年版。

[58]《濂洛风雅》，（宋）金履祥编，《金华丛书》本。

[59]《两宋名贤小集》，（宋）陈思编，（元）陈世隆补，《文渊阁四库全书》本。

[60]《两宋文化与诗词发展论略》，刘乃昌著，济南：山东大学出版社 2005 年版。

[61]《两浙名贤录》，（明）徐象梅撰，《北京图书馆古籍珍本丛刊》本，北京：书目文献出版社 1987 年版。

[62]《临川先生文集》，（宋）王安石撰，《四部丛刊》本。

[63]《临汉隐居诗话》，（宋）魏泰撰，（清）何文焕辑：《历代诗话》，北京：中华书局 1981 年版。

[64]《六一诗话》，（宋）欧阳修撰，郑文校点，北京：人民文学出版社 1962 年版。

[65]《鲁迅全集》，鲁迅著，北京：人民文学出版社 1973 年版。

[66]《陆放翁全集》，（宋）陆游撰，北京：中国书店 1986 年版。

[67]《麓堂诗话》，（明）李东阳撰，《丛书集成初编》本。

[68]《吕东莱文集》，（宋）吕祖谦撰，《丛书集成初编》本。

［69］《论学绳尺》，（宋）魏天应编、林子长注，《文渊阁四库全书》本。

［70］《眉山唐先生文集》，（宋）唐庚撰，《四部丛刊》本。

［71］《妙绝古今》，（宋）汤汉编，《文渊阁四库全书》本。

［72］《明代书目题跋丛刊》，冯惠民、李万健等选编，北京：书目文献出版社1994年版。

［73］《明史》，（清）张廷玉等撰，北京：中华书局1974年版。

［74］《南宋的诗文选本研究——南宋人所编诗文选本与诗文批评》，张智华著，北京：北京师范大学出版社2002年版。

［75］《南宋理学家散文研究》，闵泽平著，济南：齐鲁书社2006年版。

［76］《欧阳修全集》，（宋）欧阳修撰，李逸安点校，北京：中华书局2001年版。

［77］《批评的概念》，［美］雷内·韦勒克著，张今言译，杭州：中国美术学院出版社1999年版。

［78］《坡门酬唱集》，（宋）邵浩编，《文渊阁四库全书》本。

［79］《曝书亭集》，（清）朱彝尊撰，《四部丛刊》本。

［80］《青箱杂记》，（宋）吴处厚撰，李裕民点校，北京：中华书局1985年版。

［81］《清波杂志校注》，（宋）周辉撰，刘永翔校注，北京：中华书局1994年版。

［82］《全宋诗》，傅璇琮等主编，北京：北京大学出版社1991—1998年版。

［83］《却扫篇》，（宋）徐度撰，《丛书集成初编》本。

［84］《群体的选择——唐宋人选词与词选通论》，萧鹏著，台北：文津出版社1992年版。

［85］《日知录》，（清）顾炎武撰，台北：台湾商务印书馆股份有限公司1978年版。

［86］《三体唐诗》，（宋）周弼编，（清）高士奇辑注，《文渊阁四库全书》本。

[87]《声画集》，(宋) 孙绍远编，《文渊阁四库全书》本。

[88]《渑水燕谈录》，(宋) 王辟之撰，吕友仁点校，北京：中华书局 1981 年版。

[89]《圣宋文选全集》，(宋) 佚名编，中华再造善本（据南京图书馆藏宋刻本影印)，北京：北京图书馆出版社 2006 年版。

[90]《诗家鼎脔》，(宋) 佚名编，《文渊阁四库全书》本。

[91]《诗林广记》，(宋) 蔡正孙撰，常振国、降云点校，北京：中华书局 1982 年版。

[92]《诗品》，(梁) 钟嵘撰，（清）何文焕辑：《历代诗话》，北京：中华书局 1981 年版。

[93]《诗准四卷诗翼四卷》，(宋) 何无适、倪希程辑，《四库全书存目丛书》本，济南：齐鲁书社 1997 年版。

[94]《十先生奥论注》，(宋) 佚名编，《文渊阁四库全书》本。

[95]《水心先生文集》，(宋) 叶适撰，《四部丛刊》本。

[96]《说文解字》，(汉) 许慎撰，南京：江苏古籍出版社 2001 年版。

[97]《司空表圣文集》，(唐) 司空图撰，《四部丛刊》本。

[98]《四库全书总目》，(清) 永瑢等撰，北京：中华书局 1965 年版。

[99]《宋朝事实类苑》，(宋) 江少虞撰，上海：上海古籍出版社 1981 年版。

[100]《宋朝诸臣奏议》，(宋) 赵汝愚编，北京大学中国中古史研究中心校点整理，上海：上海古籍出版社 1999 年版。

[101]《宋词的文化定位》，沈家庄著，长沙：湖南人民出版社 2005 年版。

[102]《宋大诏令集》，(宋) 宋绶家子孙编，司义祖校点，北京：中华书局 1962 年版。

[103]《宋代科举与文学考论》，祝尚书著，郑州：大象出版社 2006 年版。

[104]《宋代理学伦理思想研究》，陈谷嘉著，长沙：湖南大学

出版社 2006 年版。

［105］《宋代文学思想史》，张毅著，北京：中华书局 1995 年版。

［106］《宋金仁山先生选辑濂洛风雅六卷》，（宋）金履祥辑，《四库全书存目丛书》本，济南：齐鲁书社 1997 年版。

［107］《宋明理学史》，侯外庐、邱汉生、张岂之主编，北京：人民出版社 1997 年版。

［108］《宋明理学与中国文学》，许总著，南昌：百花洲文艺出版社 1999 年版。

［109］《宋人词选研究》，薛泉著，哈尔滨：黑龙江人民出版社 2010 年版。

［110］《宋人总集叙录》，祝尚书著，北京：中华书局 2004 年版。

［111］《宋诗纪事》，（清）厉鹗辑撰，上海：上海古籍出版社 1983 年版。

［112］《宋史》，（元）脱脱等撰，北京：中华书局 1977 年版。

［113］《宋史艺文志补》，（清）黄虞稷、倪灿撰，卢文弨订，上海：商务印书馆 1957 年版。

［114］《宋史艺文志附编》，宋时官修，（清）徐松、叶德辉、赵士炜辑考，上海：商务印书馆 1957 年版。

［115］《宋文鉴》，（宋）吕祖谦编，《万有文库》本，上海：商务印书馆 1937 年版。

［116］《宋文鉴》，（宋）吕祖谦编，齐治平点校，北京：中华书局 1992 年版。

［117］《宋文论稿》，朱迎平著，上海：上海财经大学出版社 2003 年版。

［118］《宋文选》，（宋）佚名编，《文渊阁四库全书》本。

［119］《宋中兴群公吟稿戊集》，（宋）陈起编，《彊斋藏书》本，1920 年印铸局景印。

［120］《苏门六君子文粹》，（宋）佚名编，《文渊阁四库全

书》本。

[121]《苏轼文集》，（宋）苏轼撰，孔凡礼点校，北京：中华书局1986年版。

[122]《苏轼资料汇编》，四川大学中文系唐宋文学研究室编，北京：中华书局1994年版。

[123]《苏辙集》，（宋）苏辙撰，陈宏天、高秀芳校点，北京：中华书局1990年版。

[124]《岁寒堂诗话》，（宋）张戒撰，《文渊阁四库全书》本。

[125]《唐僧弘秀集》，（宋）李龏编，《文渊阁四库全书》本。

[126]《唐宋八大家文钞校注集评》，（明）茅坤编，高海夫等校注，西安：三秦出版社1998年版。

[127]《唐宋词史论》，王兆鹏著，北京：人民文学出版社2000年版。

[128]《唐宋词通论》，吴熊和著，北京：商务印书馆2003年版。

[129]《唐宋人选唐宋词》，本社编，唐圭璋、蒋哲伦、王兆鹏等校点，上海：上海古籍出版社2004年版。

[130]《唐宋诗歌论集》，莫砺锋著，南京：凤凰出版社2007年版。

[131]《唐宋诗史论》，王友胜著，上海：上海古籍出版社2006年版。

[132]《唐宋诗之争概述》，齐治平著，长沙：岳麓书社1984年版。

[133]《唐文粹》，（宋）姚铉编，《四部丛刊》本。

[134]《唐音癸签》，（明）胡震亨撰，上海：上海古籍出版社1981年版。

[135]《天禄琳琅书目·天禄琳琅书目后编》，（清）于敏中、彭元瑞等著，徐德明标点，上海：上海古籍出版社2007年版。

[136]《天台集》，（宋）李庚、林表民编，《文渊阁四库全书》本。

[137]《苕溪渔隐丛话》，（宋）胡仔纂集，廖德明校点，北京：人民文学出版社 1962 年版。

[138]《铁琴铜剑楼藏书目录》，（清）瞿镛编纂，瞿果行标点，瞿凤起覆校，上海：上海古籍出版社 2000 年版。

[139]《通志》，（宋）郑樵撰，杭州：浙江古籍出版社 1988 年版。

[140]《桐江集》，（元）方回撰，《宛委别藏》本。

[141]《桐江续集》，（元）方回撰，《文渊阁四库全书》本。

[142]《万首唐人绝句》，（宋）洪迈编，北京：文学古籍刊行社 1955 年版。

[143]《王荆公唐百家诗选》，（宋）王安石编，黄永年、陈枫校点，沈阳：辽宁教育出版社 2000 年版。

[144]《温公续诗话》，（宋）司马光撰，（清）何文焕辑：《历代诗话》本，北京：中华书局 1981 年版。

[145]《〈文苑英华〉研究》，凌朝栋著，上海：上海古籍出版社 2005 年版。

[146]《文房四友除授集》，（宋）林希逸、胡谦厚编，《丛书集成初编》本。

[147]《文献通考》，（元）马端临撰，《万有文库》本，上海：商务印书馆 1936 年版。

[148]《文学批评学》，李国华著，保定：河北大学出版社 1999 年版。

[149]《文学批评原理》，张利群主编，桂林：广西师范大学出版社 2004 年版。

[150]《文苑英华》，（宋）李昉等编，北京：中华书局 1966 年版。

[151]《文章轨范》，（宋）谢枋得编，《文渊阁四库全书》本。

[152]《文章精义》，（宋）李涂著，刘明晖校点，北京：人民文学出版社 1960 年版。

[153]《文章正宗》《续文章正宗》，（宋）真德秀编，《文渊阁

四库全书》本。

［154］《吴都文粹》，（宋）郑虎臣编，《文渊阁四库全书》本。

［155］《五百家播芳大全文粹》，（宋）魏齐贤、叶棻编，《文渊阁四库全书》本。

［156］《西陂类稿》，（清）宋荦撰，《文渊阁四库全书》本。

［157］《西方当代文学批评在中国》，陈厚诚、王宁主编，天津：百花文艺出版社 2000 年版。

［158］《西昆酬唱集》，（宋）杨亿编，《四部丛刊》本 《丛书集成初编》本 《文渊阁四库全书》本。

［159］《西山先生真文忠公文集》，（宋）真德秀撰，《四部丛刊》本。

［160］《咸平集》，（宋）田锡撰，罗国威校点，成都：巴蜀书社 2008 年版。

［161］《现存宋人著述总录》，刘琳、沈治宏编著，成都：巴蜀书社 1995 年版。

［162］《现代西方文论选》，伍蠡甫主编，上海：上海译文出版社 1988 年版。

［163］《现代西方文学批评术语辞典》，［英］罗杰·福勒编，周永明、薛洲堂、李律译，沈阳：春风文艺出版社 1988 年版。

［164］《湘山野录》，（宋）文莹撰，郑世刚、杨立扬点校，北京：中华书局 1984 年版。

［165］《详说古文真宝大全》，（宋）黄坚选编，熊礼汇点校，长沙：湖南人民出版社 2007 年版。

［166］《续资治通鉴长编》，（宋）李焘撰，北京：中华书局 1979—1993 年版。

［167］《延祐四明志》，（元）马泽修、袁桷纂，《宋元方志丛刊》本，北京：中华书局 1990 年版。

［168］《严陵集》，（宋）董弅编，《丛书集成初编》本。

［169］《揅经室集》，（清）阮元撰，《四部丛刊》本。

［170］《燕喜词》，（宋）曹冠撰，《丛书集成初编》本。

[171]《燕翼诒谋录》，（宋）王栐撰，诚刚点校，北京：中华书局 1981 年版。

[172]《养一斋诗话》，（清）潘德舆撰，郭绍虞编选，富寿荪校点：《清诗话续编》，上海：上海古籍出版社 1983 年版。

[173]《伊川击壤集》，（宋）邵雍撰，《四部丛刊》本。

[174]《瀛奎律髓汇评》，方回选评，李庆甲集评校点，上海：上海古籍出版社 2005 年版。

[175]《影北宋本二李唱和集》，（宋）李昉编，光绪己丑（1889 年）贵阳陈氏日本刊本。

[176]《影宋本东莱集注观澜文集附札记》，（宋）林之奇编、吕祖谦集注，光绪甲申（1884 年）季春碧琳琅馆重刊本。

[177]《影响的焦虑》，［美］哈罗德·布鲁姆著，徐文博译，北京：生活·读书·新知三联书店 1989 年版。

[178]《永嘉四灵诗集》，（宋）徐照、徐玑、翁卷、赵师秀撰，陈增杰校点，杭州：浙江古籍出版社 1985 年版。

[179]《迂斋先生标注崇古文诀》，（宋）楼昉编，中华再造善本（据中国国家图书馆藏元刻本影印），北京：北京图书馆出版社 2005 年版。

[180]《豫章黄先生文集》，（宋）黄庭坚撰，《四部丛刊》本。

[181]《元刊梦溪笔谈》，（宋）沈括撰，北京：文物出版社 1975 年版。

[182]《月泉吟社诗》，（宋）吴渭编，《丛书集成初编》本。

[183]《乐府诗集》，（宋）郭茂倩编撰，北京：中华书局 1979 年版。

[184]《乐府雅词》，（宋）曾慥编，陆三强校点，沈阳：辽宁教育出版社 1997 年版。

[185]《云麓漫钞》，（宋）赵彦卫撰，上海：古典文学出版社 1957 年版。

[186]《昭德先生郡斋读书志》，（宋）晁公武撰，《万有文库》本，上海：商务印书馆 1937 年版。

[187]《直斋书录解题》，(宋) 陈振孙撰，徐小蛮、顾美华点校，上海：上海古籍出版社 1987 年版。

[188]《中国大百科全书·中国文学卷》，北京：中国大百科全书出版社 1986 年版。

[189]《中国古典词学理论史》，方智范、邓乔彬、周圣伟、高建中著，上海：华东师范大学出版社 2005 年版。

[190]《中国文学批评·中国散文概论》，方孝岳著，北京：生活·读书·新知三联书店 2007 年版。

[191]《中国文学批评史大纲》，朱东润著，上海：上海古籍出版社 2001 年版。

[192]《中国选本批评》，邹云湖著，上海：上海三联书店 2002 年版。

[193]《众妙集》，(宋) 赵师秀编，《文渊阁四库全书》本。

[194]《朱光潜全集》，朱光潜著，合肥：安徽教育出版社 1993 年版。

[195]《朱子语类》，(宋) 黎靖德编，王星贤点校，北京：中华书局 1986 年版。

[196]《注解章泉涧泉二先生选唐诗》，(宋) 谢枋得编，《宛委别藏》本。

[197]《资治通鉴后编》，(清) 徐乾学撰，《文渊阁四库全书》本。

论文（以时间为序）

[1] 吴承学：《评点之兴——文学评点的形成和南宋的诗文评点》，《文学评论》1995 年第 1 期。

[2] 莫砺锋：《从〈瀛奎律髓〉看方回的宋诗观》，《文艺理论研究》1995 年第 3 期。

[3] 陈望南：《谢枋得和〈文章轨范〉》，《中山大学学报（社会科学版）》1996 年第 2 期。

[4] 李定广、陈学祖：《唐宋词雅化问题之重新检讨》，《湖北

大学学报（哲学社会科学版）》1998 年第 3 期。

［5］沈杰：《谢枋得〈文章轨范〉简论》，《四川师范学院学报（哲学社会科学版）》1998 年第 6 期。

［6］李扬：《批评即选择——论〈花庵词选〉的词学批评意识》，《河南大学学报（社会科学版）》1999 年第 2 期。

［7］祝尚书：《〈西昆酬唱集〉二考》，《文献》2001 年第 2 期。

［8］杨万里：《论〈草堂诗余〉成书的原因》，《文学遗产》2001 年第 5 期。

［9］张丽：《谢枋得〈文章轨范〉初探》，《抚州师专学报》2002 年第 1 期。

［10］吴承学：《现存评点第一书——论〈古文关键〉的编选、评点及其影响》，《文学遗产》2003 年第 4 期。

［11］马茂军：《郭茂倩仕履考》，《复旦学报》2004 年第 3 期。

［12］马茂军：《〈圣宋文海〉作者江钿考略》，《学术研究》2004 年第 4 期。

［13］江枰：《吕祖谦编选〈古文关键〉质疑》，《贵州文史丛刊》2004 年第 4 期。

［14］张健：《魏庆之及〈诗人玉屑〉考》，《人文中国学报》第 10 期，上海：上海古籍出版社 2004 年版。

［15］樊宝英：《选本批评与古人的文学史观念》，《文学评论》2005 年第 2 期。

［16］卞东波：《评祝尚书〈宋人总集叙录〉》，《书品》2005 年第 4 期。

［17］邱江宁：《吕祖谦与〈古文关键〉》，《浙江社会科学》2005 年第 5 期。

［18］姜赞洙：《中国刻本〈古文真宝〉的文献学研究》，复旦大学博士学位论文，2005 年。

［19］曹翠：《宋人选宋词选本研究》，广西师范大学硕士学位论文，2005 年。

［20］张海鸥、孙耀斌：《〈论学绳尺〉与南宋论体文及南宋论

学》,《文学遗产》2006 年第 1 期。

[21] 王兆鹏:《两种视角看祝尚书〈宋人总集叙录〉》,《社会科学研究》2006 年第 2 期。

[22] 王利民:《濂洛风雅论》,《文学遗产》2006 年第 2 期。

[23] 童岳敏:《〈唐百家诗选〉刍议——兼论王安石早期唐诗观》,《中国典籍与文化》2006 年第 4 期。

[24] 石明庆:《论真德秀的诗歌理论批评》,《湖州师范学院学报》2006 年第 6 期。

[25] 马智全:《南宋散文集〈文章正宗〉编选〈左传〉的文学意义》,《新学术》2007 年第 1 期。

[26] 孙先英:《真德秀〈诗经〉评点的"性情之正"说》,《贵州大学学报(社会科学版)》2007 年第 3 期。

[27] 陈忻:《二程理学思想中的文学思想》,《重庆社会科学》2007 年第 3 期。

[28] 蒋哲伦:《〈花庵词选〉及其在词学史上的价值》,《古典文学知识》2007 年第 6 期。

[29] 解旬灵:《南宋四灵诗派研究》,复旦大学博士学位论文,2007 年。

[30] 王华:《〈瀛奎律髓〉的宋诗发展史观研究》,暨南大学硕士学位论文,2007 年。

[31] 卞东波:《〈宋人总集叙录〉补遗》,《图书馆杂志》2008 年第 1 期。

[32] 张倩:《洪迈〈万首唐人绝句〉版本源流考》,《殷都学刊》2008 年第 4 期。

[33] 程刚:《文道合一与诗乐合一——朱熹与邵雍文学本体论之比较》,《孔子研究》2008 年第 5 期。

[34] 李慧芳:《谢枋得之散文及〈文章轨范〉研究》,台湾"中央"大学硕士论文,2009 年。

[35] 张倩:《谢枋得〈注解唐诗绝句〉版本源流考》,《安徽大学学报(哲学社会科学版)》2009 年第 4 期。

［36］陈斐：《〈唐僧弘秀集〉版本考》，《南都学坛》2010 年第 1 期。

［37］张倩、刘锋焘：《李龏〈唐僧弘秀集〉版本源流考》，《广西师范大学学报（哲学社会科学版）》2010 年第 1 期。

［38］凌郁之：《〈万首唐人绝句〉版本源流与文献价值的重新认识》，《苏州科技学院学报（社会科学版）》2010 年第 2 期。

［39］王雅婷：《〈万首唐人绝句〉研究》，上海师范大学硕士学位论文，2010 年。

［40］张倩：《赵孟奎〈分门纂类唐歌诗〉版本源流考》，《中国诗歌研究》第六辑，北京：中华书局 2010 年版。

［41］陈尚君：《述国家图书馆藏〈分门纂类唐歌诗〉善本三种》，《文献》2011 年第 4 期。

［42］王友胜：《〈注解章泉涧泉二先生选唐诗〉的诗学主张与诗学史意义》，《长江学术》2011 年第 4 期。

［43］杨磊磊：《从宋本到明本：〈万首唐人绝句〉编排体例研究》，河北师范大学硕士学位论文，2015 年。

［44］陆光杰：《〈唐僧弘秀集〉研究》，贵州民族大学硕士学位论文，2019 年。

后　记

本书是以我的博士论文《宋代文学选本研究——基于“选学”立场的返观与重构》之核心部分“流变论”“批评论”为基础，略加修订而成的。

我的博士论文共分“流变论”“动因论”“形态论”“批评论”“传播论”五大板块，包罗较广，篇幅较长，本书择取其中内容相对集中、较为成熟的“流变论”“批评论”两大板块，整理、修订后独立出版。

我的博士论文选题，源于导师王兆鹏先生关于“选学”的构想。先生治学，既笃于传统理路，又颇多新锐之思。先生曾借助定量分析方法研究中国古代文学经典的生成与衍变，斩获极丰，备受瞩目。历代选本乃是先生定量分析的主要对象群之一，他感于选本含蕴之丰厚，选本研究之寂寥，又羡乎专意研究萧统《文选》之“《选》学”红红火火，遂生出建构以历代选本为研究对象之“选学”的构想。我的博士论文就是这种构想的一个初步尝试。

在论文写作和此次修订过程中，多受惠于前贤今彦之已有成果，尤其是祝尚书先生《宋人总集叙录》和张智华先生《南宋的诗文选本研究——南宋人所编诗文选本与诗文批评》，乃案头常备之书，笔者从中多受启发、获益良多，文中虽已详加标注，于此再申谢忱！

选本研究关涉甚广，而我学殖浅陋，常有绠短汲深之叹。本书中谬误疏失之处在所难免，敬祈方家指正。

本书出版得到广东海洋大学中国语言文学校级重点学科经费，广东海洋大学重大科研成果培育计划（人文社科）经费、广东海洋大学一般学科建设经费的资助，谨此致谢。

邓　建

2020 年 8 月 20 日于湛江寓所